Hans Ernst
Die Posthalter-Christl

Hans Ernst

Die Posthalter-Christl

Roman

rosenheimer

17. Auflage
© 2023 Rosenheimer Verlagshaus GmbH & Co. KG, Rosenheim
www.rosenheimer.com

Titelfotos: © Bernd Römmelt, München (oben) und
© Stephan Reichenberger, München (unten)
Bearbeitung, Lektorat und Satz: Pro libris Verlagsdienstleistungen
Druck und Bindung: CPI buchbücher.de GmbH
Printed in Germany

ISBN 978-3-475-54029-5

1

Am Jakobstag wurde Christine Gruber achtzehn Jahre alt. Nach alt hergebrachter Tradition hätte sie deshalb eigentlich Jakobine getauft werden müssen. Aber dem Vater gefiel der Name überhaupt nicht, denn er war ihm zu altmodisch. Am nächsten Tag wäre Anna die Namenspatronin gewesen, aber Annas gab es in Erlbach wie Sand am Meer. Also wurde der Kalender einen Tag zurückgeblättert, und da stand »Christine«. Die Mutter war sofort damit einverstanden. Dem Vater fiel ein, dass man die Tochter später wohl Christl rufen würde wie in dem Lied aus dem Vogelhändler: »Ich bin die Christl von der Post«. Noch schöner könnten eigentlich die Dinge gar nicht ineinander spielen, denn Sebastian Gruber war außer Bauer und Gastwirt auch noch Posthalter von Erlbach.

Wie Relikte aus vergangenen Tagen im Zeitalter der motorisierten Kraftfahrzeuge fuhren jeden Morgen um sechs Uhr zwei Postkutschen aus dem geräumigen Hofe des »Gasthofes zur Post«, eine in Richtung Kufstein, die andere nach Rosenheim, und trotzten der noch in den Kinderschuhen steckenden Technik der Automobile, die inzwischen überall das Landschaftsbild prägten. Sebastian Gruber legte Wert darauf, dass seine Postillione jeden Morgen, wenn sie über den grob gepflasterten Marktplatz von Erlbach fuhren, auf ihrem Horn das Lied »Nun lobet alle Gott, den Herrn« spielten.

Sebastian Gruber war ein kleiner, untersetzter Mann mit einem Bauch, der den Gern-Esser verriet. Sein rotes, rundes Gesicht strahlte Ruhe und Gelassenheit aus.

Charlotte stammte aus einer ganz anderen Welt. Aber sie hatte sich überraschend schnell in das bäuerliche Milieu eingelebt. Kein Mensch wusste, wie der äußerlich so unscheinbare Posthalter zu dieser schönen Frau gekommen war. Zwar munkelte man einmal, sie hätten sich durch die Zeitung kennen gelernt. Aber das stellten sie beide entschieden in Abrede, obwohl es die Wahrheit war. Charlotte litt sehr unter dieser Lüge, aber sie nahm sie tapfer auf sich, weil sie ihrem Mann ersparen wollte, dass man glaubte, er könne sich eine solche Frau nicht erobern.

Auf ihre Art war sie ihm wirklich von Herzen zugetan. Auch dass es vorher einmal in ihrem Leben eine große Liebe gegeben hatte, trug Charlotte als ihr tiefstes Geheimnis mit sich herum. Vielleicht aber wäre sie mit einem anderen Mann gar nicht so glücklich geworden. Denn Sebastian Gruber war anlehnungsbedürftig und in manchen Dingen sogar recht hilflos, sodass sie ihn leiten und lenken musste. Das kam ihrem Wesen jedoch entgegen, und so ergänzten sich die beiden auf eine gute Weise.

Die gemeinsame Tochter dagegen kam nicht so gut zurecht mit der dominanten Art der Mutter. Christine war das einzige Kind dieses so ungleichen Paares, ein hübsches Mädchen. Sie war so schön, wie die Mutter früher gewesen sein musste, und hatte vom Vater das herrliche Blondhaar, die blauen Augen und auch das schelmische Grübchen am Kinn. Manches Burschen Auge ruhte wohlgefällig auf ihr, aber sie beachtete es nicht, sondern ging ganz auf in den Pflichten, die sie übernommen hatte, als sie aus dem Institut auf Frauenwörth zurückgekommen war.

Nein, sie spielte keineswegs die reiche Tochter des Posthalters, die nur faul herumsaß oder sich in sinnlose, teure Vergnügungen stürzte und den Eltern auf der Tasche lag. Sondern sie machte sich nützlich, indem sie die Schreibarbeiten im Büro übernahm, wie sie es in der Klosterschule gelernt hatte. Anfangs hatte ihr der alte Buchhalter dabei geholfen, aber dann war er in den Ruhestand getreten. Er sollte einen Nachfolger bekommen, aber das ließ Christines Ehrgeiz nicht zu. Sie war jung und tatenfroh, wollte Verantwortung übernehmen und mit allen ihren Kräften ausgefüllt sein, denn man hatte sie auf Frauenwörth auch gelehrt, dass Untätigkeit die Wurzel für Unzufriedenheit und Launenhaftigkeit ist. Nur ein Mensch, der seinen Tag ehrlich und pflichtbewusst erfüllt hat, kann am Abend zufrieden und froh sein.

Als nun ihr achtzehnter Geburtstag herankam, äußerte sie einen merkwürdigen Wunsch. Jedenfalls erschien er der Mutter so, die wohl vergessen haben mochte, dass auch sie einmal achtzehn Jahre alt gewesen war. Christine wünschte sich, einige Tage ganz allein auf die fünf Wegstunden entfernte Hornsteinalm gehen zu dürfen, die dem Vater gehörte, und auf der der alte Tobias das Jungvieh und die Schafe hütete, die der Posthalter in den Sommermonaten wegen des guten Futters dort hinauftreiben ließ.

Als Christine die Bitte aussprach, erschrak die Mutter zunächst. Dann sah diese das Mädchen nachdenklich und auch ein wenig misstrauisch an. »Ein merkwürdiger Wunsch«, sagte sie schließlich. »Weshalb willst du dort hinauf? Und noch dazu so ganz allein? Warte noch acht oder vierzehn Tage, dann muss der Vater sowieso wieder einmal nach dem Rechten sehen. Da könnt ihr zusammen gehen.«

Christine schüttelte den Kopf. »Wer weiß, wie bis dahin das Wetter ist.«

Die Mutter wollte nun noch eine große Rede halten über die Gefahren, die mit so einer Bergtour verbunden sind, aber sie schwieg, als sie das eigenwillige Lächeln um Christines Mund sah. So ging sie schnell hinaus und sagte nur noch unter der Tür: »Wir sprechen am Abend noch darüber.«

Am Abend hatte Christine ihre Meinung nicht geändert. Sie wolle allein auf die Hornsteinalm, wolle einmal ein paar Tage aus der Tretmühle des Alltags herauskommen und Ferien machen. – Warum es sie dabei mit solcher Gewalt auf die Alm zog, das hätte sie sich allerdings selber nicht beantworten können. –

»Also gut«, gab die Mutter endlich nach. »Ich verstehe, dass du ein paar Tage ausspannen willst. Aber ich kann dich jetzt unmöglich begleiten. Warte doch noch bis zum Herbst, dann gehn wir wieder wie im Vorjahr auf ein paar Wochen nach Bad Ischl. Jetzt aber kann ich hier schlecht weg.«

Christine hatte sich das alles ganz gelassen angehört. Der Vater saß daneben und las die Zeitung.

»Darf ich dazu etwas sagen, Mutter?«, fragte das Mädchen nach einer Weile.

»Ich weiß zwar nicht, was es noch zu sagen gäbe. Aber immerhin, sprich dich aus.«

»Ich möchte einmal allein sein, möchte das Gefühl haben, ganz frei zu sein und tun und lassen zu können, was ich will. Und dann möchte ich wirklich gerne wieder einmal auf die Hornsteinalm. Das letzte Mal war ich mit Vater vor drei Jahren oben.«

»Willst du damit sagen, dass dir meine Begleitung sozusagen lästig wäre?«, fragte die Mutter, und ihre Stimme klang ganz hell vor Aufregung. Dann aber blieb ihr vor Schreck beinahe der Atem weg, als Christine mit aller Offenheit antwortete: »Ja, Mutter, so ähnlich meine ich es.«

»Wie bitte? – Sebastian, hast du das gehört? Und was sagst du dazu?«

Gewöhnlich sagte Sebastian Gruber in solchen Dingen nicht viel. Aber die Haltung der Tochter machte solchen Eindruck auf ihn, dass er sagen musste: »Eigentlich hat sie Recht.«

»Wie bitte? Es ist recht, wenn ein Kind die Begleitung der Mutter lästig findet? Wer weiß, was dahintersteckt! Vielleicht gehst du gar nicht allein. Möchte wissen, was sich hinter meinem Rücken bereits alles angesponnen hat.«

Christine hob den Kopf und sah die Mutter an. »Aber Mutter! Ich habe doch gesagt, dass ich allein gehen will.«

»Also gut, dann geh meinetwegen. Gib aber wenigstens zu, dass es in Bad Ischl schön war.«

»Schön? Ja und nein. Eigentlich war es so, dass du mich mit siebzehn Jahren behandelt hast, als sei ich noch ein Kind. Ich durfte ohne deine Begleitung nicht schwimmen gehen, durfte auf keinen Berg steigen. Mutter, begreifst du das denn nicht? Ich bin doch kein kleines Kind mehr. Morgen werde ich achtzehn Jahre alt.«

»Wie bloß die Zeit vergangen ist«, sagte der Vater und gähnte hinter der Zeitung. Im Grunde genommen freute es ihn, dass die Tochter ihren Willen so unnachgiebig durchzusetzen versuchte.

»Und du bildest dir ein, mit achtzehn wärst du kein Kind mehr?«, fragte Charlotte und wusste genau, wie sinnlos diese Frage war, hinter der die Angst saß, die törichte, sinnlose Angst aller Mütter, plötzlich niemanden mehr zum Bemuttern zu haben. Und dabei braucht ein Mädchen die Mutter nie so sehr als in der Zeit, in der es die Kinderträume ablegt.

Charlotte bedachte dies alles in diesem Augenblick nicht. Sie war der Meinung, Christine hätte immer die größtmögliche Freiheit gehabt, und war nun gekränkt, zu hören, dass sie sich unfrei gefühlt habe. Und nicht aus Nachgiebigkeit, sondern mehr aus verletztem Stolz sagte sie darum: »Gut, dann tu meinetwegen, was du nicht lassen kannst.«

Später aber kam sie dann doch noch in die Stube, um ihrer Tochter zum Geburtstag zu gratulieren, weil sie ja am nächsten Morgen so früh noch nicht auf sein würde. Sie setzte sich auf die Kante des Bettes, strich mit der Hand über Christines Stirn und legte dann, wie Mütter es so gerne tun, das Deckbett liebevoll zurecht, sodass Christine bis zum Kinn zugedeckt war. »Ja, dann also alles Gute, von Herzen alles Gute zu deinem Geburtstag, mein Kind. Du wirst mein Geschenk morgen früh in der Wohnstube vorfinden.«

Und weil es doch irgendwie überwältigend war, plötzlich zu wissen, dass ihre Tochter achtzehn Jahre alt wurde und kein Kind mehr sein wollte, weinte Charlotte ein paar Tränen. Die Erinnerung hatte sie gepackt, und sie dachte an den Augenblick, als sie vor achtzehn Jahren dieses Geschöpf zum ersten Mal an ihr Herz gedrückt hatte.

»Lass nur gut sein, Mutter«, tröstete Christine. »Sag einfach mit deinem Herzen ja zu meinem Wunsch. Das wäre meine schönste Geburtstagsfreude.«

»Weiß ich denn, was du dir wirklich wünschst?«

»Nichts anderes, Mutter, als einmal das Gefühl zu haben, erwachsen zu sein. Und du sollst dir doch gar keine Gedanken machen, Mutter. Was soll mir denn schon zustoßen da oben! Ich verspreche dir, dass ich nicht auf den Hornstein gehen werde. Ich werde hinter der Hütte in der Sonne liegen oder nur in Sichtweite wandern, wenn es kühler ist.«

»Ist schon gut, Christine.« Charlotte strich abermals das Deckbett glatt und erhob sich. Die Hand schon am Lichtschalter, drehte sie sich nochmals um. In ihren Augen war wieder Misstrauen. »Steckt da auch wirklich kein Mann dahinter, Christl?«

»Meinst du, Mutter, dass ich lüge? Bis jetzt hat mir doch noch keiner gefallen.«

Das wirkte wie Balsam auf Charlottes ängstliche Seele. Sie drehte nun das Licht aus und schloss die Tür hinter sich.

Es war ein schöner, sonniger Morgen. Kurz vor sechs trat Christine reisefertig aus dem Haus. In ihren Rucksack hatte sie Proviant und Kleidung für ein paar Tage gepackt. Sie setzte sich auf die Holzbank vor dem Haus und schnürte sich die Wanderschuhe.

Im Hof hielt gerade eine der beiden gelben Postkutschen, mit der sie ein Stück weit fahren wollte.

Sebastian Gruber achtete streng darauf, dass die beiden Gefährte jeden Tag gewaschen wurden und der Lederschurz auf dem Bock glänzend poliert war. Wie mit Lack angestrichen, so mussten die hohen Schaftstiefel seiner Postillione aussehen, und das Horn musste schimmern, als ob es aus Gold wäre.

Der Fürst von Thurn und Taxis hätte seine helle Freude daran gehabt, wäre er aus seinem Grab gestiegen, um nachzusehen.

Die Hosen der Postillione waren makellos weiß, die Fräcke von himmlischem Blau, und der Federbusch war weich wie Flaum.

Sebastian Gruber trat aus der hinteren Haustür. Er hatte die Filzpantoffeln und den verschnürten Hausrock noch an. Ein wenig struppig hing ihm der graue Schnauzbart über die Mundwinkel. »Ach, Christl«, lächelte er und schlurfte auf sie zu. »Du bist schon startbereit?« Er gab ihr die Hand und schaute sie mit zärtlichen Augen an. »Meine große Tochter«, sagte er. »Ich wünsche dir halt alles Schöne zu deinem Geburtstag, Christl, und alles Glück der Welt.«

Christine lachte. »Das weiß ich, Vater. Aber alles Glück der Welt, das wäre wohl zu viel für mich. Andere wollen ja auch noch ein bisschen davon haben.«

»Andere? Ganz richtig, Christl. Es sind bloß recht wenig, die wirklich glücklich sind.«

»Aber du bist es doch, Vater?«

»Doch, das will ich wohl meinen.« Er wischte sich den Bart aus den Mundwinkeln und lächelte lausbübisch. »Aber gefreut hat es mich doch, als du gestern der Mutter sagtest, dass du endlich ein wenig frei sein möchtest. Woher hast du denn bloß den

Mut dazu? – Natürlich von mir. Das muss Vererbung sein.«

Jochen, der Postillion, führte den langbeinigen schwarzen Wallach Mylord aus dem Stall. Des Posthalters fachkundiger Blick ging zu den Hufen des Pferdes, ob sie geschmiert waren. Dann musterte er das Zaumzeug. Aber er hatte nichts daran auszusetzen.

Christine fasste ihren Rucksack und stieg auf den Bock. Von dort herunter reichte sie dem Vater die Hand noch einmal zum Abschied.

»Behüt dich Gott, Vater. In drei Tagen bin ich wieder da.«

»Komm gesund wieder. Und sag dem Tobias, ich käme im nächsten Monat hinauf. Die beiden scheckigen Kalbinnen soll er am Samstag zur Kreuzalm herunterbringen. Die habe ich verkauft, der Wegertseder holt sie dort ab.«

Inzwischen hatte Jochen sich neben Christl gesetzt. Ein kurzer Zügelruck, und Mylord trabte aus dem Hof. Jochen setzte das Horn an die Lippen und blies sein »Nun lobet alle Gott, den Herrn«, dass das Echo aus den schmalen Seitengassen des Marktplatzes zurücksprang. Christine sah nochmals zurück, und in diesem Augenblick fuhr auch die zweite Postkutsche aus dem Hof.

Herrlich schön war dieser Morgen. Der Himmel spannte sich seidig über dem Land, und auf den Zacken des Wilden Kaisers lag das Licht der Morgensonne wie ein goldener Mantel hingebreitet.

Jochen war nicht besonders gesprächig. Er fuhr die Strecke schon seit vierzig Jahren und war darüber alt geworden. Nur der Glanz der Uniform gab ihm noch etwas Gestrafftes, Jugendliches.

Manchmal, wenn die Kutsche über einen Stein holperte, dann klirrten im Gepäckraum leise die leeren Weinflaschen, die Jochen neben den Postsachen heute mitführte, um sie beim Weinhändler gegen volle umzutauschen.

Nach einer halben Stunde stieg Christine ab, nahm den Rucksack und steckte den Mantel zwischen die Riemen. Eine Weile blieb sie auf der Straße stehen. Eine Staubwolke stieg hinter der Postkutsche auf und hüllte sie ein. Nur der weißblaue Federbusch auf Jochens Zylinder leuchtete in der Sonne und wiegte sich im Wind.

Christine wandte sich ab und bog in einen Feldweg ein. Trunken vor Lebenslust gaukelten Schmetterlinge über die blühenden Wiesen hin. Die Sonne stand jetzt bereits hoch über dem Gebirge und erwärmte die Luft.

Das Mädchen schritt schneller aus, um rasch den schattigen Wald zu erreichen. Je höher sie kam, desto freier wurde ihr ums Herz.

Wie schön kühl es im Wald war! Sonnenbänder huschten durch die Zweige und zeichneten helle Streifen auf das Moos zwischen den Stämmen. Die Bäume standen so dicht, dass Christine sich von ihnen irgendwie beschützt vorkam und sich geborgen fühlte.

Christine kam es in den Sinn, dass sie darunter litt, sich nie an einen Menschen anschmiegen zu können. Der Vater ließ es wohl zu, wenn sie ihre Wange ein wenig an seinen ewigen Dreitagebart lehnte. Aber die Mutter war bei all ihren mütterlichen Handreichungen doch sehr zurückhaltend bei Gesten der Liebe und Zuneigung. Sie erwiderte keinen Druck während der seltenen Umarmungen, und ihr Kuss ging nur flüchtig über Stirn oder Wange hinweg.

Der Wald lichtete sich jetzt und der Weg führte Christine über saftige Almwiesen. Aber sie noch lange nicht am Ziel. Tobias hauste viel weiter oben, wo die Vegetation karger wurde und schon die Felsen begannen. Hinter einem Gebüsch raschelte es. Christine fuhr erschrocken herum. Es war nur ein Hase, der herausgesprungen war und den Hang hinunterhoppelte.

Sie sah in die Tiefe. Wie unendlich weit lagen die Dörfer da unten. Dort drüben, ja, das war Erlbach. Christine erkannte den hohen, spitzen Kirchturm. Breit hingelagert standen die hellen Gebäude der Posthalterei. Rechts davon das Sägewerk Mühlbacher mit den großen Wirtschaftsgebäuden. Man munkelte, dass es nicht gut stünde um den Mühlbacher. Aber Christine kümmerte sich nicht viel darum.

Herdengebimmel von allen Seiten her. Almhütten lagen verstreut in der Runde. In einer kehrte Christine ein und ließ sich ein Glas Milch geben. Um den Weiterweg befragt, erklärte sie, dass sie zum Tobias auf die Hornsteinalm wolle.

»Was? Zu dem?«, fragte die Sennerin in grenzenlosem Staunen. »Na, recht viel Vergnügen. Ich wüsste mir was Besseres, als zu dem komischen Kauz hinaufzusteigen. Der redet ja nichts.«

Christine lächelte und dachte an die Dämmerstunden, in denen sie als Kind bei Tobias im Schafstall gesessen und atemlos seine wunderlichen Geschichten angehört hatte. Tobias, gewiss, er lebte in einer anderen Welt. Aber Christine hatte sich in ihr wohlgefühlt. Und sie freute sich jetzt auf den Alten.

Gestärkt und ausgerastet machte sie sich wieder auf den Weg. Die Almhütten blieben unter ihr liegen. Zwischen einem Almrosen- und Latschenfeld stieg sie bergwärts. Auf einmal hörte der Pflanzenwuchs fast ganz auf. Felsbrocken lagen umher, Geröllhalden ringsum. Dann aber, als sie über das Joch in einen Hochtalkessel hinabstieg, in dem sich auch die Hütte befand, kam wieder Almboden mit zwar spärlichem, kurzem Gras, dafür aber jeder Menge würziger Kräuter.

Als Christine schließlich an einer großen Felsnase vorbeischritt, erblickte sie plötzlich die Hütte des Tobias Resch, die Hornsteinalm.

2

Blinzelnd öffnete Christine die Augen. Ein Sonnenstreifen lag schräg über dem blank gescheuerten Bretterboden der Hütte. Aber er hatte schon rötlichen Glanz.

›Habe ich denn so lange geschlafen?‹, dachte sie. Sie lag auf einer breiten Bank, die mit Schaffellen bedeckt war. In der Hütte war es ruhig und kühl. Die Türe stand weit offen, und man hörte das Wasser im Brunnentrog plätschern. Zuweilen bimmelte auch irgendwo eine Kälberglocke.

Christine reckte und streckte sich wohlig auf den weichen Fellen. Dann stand sie auf und schlüpfte in ihre Schuhe. Als sie sich wieder aufrichtete, fiel ihr Blick auf die Uhr an der Wand. Es war eine wunderlich geschnitzte Uhr mit einem Spielwerk, das jede Stunde einsetzte.

Die Uhr zeigte drei viertel sieben. ›Dann habe ich jetzt fünf Stunden geschlafen‹, dachte Christine weiter. Und was für einen eigenartigen Traum sie gehabt hatte! Wasser war da gewesen, viel Wasser, ein See vielleicht, oder ein Meer. Sie saß ganz still in einem Boot, das die Mutter ruderte. Hinter ihr war Dunkelheit. Aber plötzlich stieg eine neue Gestalt hinzu, ein schlanker, junger Mensch, der mit ruhiger Sicherheit Charlotte die Ruder aus der Hand nahm und dabei sagte: »Nun lass mich der Fährmann ihres Schicksals sein ...« Die Mutter wich ins Dunkel zurück, um den jungen Fährmann aber wurde es hell, und Christine fühlte eine solch tiefe, aufglühende Liebe zu ihm, dass sie ihm die Arme entgegenstreckte und ihm einen Namen zurufen wollte, ohne den rechten zu finden. Da hob er seine Stirn, wandte sich mit einem unvergesslichen Blick von ihr ab und verschwand so lautlos, wie er gekommen war. An seiner Stelle saß wieder die Mutter, hatte ein überlegenes Lächeln um den Mund und sagte: »Ich bin, wenn du es genau nimmst, doch der bessere Fährmann für dich ...«

Ach, es war ein sonderbarer Traum gewesen. Christine stand jetzt draußen vor der Hütte und dachte mit einem leisen Gefühl der Traurigkeit, dass sie wohl immer im Banne der Mutter leben würde. Dabei war es gar nicht so, dass Charlotte ihr oder anderen ihren Willen gewaltsam aufdrängen wollte. Nein, nur ihre starke Persönlichkeit bewirkte, dass andere sich in ihrer Nähe nicht entfalteten und dass die Menschen um sie herum sich unterordneten.

Christine reckte sich in den Schultern. Warum jetzt daran denken? Alles lag doch so weit unter ihr: Erlbach, die Posthalterei, die Mutter und der Kleinkram des Alltags. Sie hatte sich losgerissen und wollte die Freiheit für ein paar Tage genießen.

Es wurde Abend und die Sonne verschwand rotglühend hinter den Bergen, die sich nun scharf gegen den leuchtenden Himmel abhoben. Auf dem Hang stand hoch und schmal Tobias. Um ihn herum die Schafe und Kälber.

Der Hirte kam jetzt den Steilhang herunter. Tobias' Alter war wirklich sehr schwer zu schätzen. War er sechzig oder schon siebzig? Auf alle Fälle war er für sein Alter schlank, sehnig und voller Kraft. Sein Gesicht war schmal und von Wind und

Wetter gegerbt, sein Kinnbart war sauber gestutzt und so schneeweiß wie sein Haar.

»Tobias«, rief Christine ihm zu, »ich habe herrlich geschlafen.«

Sie standen nebeneinander, wie Abend und Morgen des Lebens. Der Alte war um einen Kopf größer als das Mädchen. Sah man jetzt genau in sein Gesicht, konnte man feststellen, dass seine Augen tief blau waren und dass das linke Lid wie lahm herunterhing. Das gab seinem Blick etwas Verschleiertes, manchmal bedrückend Schwermütiges. Nur wenn er sein seltenes Lachen zeigte, ging es wie in Leuchten über seine verwitterten Züge. Jetzt aber tat er es und fasste dabei nach der Hand des Mädchens. »Das macht die Luft hier oben«, sagte er. »Hast du auch geträumt?«

Christine erzählte ihm ihren seltsamen Traum. »Aber Träume sind ja bekanntlich Schäume«, lachte sie hinterher.

»Nicht immer«, meinte der Alte. »Die Inder zum Beispiel behaupten, Träume wären Gedanken der Seele.«

»Nein, Gedanken des Herzens«, verbesserte Christine, die den Ausspruch schon irgendwo einmal gehört hatte.

Um Tobias' Mund spielte ein Lächeln. Dann nickte er. »Wie gescheit du bist, Christl. Es heißt tatsächlich: Gedanken des Herzens. Aber ich habe absichtlich Seele gesagt, weil alles Tiefe in unserem Leben von ihr herkommt. Weißt du, Christl«, er bohrte mit seinem Bergstecken ein wenig in dem spärlichen Rasen, »das Herz ist so ein törichtes Ding. Es gaukelt uns oft etwas vor, das sich dann als ein Trugbild erweist.«

Christine sah ihn mit ihren hellen Augen forschend an. Dann legte sie ihre Hand auf seine Stirn. »Wissen möchte ich nur, Tobias, was hinter deiner Stirne manchmal vorgeht. Nicht ich bin gescheit, sondern du. Ich habe mein Wissen von der Schule her, du aber vom Leben. Und das ist ein ganz gewaltiger Unterschied.«

»Mag sein«, antwortete er. »Auf alle Fälle freut es mich, dass du zu mir gekommen bist.«

Der Abend war nun vollends da. Alles Leuchten war erloschen. Im Tal glimmten schon vereinzelt Lichter auf.

Wieder sah Tobias rückwärts zu den Bergen hoch. »Heute Mittag sind ein paar Studenten auf den Hornsteingipfel«, sagte er.

»Hast du Angst um sie?«

»Nicht gerade Angst, aber sie müssten längst zurück sein. Komm, du wirst Hunger haben. Ich werd dir was zum Essen kochen.«

»Ich habe genügend bei mir, Tobias. Rauchfleisch und Wurst.«

»Morgen greifen wir deine Vorräte an. Heute will ich dich bewirten.«

Tobias zündete in der Hütte die Petroleumlampe an. Dann stieg er in den Keller hinunter und kam mit einer riesigen Hammelkeule zurück. Christine sah ihm zu, wie er ungefähr ein Dutzend kleine Stücke abschnitt. Er rieb die Fleischstücke mit Knoblauch, Salz und Pfeffer ein. Jetzt nahm er zwei lange, eiserne, dreikantige Stäbe her und steckte ein Stück nach dem anderen darauf.

Draußen entzündete er ein Feuer aus trockenem Fichtenholz, ließ es ganz niederbrennen, bis es nur mehr Glut war. Dann legte er die Eisenstäbe auf die

Felsbrocken und begann, sie langsam, ganz langsam zu drehen.

Christine richtete ihm nun den Gruß von ihren Eltern aus und überbrachte Tobias vom Vater die Bitte, dass er die beiden scheckigen Kalbinnen am Samstag zur Kreuzalm herunterbringen möge, damit der Wegertseder, der sie gekauft habe, sie dort abholen könne.

Nach einer Viertelstunde war das Fleisch gar gebraten.

Tobias reichte ihr ein gespitztes Holzstäbchen hin, und Christine sagte unter genüsslichem Kauen, dass ihr noch niemals im Leben etwas so gut geschmeckt hätte. Mit angezogenen Knien saß sie vor der Glut und biss herzhaft in das wundervoll geschmorte Fleisch. Auf einmal lachte sie hellauf.

»Was hast du, Christl?«, fragte der Alte.

»Nichts, Tobias. Ich habe nur an die Mutter gedacht, was sie jetzt sagen würde.«

»Und was meinst du, dass sie sagen würde?«

»›Aber, Christl, wie sitzt du denn bloß wieder da.‹« Christine biss wieder ein Stück ab. »Weißt du, Tobias, manchmal frage ich mich, ob Mutter in ihrer Jugend auch schon so gewesen ist wie heute.«

Tobias gab keine Antwort. Er beugte sich vor, blies in die Glut und legte ein paar Holzstücke nach. Dann lehnte er sich zurück. Seine Augen waren geschlossen, sein Gesicht war irgendwie verändert. Wie ein schlafender Wolf sah er aus. Christine sah zum ersten Mal bewusst auf seine Hände. Tobias hatte wunderschöne lange, schmale Hände. Ganz zart liefen die Adern über die Handrücken hin. Es waren Hände wie die einer Frau. Die Äbtissin von Frauenwörth hatte solche Hände gehabt.

»Tobias«, fragte Christine unvermittelt. »Was warst du denn eigentlich früher?«

Er schlug die Augen auf und sah sie überrascht an. »Einmal meinte ich etwas zu sein, dann war ich plötzlich nichts mehr.« Er lächelte hinter seiner seltsamen Antwort her. »Warum fragst du?«

»Weil ich deine Hände so betrachtete. Künstler haben solche Hände. Tobias, du bist doch nicht immer Schafhirt gewesen?«

»Schafhirt? Nein. Aber dazu tauge ich scheinbar etwas. Früher habe ich einmal ein Herz hüten wollen. Da habe ich glänzend versagt. Es ist mir einfach aus den Händen geglitten, verstehst du das? Nein, das kannst du noch nicht.«

»Ich weiß nicht, wovon du redest, Tobias. Man nennt dich in Erlbach den Schweiger.«

»Ja, den Schweiger aus Hochmut, ich weiß es. Aber es ist kein Hochmut, sondern nur die Erkenntnis, dass man schweigend besser mit den Menschen zurechtkommt, als redend. Es ist viel zu viel geredet worden unter den Menschen, immer schon. Auch manches Glück ist schon zerredet worden. – Aber du isst ja gar nichts, Christl.«

»Danke, ich bin satt. Aber es hat ausgezeichnet geschmeckt, Tobias.«

Mit einem Schlag war die Nacht nun vollends da, und ein Gitterwerk von Sternen spannte sich über den nachtdunklen Himmel. Die Luft war warm. Ein zärtlicher Wind strich den Hang herab. Bald nah, bald fern klang das Bimmeln der Kälberglocken. Tobias hatte wieder ein paar Holzklötzchen in das Feuer geworfen. Manchmal flackerte es hell auf.

In diesem Augenblick hörte man Schritte vom Berg herunterkommen. Immer, wenn ein genagelter

Schuh über einen Stein glitt, gab es ein klirrendes Geräusch. Wenig später traten die beiden Studenten in den schmalen Lichtkreis des Feuers.

»Na, endlich«, sagte Tobias. »Ich dachte schon, ihr wäret auf der anderen Seite hinunter.«

»Wir haben doch unsere Rucksäcke bei dir«, antwortete der Größere. »Aber es war –«, plötzlich verstummte er und sah auf das Mädchen nieder. »Du hast Besuch bekommen?«

»Setzt euch, es ist noch Fleisch da«, erwiderte Tobias, ohne auf die Frage einzugehen.

»Rauschenberg«, stellte der Kleinere sich vor und machte eine tadellose Verbeugung. Der andere murmelte einen Namen, den Christine nicht recht verstand. Sie setzten sich ans Feuer, und Tobias hielt die restlichen Fleischstücke nochmals ein wenig über die Glut. Der Große blieb schweigsam. Manchmal ging sein Blick kurz und forschend über Christines Gesicht hin. Dafür redete der andere umso mehr. Er sagte, dass er Egon heiße, Egon Rauschenberg aus München. Dass er seinen Freund hier besuche, und dass es unvergesslich schön gewesen sei, mit ihm auf den Hornsteingipfel zu steigen. Und wie wunderbar nun dieser Abschluss des Tages wäre. Sie kämen zurück, und da säße nun ein wunderschönes Mädchen.

Christine lachte hellauf. Aber dann wandte sie sich an den Großen. »Verzeihung, ich habe vorhin Ihren Namen nicht ganz verstanden.«

»Thomas Lafret«, antwortete der und griff nach einem Stück Fleisch, das ihm Tobias herüberreichte.

»Thomas von Lafret«, sagte Tobias trocken.

»Quatsch«, sagte der Mann unwirsch. Es war ihm sichtlich peinlich.

Christine betrachtete ihn jetzt genau. Er hatte ein dunkel gebräuntes, schmales Gesicht. Seine Augen waren tiefschwarz, sein Mund von einer wundersamen Weichheit.

»Seid ihr über die Silberscharte hinauf?«, fragte Tobias.

»Zur Hälfte, dann sind wir in den Burteskamin eingestiegen«, antwortete Thomas. »Ich bin die Route im Vorjahr schon einmal gegangen.«

»Es war herrlich«, schwärmte Egon Rauschenberg wieder, und an Christine gewandt sagte er: »Da hätten Sie dabei sein müssen.« Er sah sie dabei so verträumt an, dass Christine mit Gewalt ein Lächeln unterdrücken musste.

Thomas von Lafret riss ein Grasbüschel aus und wischte sich die Hände damit ab. »Du mutest einem Mädchen zu, was du selbst nur mit deiner letzten Kraft bezwungen hast«, sagte er nicht ohne Spott. Dann zog er eine kurze Pfeife aus der Hosentasche und entzündete sie. Über das aufglimmende Zündholz hinweg trafen sich seine Augen mit denen Christines.

Sein Blick hakte sich an dem ihren fest. Christine wollte wegschauen und konnte es nicht. Er stieß den Rauch aus, nahm die Pfeife aus dem Mund und lächelte zum ersten Mal. »Und wie darf man dich nennen?«, fragte er.

»Ich heiße Christl«, sagte sie leise.

»Ich bin die Christl von der Post«, trällerte Egon Rauschenberg in glückseliger Stimmung.

»Stimmt zufällig sogar«, antwortete Tobias. »Die Posthalter-Christl von Erlbach.« Dann stand er auf und griff nach seinem Bergstecken. »Ich glaub, es ist Zeit, schlafen zu gehen.«

Die Studenten sollten im Heu schlafen, Tobias wollte sich auf die Bank legen, und für Christine war ja in dem Kammerl, das so klein war, dass außer für Bett und Stuhl nicht mehr recht viel Platz war, eine Schlafstelle gerichtet.

Egon Rauschenberg gab Christine die Hand und versicherte, dass es ihn ungemein freue, ihre Bekanntschaft gemacht zu haben. Dann stieg er die Leiter hinauf zum Heuboden, hielt aber nochmals inne, weil die Uhr nach dem zehnten Stundenschlag mit ihrem Lied einsetzte:

> »Sei zufrieden, sei zufrieden,
> lass den Tag zu Ende gehn,
> denn auf Erden hier hienieden
> ist es nur zufrieden schön.«

Thomas trat auf Christine zu, legte seine Hand auf ihre Schulter. Sie meinte, unter dieser Berührung erstarren zu müssen. Irgendetwas berührte ihr Herz. Es war schwer und doch so unendlich schön.

»Schlaf recht gut, Christl«, sagte er. Dann wandte er sich ab und stieg die Leiter hinauf.

3

Um diese Zeit schritt Charlotte Gruber wie allabendlich durch das geräumige Gastzimmer. Die Einheimischen begrüßte sie zuerst. Sie saßen an dem runden Tisch neben dem Ofen. Dann kamen die anderen Gäste dran. Es war unnachahmlich, wie sie das machte. Niemand konnte den Kopf so schön neigen wie sie. Und wenn das Lächeln, das sie dabei zeigte, im Laufe der vielen Jahre auch Maske geworden war, es war doch immerhin ein Lächeln, das jeden irgendwie berührte oder auch beglückte. Der Gemeindesekretär Hanfstingl zum Beispiel bezog das Lächeln ausschließlich auf seine Person. Er war Junggeselle und verehrte die schöne Posthalterin seit Jahren. In seinem Tagebuch standen darüber viele Sätze. Dabei hatte Charlotte ihm nie Veranlassung gegeben, sich irgendetwas einbilden zu können. Mochte man ihr Hochmut, Geiz und Stolz nachsagen, niemand hätte ihr vorwerfen können, dass sie ihre Augen einem anderen Mann zugeworfen hätte als ihrem Sebastian.

Nach dem Rundgang setzte Charlotte sich wieder neben ihren Mann an den runden Tisch. Sie kannte die Gesichter ringsum seit Jahren. An dem Gespräch der Gäste beteiligte sie sich nie. Aber sie gab genau Acht darauf und hatte daraus schon so manchen Nutzen gezogen.

»Resi, meinen Kaffee!«, rief sie der Bedienung zu. Sie trank ihn jeden Abend vor dem Schlafengehen, tauchte ein Kipferl hinein und biss in kleinen Stücken davon ab.

Als sie ihren Kaffee getrunken hatte, stand sie auf, wünschte allen eine gute Nacht und schritt hinaus. Ihr Weg führte wie jeden Abend noch über den Hof zu den anderen Gebäuden, wo sie nachsah, ob sie abgeschlossen waren. Als sie heute davon zurückkam, stand der Sägewerksbesitzer Mühlbacher im halbdunklen Flur. Vorhin war er noch in der Gaststube gesessen. Sein Heimweg hätte ihn vorne bei der Tür hinausgeführt. ›Also will er etwas von mir‹, schoss es Charlotte sofort in den Kopf. Und sie täuschte sich auch nicht. Der grobe, ungeschlachte Mensch stand ein wenig hilflos da und sah ihr aus rot geränderten Augen entgegen. »Ich habe mit dir zu reden, Posthalterin«, sagte er schließlich.

Charlotte zog die Augenbrauen hoch. »Muss das unbedingt um zehn Uhr nachts sein? Hat das denn nicht bis morgen Zeit?«

Der Mühlbacher ließ den Kopf sinken. Sein ganzer Mut, den er sich mit vier Schoppen Wein angetrunken hatte, war wieder beim Teufel. »Na ja, dann komm ich halt morgen gleich in aller Frühe. Wann kann ich dich frühestens sprechen?«

Da begriff Charlotte, dass der andere in höchster Not sein musste. »Komm«, sagte sie und schritt ihm voran bis zur letzten Tür, zu der sie den Schlüssel bei sich trug.

Es war eine Art Büro, auf den ersten Blick von etwas verblichenem Glanz. Als aber dann das Licht aufleuchtete, sah man, dass herrliche Mahagonimöbel mit wunderbar geschnitzten Ornamenten darin standen. Charlotte hatte sie mit in die Ehe gebracht und fühlte sich am wohlsten in diesem Raum.

Sie nahm am Schreibtisch Platz und deutete mit der Hand auf den Stuhl gegenüber.

»Nimm Platz, Mühlbacher.«

Er saß nun so, dass ihm das Licht ins Gesicht fiel. Zunächst drehte er seinen Hut eine Weile zwischen den Händen. Dann hob er ruckartig den Kopf.

»Du musst mir helfen, Posthalterin.«

»Ich bin nicht die Posthalterin, Mühlbacher. Du solltest schon wissen, wie man mich nennt.«

»Na dann, Gruberin –, du musst mir helfen.«

Charlotte runzelte die Brauen. Dieser Ton war ihr bis in die Seele hinein zuwider. Zu bitten hatte man, wenn man etwas wollte, nicht zu befehlen. Das sollte der Mann nur ruhig wissen, der einmal mit seinem Geld so großspurig umeinander geworfen hatte und jetzt am Rande des Abgrundes stand. »Müssen tu ich gar nichts, Mühlbacher.«

»Ja, aber wer soll mir denn sonst noch helfen? Ich bitte dich, Gruberin. Morgen ist ein Wechsel fällig, und ich weiß mir keinen anderen Weg mehr.«

Charlotte spielte mit einem Bleistift. »Wie viel brauchst du?«

»Wenn du mir – wenn du mir – sagen wir, auf ein halbes Jahr zehntausend Mark leihen könntest ...«

»Leihen?« Charlotte warf den Bleistift zurück, als hätte sie sich daran die Finger verbrannt. »Du bist verrückt, Mühlbacher, oder du hältst mich dafür.« Sie schüttelte heftig den Kopf. »Ohne Sicherheit denke ich gar nicht daran. Glaubst du denn wirklich, dass du es in einem halben Jahr zurückzahlen könntest?«

»Ja, ja, ja«, stammelte der Mühlbacher und geriet in Eifer. »Die beiden neuen Sägegatter müssen sich bald rentieren.«

»Müssten sich, ja, wenn du was zu schneiden hättest. Aber du hast nichts zu schneiden. Dein Holzplatz liegt leer, und morgen kommt der Kuckuck auf deine Maschinen, wenn du den Wechsel nicht einlösen kannst. Entschuldige, die Wahrheit ist hart, aber mit Lügen ist dir nicht geholfen.«

Die Schultern des Mannes sanken nach vorne.

»Oder meinst du«, fuhr Charlotte unbarmherzig fort, »meinst du, dass du zu mir gekommen wärst, wenn nicht alle anderen Möglichkeiten schon erschöpft wären? Die Bank gibt dir nichts mehr. Der Toblacher schreit es ganz offen in der Gaststube herum, dass er seit einem Jahr auf seine Zinsen wartet.« Charlotte erhob sich und zog die Vorhänge am Fenster fester zu. Dann ging sie, die Arme über der Brust verschränkt, auf und ab. »Wenn du mir nur Leid tätest, Mühlbacher. Aber du kannst einem ja nicht einmal Leid tun, denn du hast zum größten Teil alles selber verschuldet.«

»Fürs Unglück kann man nichts«, versuchte der Sägewerkbesitzer sich zu verteidigen.

»Fürs Unglück nicht. Aber die letzte Maul- und Klauenseuche hat so ziemlich alle gleich hart getroffen. Da warst du nicht allein. Die andern haben sich nur wieder hochgerissen.«

»Das allein war es auch nicht«, meinte der Mühlbacher. »Bei mir war noch ganz was anderes, wovon niemand eine Ahnung hat.«

»Meinst du?«, fragte Charlotte und blieb vor ihm stehen. »Ich will dir was sagen, Mühlbacher. Es geht mich zwar nichts an, aber wenn du meinst, dass ich nicht hinter die Dinge sehe, dann täuschst du dich. Ich gebe nicht einmal dir allein die Schuld, ja, ich verstehe sogar, dass du so manchen Ärger und Verdruss in den letzten Jahren hast hinuntertrinken müssen. Aber wer einmal zu trinken anfängt, rafft sich nur mehr schwer auf zu einer entschlossenen Tat, zumal wenn er im eigenen Hause kein Verständnis und keine Hilfe findet.«

»Du meinst –?«

»Ich meine deine Frau und deine drei Töchter«, sprach Charlotte weiter. »Die haben dich ruiniert. Sie haben das Geld mit vollen Händen hinausgeworfen. Dreißigtausend hast du deiner Ältesten vor drei Jahren mitgegeben, als sie geheiratet hat. Dreitausend wären höchstens tragbar gewesen. Du musst fremde Leute bezahlen, während deine Töchter spazieren gehen. Die Wahrheit ist bitter, aber sie muss dir einmal gesagt werden.«

Eine ganze Weile blieb es jetzt still. Der Mühlbacher saß schwer atmend da und meinte dann resigniert: »Na ja, ich hätte mir's ja denken können, dass ich von dir eine Moralpredigt bekommen würde, anstatt Geld. Kurz und bündig, du hilfst mir also nicht?«

»Das habe ich nicht gesagt. Ich gehe nur auf keine Unsicherheit ein. Du musst mir etwas dafür geben.«

»Was denn? Die neuen Sägegatter vielleicht?«

»Mit denen wäre mir nicht geholfen.«

»Sonst habe ich nichts.«

»Doch. Gib mir die Kreuzwiese und das Schinderhölzl. Das mag vielleicht nicht ganz Zehntausend wert sein –«

»Das Schinderhölzl? Das sind 4000 Quadratmeter Wald!«

»Jungwald«, verbesserte ihn Charlotte, »erst in sechzig oder siebzig Jahren schlagbar. Ich glaube, Mühlbacher, mein Angebot ist nicht so schlecht, wie es dir zunächst zu sein scheint. Aber ich will dich nicht drängen. Überlege es dir bis morgen.«

»Morgen ist es zu spät. Morgen ist der Wechsel bereits fällig.«

»Lass ihn verlängern.«

»Geht nicht mehr. Das ist bereits zweimal geschehen.«

»Ja, dann kann ich dir auch nicht helfen, Mühlbacher. Die Kreuzwiese mit dem Schinderhölzl, dann kannst du die zehntausend Mark haben.«

Der Mühlbacher fuhr sich mit dem Taschentuch über die schweißtriefende Stirn. »Das ist hart, wenn einem das Wasser bis zum Hals steht wie mir. Also dann, in Gottes Namen, sollst es haben. Aber du musst mir das Geld gleich geben, bis morgen könntest du es dir wieder anders überlegen.«

»Ich nicht. Ich weiß, was ich will. Nur habe auch ich eine Bedingung zu stellen. Gleich morgen fahren wir zum Notar und lassen alles verbriefen. Vorher aber musst du mir einen Schuldschein unterschreiben.«

Der Mühlbacher wurde rot bis in die Stirn hinein. So wenig traute man ihm mehr. Und früher war er doch ein ehrenwerter Mensch gewesen, der überall Kredit und Ansehen gehabt hatte. Aber durfte er es der Posthalterin verübeln, wenn sie Sicherheit haben wollte? »Gut, ich bin einverstanden«, würgte er heraus. Was er sonst noch dachte, blieb wirklich besser unausgesprochen. Er nannte sie insgeheim Betschwester und Blutsaugerin. Aber weder das eine noch das andere war richtig, weil Charlottes Leben wirklich auf einer echten und tiefen Frömmigkeit aufgebaut war und weil die Kreuzwiese einschließlich des kleinen Jungwaldes wirklich nicht mehr wert war, als sie ihm dafür geboten hatte. Bei Licht betrachtet, waren die beiden Grundstücke eigentlich sogar gut bezahlt.

Charlotte sperrte eine Truhe auf und entnahm ihr eine schwere eiserne Kassette. Mit dem Rücken zu ihm gewandt, zählte sie Scheine ab. Man hörte das Knistern in ihren Händen. Ganz unbeweglich saß der Mühlbacher und fasste jetzt den festen Vorsatz, sein Leben wieder ganz neu aufzubauen und daheim mit einem eisernen Besen Ordnung zu machen. Zur Höhe wollte er wieder hinauf. So selbstsicher und überlegen wollte er wieder werden, wie er einmal war, bevor der Teufel Alkohol und das lockere Leben ihn in die Krallen bekamen. Er schaute auf die gemusterten Vorhänge hin und wunderte sich, dass es dahinter so sonderbar hell war. Wollte es denn schon Tag werden? War die Zeit mit ihm fortgelaufen? Er dachte, dass es doch noch nicht einmal Mitternacht sein konnte.

Charlotte kam nun mit den Scheinen zum Schreibtisch her und zählte sie ihm hin. Die Summe stimmte genau, und der Mühlbacher steckte sie in seine Brieftasche. Plötzlich hob er lauschend den Kopf. Was waren denn das für sonderbare Geräusche da draußen?

Charlotte stellte den Schuldschein aus, der Mühlbacher sollte nur noch unterschreiben. In diesem Augenblick zerriss das Feuerhorn die nächtliche Stille, und vom Kirchturm begann die Feuerglocke zu läuten.

Mit einem Sprung war der Mühlbacher beim Fenster und riss es auf. Dann stieß er einen Schrei aus und taumelte hinaus. Es war sein eigener Hof, der lichterloh in Flammen stand.

Der Schuldschein in Charlottes Händen war noch nicht trocken. Er war aber auch noch nicht unterschrieben. Im ersten Augenblick wurde sie sich dessen gar nicht bewusst. Zu sehr war auch ihr der Schreck des Feueralarms in die Glieder gefahren. Nun stand sie am Fenster und sah die Funken da drüben kirchturmhoch emporwirbeln. Die Feuerwehr rasselte über das Kopfsteinpflaster, ganz Erlbach war mit einem Schlag lebendig.

Vorerst brannten nur der Stadel und der Stall. Weitere Feuerwehren kamen herbei. Es war zu hoffen, dass das Feuer auf die beiden Wirtschaftsgebäude beschränkt bliebe und sich nicht noch auf das Wohnhaus ausbreitete.

Nachdem sie sich davon überzeugt hatte, dass sie auf dem Unglückshof nichts helfen konnte, stieg Charlotte ein wenig unruhig in das Schlafzimmer hinauf. Nein, es war doch nichts versäumt. Der Mühlbacher war im Grunde ein Ehrenmann und würde den Schuldschein eben morgen unterschreiben. Und das mit der Kreuzwiese und dem kleinen Wald, das ging ja in Ordnung.

Es wäre vielleicht in Ordnung gegangen, wenn der Mühlbacher in dieser Nacht nicht noch tödlich verunglückt wäre. Bei der Rettung der letzten drei Stück Vieh waren plötzlich brennende Balken von der Tenne durchgebrochen und hatten ihn unter sich begraben. Bis man ihn herauszog, war es bereits zu spät.

Dies hätte Charlotte um zwei Uhr früh noch erfahren können, als ihr Mann, der bei den Lösch- und Rettungsarbeiten geholfen hatte, von der Brandstätte heimkam. Aber sie schlief schon so tief, dass er sie nicht mehr wecken wollte, denn er wusste, wie schwer sie wieder einschlief.

Charlotte erfuhr das alles erst am nächsten Morgen, als sie nach der Frühmesse an der Kirchentür den Zettel angeschlagen sah, der über das Ableben des Sägewerkbesitzers informierte. Ein heißer Schrecken durchfuhr sie. Aber sie ließ sich nichts anmerken und zuckte nur leicht zusammen, als jemand neben ihr sagte: »Der hat es hinter sich. In einem Monat wäre er sowieso versteigert worden. Jetzt hat er es überstanden.«

Eine scharfe, nachdenkliche Falte stand plötzlich auf ihrer Stirn. Doch aufrecht wie immer ging sie über den Marktplatz und bückte sich nur nieder, wenn sie ein Holzstück liegen sah. Niemand lachte mehr über diese Gewohnheit. Aber der Kaufmann Eitermoser hatte einmal ausgerechnet, dass die Posthalterin in den zwanzig Jahren ihres Hierseins auf diese Weise mindestens einen Klafter Kleinholz heimgetragen haben müsse. Ja, von diesen Leuten konnte man das Sparen lernen, hieß es allgemein. Diese Sparsamkeit aber wurde Charlotte als Geiz ausgelegt.

Zu Hause nahm sie den schönen Bänderhut ab, legte ihn auf ein Tischchen und sah eine Weile besinnlich vor sich hin. Ihr Mann saß bereits am gedeckten Frühstückstisch. Endlich drehte sie sich um. »Sebastian, ich glaube, ich habe gestern eine Dummheit gemacht.«

Es rührte ihn nicht, denn seine Frau machte grundsätzlich keine Dummheiten. Immer, wenn sie etwas meinte, hatte es sich hinterher als recht gescheit erwiesen. »Wann machst du schon einmal eine Dummheit?«, fragte er gutmütig.

»Ich habe heute Nacht dem Mühlbacher zehntausend Mark gegeben für die Kreuzwiese mit dem Schinderhölzl.«

»Na also, was soll denn das für eine Dummheit sein? Das Grundstück hast du schon lange haben wollen. Jetzt hast du es.«

»Du weißt doch, dass er tot ist.«

»Ja, ich hätte es dir schon heute Nacht sagen können, aber ich habe dich nicht mehr aufwecken wollen.«

»Das war gut. Trotzdem – der Schuldschein ist noch nicht unterschrieben.«

Nun kam Sebastian Gruber doch ein wenig aus der Ruhe und legte die Buttersemmel weg. »Ja aber – Charlotte, das verstehe ich nicht.«

»Das Feuer brach aus, und der Mühlbacher rannte davon.«

Sebastian rieb sich das Kinn. »Saudumme Sache. Aber du wirst es schon wieder hinbiegen. Muss halt die Mühlbacherin unterschreiben, oder du holst dir das Geld wieder. Mach dir keine Sorgen jetzt, und lass dir den Kaffee gut schmecken. Heute fangen wir mit der Kornmahd an. Ich glaube, dass es eine gute Ernte gibt.«

Damit war für ihn die Angelegenheit erledigt, und Charlotte sah ihn nach einer Weile vom Fenster aus über den Hof aufs Feld gehen.

Sie zog sich um, rügte das Zimmermädchen, das auf dem Gang beim Treppenaufwischen so viel Lärm machte, obwohl die meisten Sommerfrischler doch noch schliefen. Dann sah sie in der Küche nach dem Rechten, begutachtete die Kalbsschnitzel, die es mittags geben sollte, und machte sich endlich auf den Weg zur Sägemühle.

Charlotte sah, dass dort Stall und Stadel bis auf die Grundmauern niedergebrannt waren. Brandgeruch erfüllte die Luft, im Hof lagen noch einige tote Kühe, die nicht mehr gerettet werden konnten. Sie waren mit alten Laken und Decken zugedeckt worden und sollten demnächst abgeholt werden.

Im Hausflur stieß Charlotte auf einige Herren von der Brandfahndung. Sie wollten der Mühlbacherin einreden, dass weder Kurzschluss noch Selbstentzündung durch Heu als Ursache in Frage kommen könne. Der Brand müsse also gelegt worden sein. Es sei erwiesen, dass der bedauerlicherweise tödlich verunglückte Besitzer Emanuel Mühlbacher sehr verschuldet gewesen sei, und es liege nun die Frage nahe, ob er die Gebäude nicht selber angezündet habe, um in den Besitz der Versicherungssumme zu kommen.

Da mischte Charlotte sich ins Gespräch: »Das glaube ich nicht. Als das Feuer ausbrach, war der Sägmüller bei mir im Büro.«

»So? Wann? Um welche Zeit?«, fragte einer der Herren ungläubig.

»Um zehn Uhr war er bei mir. Vorher war er seit acht Uhr in der Gaststube gesessen.« Charlotte trat einen Schritt auf die Sägmüllerin zu. »Du musst doch wissen, dass ich ihm zehntausend Mark gegeben habe.«

»Das ist interessant«, sagte der Fahnder und notierte es.

Die Sägmüllerin aber tat unwissend. »Davon weiß ich nichts.«

»Er hat eine grüne Trachtenjoppe angehabt. In die Innentaschen steckte er die Brieftasche mit dem Geld.«

»Das kann schon sein. Aber ich weiß nichts von dem Geld. Ich habe auch keine Joppe gesehen. Wahrscheinlich ist sie verbrannt.«

Nun erst wechselte Charlotte die Farbe. Der Schuldschein ohne Unterschrift fiel ihr ein. Einen Augenblick wurde ihr leicht schwindlig. Dann hatte sie sich gefasst. Sie sah der Nachbarin fest in die Augen. Lange hielt die Sägmüllerin dem Blick stand, dann wich sie ihm aus. Ihre Fäuste verkrampften sich, und plötzlich schrie sie unbeherrscht heraus: »Was soll denn das überhaupt alles! Die einen haben einen Verdacht auf Brandstiftung, und du, du willst ihm Geld gegeben haben! Das könnte ja jeder sagen!«

»Ja, das könnte jeder«, antwortete Charlotte. »Aber wenn ich es sage, dann ist es die Wahrheit. Ich habe ihm die Kreuzwiese mit dem Schinderhölzl abgekauft. Und dass ich sie bekomme, darauf kannst du dich verlassen.«

»Das ist eine Sache, die uns nichts angeht«, meinte einer der Herren. »Sie werden dem Verstorbenen das Geld doch nicht ohne Quittung gegeben haben.«

Darauf konnte Charlotte nun keine Antwort geben. Langsam drehte sie sich um und ging hinaus.

Ihr Weg führte ins Leichenhaus. In einem schwarzen Anzug lag er aufgebahrt, der Sägmüller Emanuel Mühlbacher. Seine Stirn war mit einem schwarzen Tuch bedeckt. Wahrscheinlich hatte ihn dort der Balken getroffen. Sonst aber sah sein Gesicht friedlich aus. Er schien zu lächeln. War es Schmerz oder versteckter Spott darüber, dass er nun allem ein Schnippchen geschlagen hatte, seinem verpfuschten Leben und der Posthalterin Charlotte

Gruber? Der Tod hatte ihn fortgerufen und die Unterschrift unter den Schuldschein nicht mehr leisten lassen.

Charlotte drehte sich um und ging hinaus. Im Vogelbeerbaum hinter dem Grabmal der Posthalter-Familie pfiff eine Amsel. Die Posthalterin ging hin und spritzte Weihwasser auf den Grabhügel ihrer verstorbenen Schwiegereltern. Dann sah sie zum blauen Himmel hinauf. Eine kleine weiße Wolke zog dort oben dahin wie ein einsamer Segler auf einem See.

Aufrecht ging sie über den Marktplatz zurück. Nur zweimal bückte sie sich nach einer leeren Zigarettenschachtel und nach einem Stückchen Holz.

4

Der Morgen leuchtete in allen Farben, als Christine aus der Hütte trat. Die Sonne war schon ziemlich hoch heraufgekommen, und das Mädel stellte fest, dass es recht lange geschlafen hatte. Am Vorabend hatte sie lange wach gelegen, an Thomas von Lafret gedacht und endlich sein Lächeln mit in den Schlaf hinübergenommen.

So stand sie nun unter der Tür und hob die Hand über die Augen. Hoch droben am Grat sah sie den Tobias ganz langsam dahinwandern.

Der Hang war von Sonne überflutet, und weiter drüben, dort, wo die Quelle talwärts schoss, blitzte es manchmal silberhell auf.

Das Wasser im Brunnentrog plätscherte. Und plötzlich hörte Christine hinter sich ein Geräusch. Hastig drehte sie sich um, und ihr Herz tat ein paar heftige Schläge. Thomas von Lafret stieg soeben die Leiter herunter. In seinen Augen leuchtete es kurz auf, als er sie sah. Einen Augenblick schien es, als wolle er noch mal umkehren, denn er hatte außer der kurzen Lederhose nichts am Leibe. Nur ein Handtuch hatte er um den Hals geschlungen. Doch dann lachte er, ging auf sie zu und gab ihr die Hand. »Entschuldige meinen Aufzug, Mädel. Aber wenn es dich geniert, dann schau einfach weg. Gut geschlafen?«

»Ja, danke«, flüsterte Christine. Sie war wie benommen.

Thomas ging zum Brunnen und streckte seinen Körper unter den eiskalten Wasserstrahl. Christine konnte keinen Blick von ihm lassen. Wie gut er aussah! Da durchfuhr es sie wie ein Schreck: Er sah aus wie jener Fährmann, der in ihrem Traum im Boot gewesen war und die Ruder ergriffen hatte.

Thomas trocknete sich den Oberkörper und die nassen Haare. »Schon gefrühstückt, Mädel?«

»Ich bin selber erst aufgestanden.«

»Herrlich, dann machen wir es zusammen.« Er trat auf sie zu, ganz nahe.

Christine schlug die Augen nieder vor seinem nachtdunklen Blick. »Darf ich sagen, was mir geträumt hat?«, flüsterte er nahe ihrem Ohr.

»Ja, bitte«, verlangte sie in brennender Neugier und gab sich doch alle Mühe, sich zu beherrschen.

Er hob ihr ganz sacht das Kinn empor. »Ich habe deinen Mund geküsst. Es war wunderschön.« Dann wandte er sich ab und fuhr leichthin fort: »Aber Träume sind Schäume.«

»Oder Gedanken des Herzens«, sagte sie schnell.

Mit einem Ruck wandte er sich um. »Donnerwetter, du bist klug. Von wem stammt denn diese Weisheit?«

»Aus Indien.«

»Sehr richtig. Aber von wem?«

Christine senkte den Kopf und wurde flammend rot.

»Kannst du natürlich nicht wissen, genau weiß ich es selber nicht. Ist auch nicht so wichtig. – Bist du nun so nett, Mädel, und bereitest dem zukünftigen Dr. med. Thomas von Lafret ein Frühstück?«

»Ja«, sagte sie hilflos. »Und wo bleibt Ihr Freund?«

»Er schläft noch wie ein Murmeltier. Die Wanderung gestern ging ihm zu stark in die Knochen.«

Erst als Christine wieder allein war, überkam sie auf einmal Trotz und Zorn. Sein Ton empörte sie plötzlich. Wie kam er dazu, sie so arrogant und abfällig zu behandeln? Und doch, und doch. Sie spürte, dass er eine zauberhafte Gewalt auf sie ausübte. Es war alles recht sonderbar. Nur diesen anmaßenden, forschen Ton brauchte sie sich nicht gefallen zu lassen. Am besten war es wohl, sie ließ ihn jetzt ein wenig auf das Frühstück warten. Er soll nur sehen, was er von seinem Benehmen hatte. – Im gleichen Augenblick aber sah sie sich um, womit sie das Frühstück bereiten konnte. Aber Tobias hatte schon für alles vorgesorgt! Das Holz war im offenen Herd eingerichtet. Es brauchte nur mehr angezündet zu werden. Die Streichhölzer lagen auch bereit und im kupfernen Kessel war Wasser. Milch stand in einer großen Schale, köstliche Schafmilch. Daneben fand sie Brot, Butter, Käse und in einer Tasse gemahlenen Kaffee. Christine zündete das Feuer an und deckte draußen vor der Hütte den kleinen Tisch.

Nach einer Weile kam Thomas fertig angekleidet, die kurze Pfeife mit Meerschaumspitze im Mundwinkel. Er trug jetzt zu der kurzen Lederhose ein weißes Leinenhemd und eine dunkelgraue Lodenjoppe, dazu graue Strümpfe und genagelte Schuhe. Er stieß den Rauch aus dem linken Mundwinkel. Dann schnupperte er in die Luft. »Donnerwetter, das riecht gut. Wie im Cafe Fürstenhof. Guter Bohnenkaffee. Was kostet das Pfund?«

Wieder stieg Zorn in ihr auf über seinen Ton. Und härter, als sie es beabsichtigte, sagte sie: »Ich bin kein studierter Mensch und nicht allwissend.«

Er nahm die Pfeife aus dem Mund und starrte sie verdutzt an. Dann spielte wieder das eigenartige Lächeln um seinen Mund. »Nein, bist du nicht. Aber dafür einer der schönsten Engel, die Gott auf die Erde geschickt hat, um einem gewissen Thomas etwas Freude zu machen.« Er ging an ihr vorbei ins Freie, atmete tief die frische Luft ein und setzte sich an den gedeckten Tisch.

Nach einer Weile kam Christine mit dem Kaffee und schenkte ein.

»Weißt du, Christl«, sagte Thomas und biss herzhaft in ein frisches Butterbrot, »ich komme mir vor wie beschenkt. Ahnungslos gehe ich gestern von zu Hause fort und treffe hier in der Einsamkeit ein bildhübsches Mädchen! Du brauchst gar nicht rot zu werden. Ich habe selten etwas so Schönes gesehen wie dich.«

Christine lauschte gierig seinen Worten, sie trank jedes in sich hinein wie ein köstliches Labsal. »Ist das wirklich wahr?«, fragte sie. Und von plötzlichen Zweifeln befallen: »Zu wie vielen haben Sie schon das Gleiche gesagt?«

Erstaunt schaute er sie an. »Verdammt noch mal, du hast Recht. Wie kommst du bloß darauf, du süßer Fratz?«

Christine richtete sich kerzengerade auf. Es war ihr auf einmal klar, dass dieser junge Mensch auf Abenteuer aus war. »Wie ich daraufkomme?«, fragte sie und hatte einen spröden Klang in der Stimme. »Hören Sie einmal gut zu: Erstens sollen Sie mich nicht duzen, und zweitens bin ich kein süßer Fratz, sondern die Posthalter-Christl von Erlbach.«

Ihm war, als hätte er einen Schlag ins Gesicht bekommen. »Ach, so ist das«, sagte er gedehnt nach einer Weile, indessen sich sein Gesicht ganz rot färbte. »Bitte, entschuldigen Sie, ich wollte Sie nicht beleidigen.«

»Sie haben mich nicht beleidigt, aber mir scheint, dass Sie mich für etwas halten, was ich nicht bin.«

»Ich halte Sie –« Er verstummte plötzlich, weil Egon unter der Tür erschien, ebenfalls nur mit einer Lederhose bekleidet.

»Schämst du dich nicht, in solchem Aufzug vor einer Dame zu erscheinen?«, fuhr Thomas ihn an. Sofort verschwand Egon wieder in der Hütte.

»Aber Sie sind doch selbst vorhin ...«, lachte Christine.

»Ich und Egon sind zweierlei«, antwortete er und zündete seine Pfeife wieder an. »So hat mir schon lange kein Frühstück mehr geschmeckt«, sagte er dann in satter Zufriedenheit.

»Wirklich?«, fragte Christine erfreut.

»Ja, das macht sicher diese Luft hier heroben«, dämpfte er ihre Freude und schaute angestrengt zu einem Geier hinauf, der fast regungslos in der Luft stand. Sein Gefieder glänzte in der Sonne wie Silber. Plötzlich schoss er mit einem scharfen Stoß herunter.

Thomas wandte den Kopf und beugte sich ein wenig vor. »Warum glauben Sie mir nicht?«

»Das habe ich nicht gesagt.«

»Nein, aber ich fühle das genau.«

»Mögen Sie doch bedenken, dass wir uns gestern um diese Zeit noch gar nicht kannten. Wie soll ich Ihnen da schon alles glauben können.«

»Ich bedauere, dass wir uns nicht schon länger kennen.«

›Ich auch‹, hätte sie beinahe gesagt, verschluckte es aber gerade noch rechtzeitig und schwieg.

»Wer weiß, ob wir uns überhaupt nochmals wiedersehen.«

Christine erschrak und schluckte ein paar Mal.

»Ihnen macht das ja weiter nichts aus«, sprach er weiter. »Aber wenn Sie die Wahrheit von mir hören wollen, ich werde, wenn ich wieder in der Stadt bin, sehr gerne an diese Stunde zurückdenken.«

»Und wann gehen Sie dorthin zurück?«

»Das hat noch Zeit bis zum ersten September. Aber ins Tal werden wir in einer Stunde schon aufbrechen. Hoffentlich dient das zu Ihrer Beruhigung.«

Christine stellte fest, dass ihr dieser Ton gar nicht gefiel. Sie dachte krampfhaft über eine richtige Antwort nach, aber da kam Egon wieder, diesmal halb angekleidet, und ging zum Brunnen. Hernach nahm er am Tisch Platz, und sie bewirtete auch ihn.

Eine Stunde später waren die beiden Studenten aufbruchbereit. Sie mussten wieder zurück, weil Egon Rauschenberg am ändern Tag bereits abreisen musste.

Er hatte in der letzten halben Stunde noch viel auf Christine eingeredet, und Thomas war mit finsterem Gesicht dabeigesessen. Es war offensichtlich, dass Egon Rauschenberg sich Hals über Kopf in Christine verliebt hatte, und Thomas empfand in seinem Herzen ein nagendes, bohrendes Gefühl. Er konnte es sich selber nicht recht erklären. Schließlich war er es, der ungestüm zum Gehen drängte. »Es war sehr schön bei Ihnen«, sagte er und gab Christine die Hand. »Herzlichen Dank für alle Mühe und – den Ärger, den Sie mit mir hatten.«

»Ich hatte doch keinen Ärger«, stammelte sie verwirrt und kämpfte gewaltsam mit den Tränen.

»Doch, doch. Nur immer ehrlich sein, Christl.« Er wandte sich ab und stieg den Hang hinauf. Am Kamm des Hochtales, bevor es auf der anderen Seite dann steil bergab ins Tal hinunter ging, blieb er stehen und schaute zurück. Wieder spürte er dieses brennende Gefühl in sich. War das vielleicht Eifersucht? Er steckte zwei Finger in den Mund und ließ einen scharfen Pfiff hören. Nach einer Weile kam Egon schwitzend bei ihm an.

»Du konntest wohl gar kein Ende finden«, sagte Thomas giftig.

Egon ging auf diesen Ton nicht ein und schwärmte: »Sie ist das herrlichste Geschöpf, das ich je sah.«

»Ja, aber furchtbar empfindlich.«

»Finde ich nicht. Deinen Ton verträgt nur nicht jede.«

»Ach so, meinst du?«

Sie gingen ein Stückchen schweigend durch das Latschenfeld.

Plötzlich griff Thomas nach seiner Joppentasche. »Jetzt habe ich meine Pfeife oben liegen lassen!«

»Ich hole sie dir«, beeilte Egon sich zu sagen.

»Nein, ich hole sie mir schon selber. Warte hier.« Er warf seinen Rucksack zu Boden und rannte zurück. In Wahrheit hatte er die Pfeife gar nicht vergessen, sie lag wohl verwahrt in seiner Joppentasche.

Christine lehnte noch unter der Tür. Unerklärlicherweise war ihr dieser Abschied sehr schwer gefallen. Sie verstand selbst nicht ganz, wie sie ihren Gemütszustand deuten sollte. Wieso trauerte sie ihm denn nach, er hatte sie doch herablassend und kalt behandelt?

Plötzlich aber sah sie ihn auf die Hütte zukommen, und sie wusste später nie mehr, weshalb dieser Augenblick so beglückend für sie war.

Ungestüm kam er auf sie zu und fasste sie an beiden Händen. »Bitte, Christl, verzeih mir. Ich wollte dir wirklich nicht wehtun. Es ist eine Unart von mir, mich Fremden gegenüber erst einmal so arrogant zu benehmen. Aber ich gelobe Besserung!«

»Aber – Sie haben mir doch nicht wehgetan«, antwortete sie etwas unsicher.

»Doch, Christl!« Er presste ihre Hände an seine Brust. »Ich glaube, dass ich mich ernsthaft in dich verliebt habe. Das muss die Liebe auf den ersten Blick sein, ich kann es selber kaum verstehen.«

Sie sah ihn voll an. »Ist das wahr, Thomas?«

»Christl, ich weiß selber nicht, was mit mir los ist. Du – ich komme heute noch einmal. Spät, wenn es Nacht ist. Bitte, warte dort drüben bei dem Felsenstein auf mich, ja?«

»Wirklich, Thomas? Wann kommst du?«

»Vor zehn Uhr kaum.«

Nun kam von unten her ein greller Pfiff.

Thomas lächelte. »Hörst du, es dauert ihm schon zu lange, dem guten Egon. Lebe wohl, Christl. Bis heute Nacht!«

Er verließ sie wieder und verschwand nach kurzer Zeit hinter der Felsnase oberhalb der Hütte. Zurück blieb ein Mädchen, dem es fast das Herz sprengen wollte vor Glück, das plötzlich über es hereingestürzt war. ›Ich habe meine erste Verabredung!‹, jubelte es in Christine. Es musste ihm doch etwas an ihr liegen, sonst würde er den weiten Weg heute nicht noch mal machen. Aber was erwartete er von ihr? Vielleicht, nein, ganz sicher wird er, der weltgewandte Student, es hernach bereuen, mit einem einfachen Mädchen vom Lande wie ihr auf einem Felsenvorsprung gesessen zu haben, um die Sterne zu betrachten. Wie romantisch! Lächerliche Vorstellung ...

Und wenn sie nicht hinging? Was wusste sie schon von ihm? Wenn er nur ein Bursche war, der mit den Herzen spielte, um sie hinterher schnell wieder zu vergessen? ›Am besten, ich frage den Tobias‹, dachte sie schließlich, erleichtert über diesen Ausweg aus ihrer Ratlosigkeit.

Beim Mittagessen setzte sie sogar dazu an, als er fragte, wann die Studenten aufgebrochen seien. Aber dann ließ sie es doch sein, weil ihr war, als gäbe sie damit ein teures Geheimnis ihres Herzens preis. »Von Lafret, sagtest du gestern, heiße er«, bog sie das Gespräch um.

»Ja«, antwortete Tobias, »man nennt seinen Vater den Bauerngrafen. Das muss aus dem napoleonischen Feldzug noch herstammen. Irgendein Offizier aus dem Heer der Korsen, ein Vorfahre, ist hier zurückgeblieben und hat eine der Töchter von Bruck geheiratet.«

»Ach, so ist das«, meinte Christine. »Der Bauerngraf. Wenn ich mich nicht irre, ist dieser Name bei uns im Gastzimmer schon öfter gefallen. Kennst du ihn?«

»Nur vom Sehen«, antwortete Tobias. »Ich glaube, er hat deinem Vater einmal ein paar Pferde verkauft. Interessiert er dich?«

»Der Alte, meinst du?«

Tobias lächelte. »Freilich nicht der Alte. Aber wenn Thomas seines Vaters Sohn ist, dann muss er ein herrischer, rücksichtsloser Kerl sein.«

Das fasste Christine als Warnsignal auf und beschloss, am Abend die Hütte nicht zu verlassen. Doch den ganzen Nachmittag wurde sie von den widerstrebendsten Gefühlen hin- und hergerissen.

Sie lag im Almrosenfeld. Ein leiser Wind sang vom Grat hernieder. Sie riss ein paar Almröslein ab und dachte, dass sie ihm die schenken wolle. Dann aber sprang sie wieder auf und rannte hügelauf und hügelab, so lange, bis das Abendrot seinen glühenden Mantel über die Berge warf. Da war sie endlich so müde, dass sie hoffte, sie würde aufs Lager fallen und die zehnte Stunde verschlafen.

Doch der Schlaf wollte nicht kommen. Regungslos lag Christine in dem schmalen Bett und lauschte dem Brunnen, der in der Stille der Nacht gar nicht so friedlich plätscherte, sondern sich anhörte wie ein Sturzbach. Der Nachtwind strich durchs Fenster und bewegte den Vorhang. Dann hörte sie die Uhr schlagen und das kleine Lied singen. Es war jetzt die zehnte Stunde. Ob Thomas schon wartete am Felsen unten? Warum war er nicht früher gekommen? Warum musste es nachts sein?

›Ich darf ihn nicht warten lassen‹, dachte sie. ›Es ist nicht recht, wenn ich nicht hingehe. Ich hätte ihm das dann gleich sagen müssen. Ich werde hingehen, aber ihm sagen, dass es das erste und letzte Mal sein würde.‹

Im Nu war sie fertig angezogen und fand im Dunkeln das Almrosensträußlein. Sie setzte den einen Fuß zum Fenster hinaus, zog den anderen nach und sprang. Es war nicht sehr dunkel, denn der Dreiviertelmond war inzwischen hochgekommen und überschüttete das Land mit seinem Silber. Wie Schnee lag es auf dem Hang, den sie jetzt ein Stück bergan steigen musste. Da war der Felsen auch schon, und neben ihm ...

Christine blieb wie angewurzelt stehen. Ihr Herz schlug so rasch und laut, dass sie meinte, der Mann dort am Felsen müsste es hören. Da war seine Stimme: »Christl ...«, sagte er leise und voller Zärtlichkeit. Ein Schauer rieselte über ihre Schultern hin. Die Stimme lockte, schmeichelte und warb. Sollte sie doch nachgeben und ihr folgen?

Langsam ging sie weiter. Alle Angst war plötzlich von ihr abgefallen, nur von einer Spannung war sie umfangen und von einer prickelnden Neugierde.

Jetzt war sie da, und zwei Hände streckten sich ihr entgegen.

»Christl, ich danke dir, dass du gekommen bist. Komm, wir setzen uns auf den Felsen. Was hast du da in der Hand?«

»Nur ein paar Almrosen.«

»Doch nicht für mich?«

»Und wenn sie für Sie wären?«

Seine Hände umschlossen ihre Schultern, und fast hätte sie vor Schmerz aufgeschrien, denn sie hatte sich am Nachmittag an Hals und Schultern einen Sonnenbrand zugezogen.

Ihr Kopf war nahe an seiner Brust, und sie hörte sein Herz schlagen. Sein Atem wehte über ihre Stirn hin. »Du schenkst mir Almrosen, du bist hierher gekommen, ich freue mich, aber du sagst ›Sie‹ zu mir. Du magst mich und sagst ›Sie‹ zu mir? – Thomas heiße ich«, flüsterte er in ihr Ohr.

»Ach ja, Thomas! Es fällt mir nur ein wenig schwer, wir wussten gestern noch nichts voneinander.« Sie lachte leise auf. »Und heute stehe ich im Mondschein mit dir.«

»Es gibt Dinge, Christl, die muss man einfach tun. Ich habe zu dir kommen müssen, heute noch. Es ging einfach nicht anders.«

»Und warum nicht?«

»Weil ich dich lieb habe.«

»Ist das auch wahr?«

»Ja, Christl. Ich wäre doch sonst nicht hier. Mit dir ist alles so anders.«

»Was?«, fragte sie hart und schnell. Enttäuschung schrie aus ihr. »Anders als mit wem?«

Er wurde ein wenig verlegen. »Christl, ich habe dich doch früher nicht gekannt. Was gewesen ist in meinem Leben, das lasse ich hinter mir. Das verstehst du doch, Christl?«

»Nein«, sagte sie immer noch ein wenig enttäuscht. »Ich habe vor dir noch nie jemanden geliebt.«

Er nahm ihr Gesicht in die Hände und grinste sie schelmisch an: »Also, dann liebst du mich also doch. Jetzt hast du dich verraten ...«

»Ich weiß nicht – nein, ob das wirklich Liebe ist. Fast möchte ich es glauben, denn sonst wäre ich wahrscheinlich nicht hier.«

Dieses Geständnis sagte ihm alles. Oh, er ahnte es ja bereits seit heute Morgen. Ihr leuchtender, warmer Blick hatte es ihm verraten. Aber es war sehr merkwürdig, eine eigentümliche Scheu machte ihn befangen, und er wusste plötzlich, dass es der Beginn einer ersten und wirklich tiefen Liebe in seinem Leben war. Alles andere war nur oberflächlich gewesen, bis auf das mit Anita vielleicht.

Jetzt aber war ihr Bild jäh erloschen, er sah nur den jungen, blühenden Mund vor sich. Er küsste ihn sanft.

Es war Christine, als fiele ein Stern mitten in ihr Herz und ließe es flammengleich auflodern. Dann aber barg sie unter leisem Aufschluchzen ihren Kopf an seiner Brust.

Thomas, der geglaubt hatte, sich in Mädchenherzen ein wenig auszukennen, war nun etwas verwirrt. Zärtlich streichelte er mit seiner Hand über ihr Haar, lange, sehr lange. Dann griff er unter ihr Kinn und zwang sie, ihn anzusehen. »Komm, Liebes, nicht weinen. Was ist denn los?«

»Ich weiß nicht, Thomas. Ich glaube, das ist das Glück.« Hastig wischte sie sich über die Augen. »Du – ich wusste eigentlich nicht recht, warum ich hier herauf wollte, ich musste es einfach tun. Es ist, als ob du mich gerufen hättest.«

»Setzen wir uns doch«, sagte er.

Sie setzten sich auf einen Felsvorsprung, und Thomas legte den Arm um ihre Schultern. Noch nie in ihrem Leben hatte sich Christine so geborgen gefühlt, und ihr schien, als habe sich nun endlich eines der vielen Märchen erfüllt, denen sie so lange nachgeträumt hatte. Sie wurde geliebt. Der Mann hatte es ja gesagt, und das konnte doch keine Lüge sein.

»Du, Thomas. Ich möchte dich auf Ehre und Gewissen etwas fragen.«

»Frag nur, mein Schatz.«

»Es ist doch alles die reine Wahrheit, was du mir sagst?«

»Was zum Beispiel?«

»Nun, dass du mich lieb hast. Und dass alles andere vorher vergangen und vergessen ist.«

»Ja, Christl, das ist wahr.« Überschwänglich riss er sie wieder in die Arme.

Christine meinte, in eine ganz fremde Welt hineinzuwirbeln. Thomas' Zärtlichkeiten waren ein reines Wunder, genauso, wie sie es sich in ihren Träumen immer vorgestellt hatte, dass ein Mann sein müsse, demütig in seinem Werben, stürmisch und zurückhaltend jeweils zum richtigen Zeitpunkt, erobernd und beschützend zugleich.

»Sag, Thomas, gab es eigentlich schon viele Mädchen in deinem Leben?«

»Musst du das denn wissen? Wolltest du nicht Vergangenes vergangen sein lassen?«

»Also gut, ich will nicht daran rühren. Nur – weißt du, Thomas, ich habe immer gedacht, der Mann, den ich einmal liebe, der darf vor mir nicht einer anderen nahe gewesen sein. Und jetzt – ach, wenn ich dich so ansehe ...« Sie verstummte und schaute aufmerksam in sein Gesicht. Es war vom Mondlicht beglänzt.

»Was ist dann, wenn du mich so ansiehst?«, fragte er drängend.

»Dann fange ich an zu begreifen, dass ich nicht deine erste Liebe gewesen sein kann.«

Thomas schwieg. Aber in diesem Augenblick gaukelte Anita Wendberg vor seiner Seele herum. Er schloss die Augen. Aber das Bild verschwand nicht, es blieb hartnäckig vor ihm stehen, als wollte es sagen: ›So einen kleinen Flirt im Mondschein, den kann ich dir gerade noch gönnen. Sonst aber, mein Lieber, sonst gehörst du mir mit Leib und Seele.‹

Nein, Seele war vielleicht nicht der richtige Ausdruck, denn in diesem Augenblick wurde es Thomas erstmals jäh bewusst, dass Anita keine Seele hatte. Sie war eine berechnende, kühle Schönheit, aus der manchmal die Flammen der Leidenschaft brachen.

Es hatte ihm immer geschmeichelt, mit ihr auf Gesellschaften zu erscheinen. Aber jetzt fühlte er zum ersten Mal den Unterschied. In seinem Arm ruhte ein Mädchen, wunderschön, zart wie eine Blume, vertrauensvoll, rührend in ihrer Unschuld. Er begriff aber auch, dass sie ihm mit ihrem blinden Vertrauen auch zugleich ihr Leben in die Hände gab, das er entweder zerbrechen oder in ungeahnte Höhen tragen konnte. An ihm lag es, was aus ihnen beiden wurde.

»Thomas ...«, flüsterte sie leise. »Du sagst gar nichts mehr?«

Er nahm ihr Gesicht in seine Hände. »Ich möchte dich bitten, nie an Vergangenes zu rühren. Ich kann dir heute nichts sagen. Aber ich fühle, dass mein Leben in eine ganz andere Bahn einmündet. Ich muss mich erst darin zurechtfinden. Und – glaube mir, ich habe dich lieb. Wäre es anders, ich säße nicht hier, Christl. Es ist doch so, dass man oft nach dem schicksalhaften Gefährten sucht und ihn doch nicht findet. Auf einmal ist er da, und dann erkennt man, dass alles andere nichts war.«

Aufmerksam hatte sie seinen Worten gelauscht, ob nicht ein falscher Ton dabei war, denn sie wusste bereits, dass sie Thomas entweder ganz oder gar nicht besitzen wollte. Halbheiten konnte es hier für sie nie geben.

Nein, eine bequeme Geliebte würde er in ihr nicht haben. Ein Geschöpf, ja, das – wenn sie einmal tief von ihm und seiner Liebe überzeugt war – auch jedes Opfer für ihn bringen würde. Niemals aber würde sie bequem sein.

»Ich bin da mit dir nicht ganz einig«, sagte sie. »In der Liebe kann es doch kein Zwischending geben, sondern nur klares Wissen. Man darf sich nicht einbilden, zu lieben, sondern man muss es wissen.«

Er hielt ihr Gesicht ein wenig von sich ab. »Aber, Christl, du wälzt ja schwierige Fragen!«

»Sind sie dir unbequem?«

»Nein, aber es bringt mich auf den Gedanken, woher du diese Erfahrungen wohl hast.«

»Aus mir selber, Thomas. Nur aus mir allein.«

Der Mond war weitergewandert, und die Nacht war etwas kühler geworden. Man hörte die Quellen plätschern, und zuweilen kam der Ton einer Herdenglocke, vom Wind getragen, von einem der Almfelder her.

Christine ging zurück, als der Morgen zu grauen begann. Aber als sie beim Fenster hineinsteigen wollte, löste sich ein Schatten aus der Mauernische und trat mit leisem Lachen vor sie hin.

»Ist es schon so weit?«

Christine erschrak zunächst. Aber dann wurde sie ganz ruhig, und sie dachte auch keinen Augenblick daran, eine Ausflucht zu suchen. »Tobias? Du hast mir nachspioniert?«

Der Alte schüttelte den Kopf. »Nein! Warum denn auch? Ich hätte ja gar kein Recht, dich von etwas zurückzuhalten, was doch unweigerlich kommt, bei jedem.« Er fasste sie bei der Hand. »Komm, lass uns ein bissl plauschen, junges Weiberl. Schlafen – nein, schlafen, das wirst du jetzt doch nicht können. Das weiß ich ganz genau.«

Er ging mit ihr langsam den Steilhang hinauf, bis dorthin, wo ein brüchiger Zaun eine Grenze zog. Tobias zerrte seinen Umhang von den Schultern und breitete ihn auf dem Boden aus. Dann setzten sie sich auf den weichen Wiesenboden nieder. Von irgendwoher bimmelte das Glöcklein eines Mutterschafes. Der Wind wurde stärker und frischer. Ein Stern nach dem anderen begann zu flimmern, zuckte noch ein wenig und erlosch dann.

›Wie weit Thomas nun schon sein mag?‹, fragte sich Christine, und es kam ihr nun doch ein wenig absonderlich vor, dass sie, nach dem Erlebnis dieser Nachtstunden, das mit sanfter Gewalt eine Seite im Buche ihres Lebens umgewendet hatte, hier auf der Kuppe neben einem alten Mann saß, der wie ein versteinerter Riese aus einem versunkenen Geschlecht aussah. Auf was wartete er? Dass sie vielleicht ihr übervolles Herz öffnen und sich ihm anvertrauen würde?

»Ich habe es kommen sehen«, begann Tobias nach einer Weile.

»Weißt du, bei wem ich war?«

»Freilich, Christl. Ich hab doch den Funken gesehen, der das Feuerl angezündet hat. Bei dir und bei ihm. Gestern Abend schon.«

Immer lichter wurde es. Man sah aus der Tiefe den Nebel steigen. Ein Rudel Schafe zog unweit vorüber.

»Kannst du mir sagen, Tobias, wie es weitergeht?«, fragte Christine nach einer Weile.

»Das kann ich dir ganz genau sagen. Du wirst jubeln und lachen und wirst todtraurig sein. Heute scheint dir die Welt im hellsten Licht, morgen siehst du lauter Schatten um dich. Es wird leuchtende Stunden geben und solche, in denen du dir den Tod wünschst. Ja, Christl, gerade du, weil du es so ernst und schwer nimmst.«

»Ja, aber, Tobias, ist denn Liebe nicht ernst und schwer?«

»Vielleicht ist sie wie Höhe und Abgrund. Du nimmst es schwer, Christl, weil das deine Art ist und du gar nicht anders kannst. Du wirst dein ganzes Leben nicht vergessen, was jetzt als neuer Weg anfängt. Du wirst den Weg weit sehen, ganz klar und offen, bis eben eine Kurve kommt. Du weißt dann nicht, was dahinter auf dich wartet, ob der Weg gerade weitergeht oder eine bittere Enttäuschung deiner harrt.«

Christine war viel zu sehr erfüllt von dem, was ihr die Nacht geschenkt hatte. Sie spürte noch die Zärtlichkeiten auf ihrer Haut und konnte sich gar nicht vorstellen, dass dieser Riese neben ihr jemals in seinem Leben Gleiches erlebt haben könnte.

Die Sterne waren nun erloschen, und hinter den Bergwänden verbreitete sich langsam ein heller Schein. Der Mond hatte allen Glanz verloren und stand wie ein grauer Schimmer am westlichen Horizont.

»Tobias«, fragte sie nach einer langen Zeit des Schweigens, »warst du auch einmal so – weißt du, so ganz unsinnig verliebt?«

»Verliebt?« Tobias strich sich nachdenklich mit den Fingern über seinen Bart. »Ich war so wenig verliebt, wie du jemals leicht verliebt sein kannst. Ich habe geliebt. Verliebtsein und Liebe ist zweierlei.«

Das hörte sich von ihm so seltsam an, dass Christine unwillkürlich lachen musste. »Nimm's mir nicht übel, Tobias, aber ich kann mir nicht vorstellen, dass du auch einmal so hirnrissig warst, wie ich es jetzt bin.«

»Hirnrissig?« Ein kurzes, dünnes Lachen. »Du bist glücklich! Und Glück ist etwas, das es immer gegeben hat und geben wird. Zu meiner Zeit und –

nach deiner Zeit. Immer werden sich junge Menschen in Liebe finden und wieder auseinander gehen, wenn das Schicksal es so bestimmt.«

»Aha«, sagte Christine ein wenig altklug. Es war mittlerweile schon so Tag geworden, dass sie sein Gesicht erkennen konnte. Es sah unendlich traurig aus, es schien als hinge das linke Lid noch weiter herunter als sonst und bedeckte das Auge fast vollständig. Christine verspürte Mitleid mit ihm und legte ihre Hand auf seine Schulter. »Ist sie schön gewesen, Tobias?«, fragte sie dann in jugendlicher Neugier.

Sein Kinn schob sich hart vor, und dann schloss er auch das rechte Auge. »Willst du einmal die Geschichte zweier Liebender hören?«, fragte er.

»Deine Geschichte, Tobias?«

»Ich habe gesagt, die Geschichte zweier Liebender. Es gibt viele Liebesgeschichten. Am Ende aber gleichen sie sich alle, und jeder kann darinnen ein Stückchen eigenes Erleben erkennen.«

Christine sah noch, wie das Sonnenlicht ihre Strahlen hinter dem Wilden Kaiser vorausschickte, und wie da, wo sie hintrafen, der Tau von den Blättern und Blüten abtropfte. Dann legte sie sich zurück, verschränkte die Arme hinter dem Kopf und schloss die Augen. »Ach, erzähl doch, Tobias.«

Und so vernahm sie, während die Sonne feurig schön heraufstieg und ganz ferne eine Glocke läutete, die Geschichte zweier Liebenden.

»Nennen wir ihn Romeo ...«, begann Tobias.

»Ach, und Julia«, lachte Christine, ihn unterbrechend.

»Also gut, dann Julia«, antwortete Tobias, obwohl er sich bereits den Namen Judith ausgedacht hatte. »Romeo war ein junger Bildhauer. Seine Hände schienen begnadet zu sein. Jeder Stein ergab sich ihnen willig. Ein verheißungsvoller Anfang, aber dann, als er nach den Sternen greifen wollte, da schlug das Schicksal in Gestalt der Kritik erbarmungslos zu. Seine Gestalten hätten alle das gleiche Gesicht. Es wirke langweilig bei einem Bildwerk, ganz gleich ob es sich um Mann und Frau drehe, die gleichen Gesichtszüge erkennen zu müssen. Romeo aber konnte nicht anders. Julia füllte sein ganzes Denken und Sinnen aus. Und wenn er einem rohen Stein zu Leibe rückte mit dem festen Vorsatz, nun etwas anderes zu schaffen, am Ende waren es doch immer wieder Julias Mund, Julias Augen, Julias Kinn und Hals. Er konnte einfach nicht anders. Seine Hände gehorchten keinem anderen Gesetz als dem der Liebe zu diesem schönen Mädchen.

Julia war die Tochter einer angesehenen Geschäftsfamilie in der Stadt. Sie liebte ihn mit der ganzen Kraft ihrer zweiundzwanzig Jahre. Und sie schworen sich ewige Treue. Sie hielt zu ihm, was die Kritik über ihn auch sagen mochte. Dann kam der große Skandal. Julias Eltern kamen hinter ihr Geheimnis. Und damit begann die Zersplitterung einer großen und schönen Gemeinschaft. Romeo wurde von seinen Neidern in das schlechteste Licht gesetzt. Sein Künstlertum sei nichts als Stümperei, und es wäre eine Brüskierung der ganzen Familie, in jeder Plastik die Züge eines gewissen Mädchens aus der Stadt erkennen zu müssen.

Der Vater des Mädchens tobte, er tat so, als wäre ihm das Entsetzlichste in seinem Leben dadurch geschehen, dass seine Tochter sich in so einen mittellosen Künstler verliebt hatte, dem von Fachkräften alles Können abgesprochen wurde. Er ging in seinem gekränkten Ehrgeiz so weit, alles von diesem Menschen aufzukaufen, was aufzukaufen war. Nur das Relief über dem Eingang der Stadtbank konnte er nicht kaufen. Das blieb allen sichtbar als reines und makelloses Mädchenantlitz, ob Sonne darauf schien oder Regen darüberrann. Es blieb eben Julias Gesicht, und ein Stachel im Herzen ihres Vaters.

Damals beschlossen die beiden Liebenden, nach Italien zu fliehen. Im letzten Augenblick aber wurde auch dieser Fluchtplan entdeckt, und Romeo zog allein in die Ferne, voller Glauben, das Mädchen werde nachkommen, sobald es konnte.

Brief um Brief schrieb er an sie, die ersten noch in himmelhochjauchzender Stimmung, dann immer verzweifelter, weil keine Antwort von ihr kam. Nach einem halben Jahr konnte er nichts anderes mehr denken, als dass sie ihn vergessen habe. Damit wurde er aber nicht fertig. Es peinigte ihn Tag und Nacht, es erdrückte ihn fast. Er begann zu trinken, rutschte immer weiter ab. Kein Meister nahm ihn mehr in seine Werkstätte. Zuletzt arbeitete er bei einem versoffenen Steinmetz und führte mechanisch die Aufträge aus. Ein eigener Schöpfungsgedanke sprang nicht mehr aus seiner Seele. Sollte er aber einen Engel in einen Grabstein meißeln, so versah er ihn mit den Zügen jenes Mädchens, das ihn verraten hatte. Nur ließ er jetzt das weiche, verträumte Lächeln um die Mundwinkel fort. Es wurde oft ein verzerrtes oder spöttisches Grinsen, das schließlich selbst der versoffene Steinmetz nicht mehr stillschweigend hinnehmen konnte. So drehte Romeo Padua den Rücken und kehrte zurück, viel ärmer, als er drei Jahre zuvor in den Süden gezogen war.

Julia war nicht mehr in der Stadt. Ihr Vater hatte sein ganzes Vermögen durch eine Fehlspekulation verloren, und Julia hatte nach auswärts geheiratet ...«

Die Sonne war inzwischen in dem glasklaren Himmel ziemlich hoch geklettert. Mückenschwärme standen wie flimmernde Säulen in der Luft. Langsam wanderte ein Rudel Rehe am gegenüberliegenden Hang zu einer Quelle hinunter.

»Und – jener Romeo hat keine Anstalten gemacht, seine Julia zu suchen?«, fragte Christine nach einer langen Zeit.

»Natürlich hat er das getan.«

»Und hat er sie gefunden?«

Tobias nahm seinen weiten Schlapphut ab und wischte sich über die Stirne. »Man findet immer, wenn man sucht«, antwortete er nach einer Zeit rätselhaft. »Nur ist dann alles ganz anders. Man findet nie mehr das, was man verloren hat.«

Mit einem Ruck setzte sich Christine jetzt wieder auf und schlang die Hände um die angezogenen Knie. »Ach«, seufzte sie glücklich. »Ich habe schon wieder solche Sehnsucht. Wie soll denn das bloß noch werden mit mir? Manchmal habe ich Angst.«

»Angst brauchst du nicht zu haben, denn wen der Himmel retten will, den schützt er durch die Liebe.«

»Und weißt du, Tobias, er ist gar nicht so, wie du seinen Vater geschildert hast, grob und herrschsüchtig.«

»Manchmal kugelt eben ein Apfel etwas weiter weg vom Stamm. Aber ich sehe schon: Du bist ganz durchgedreht vor lauter Verliebtheit. Vielleicht lachst du später einmal darüber.«

»Später? Nein, das glaube ich nicht, weil es für mich nie mehr einen anderen Mann geben kann.«

»Und wenn er dich enttäuscht?«, gab Tobias zu bedenken.

»Dann ist es eben aus für mich, für immer.«

Tobias stand auf und streckte ächzend seinen Rücken. »Ich muss jetzt nach den Schafen schauen. Und du – du wirst dich schlafen legen.«

»Nein, Tobias. Ich werde jetzt etwas zum Essen richten. Schau doch, die Sonne steht schon bald im Zenit.«

Behende sprang sie den Hang hinunter. Nachdenklich schaute ihr Tobias nach. Dann streckte er das Kinn nach vorne, wie immer, wenn ihn etwas stark beschäftigte.

Da kannte er sie nun schon, seit sie ein kleines Mädchen war – und nun stand sie in der Blüte, über Nacht fast aufgesprungen und sehnsüchtig sich dem entgegenstreckend, was man so leichthin Leben nennt.

Und einmal wird der Raureif sich über dieses wundersame Blühen legen. Dann wird ihr junges Herz aufschreien vor Jammer und Weh, denn wahrscheinlich würde Christine bei ihrer Veranlagung auch das Leid nicht erspart bleiben, das wie ein Naturgesetz fast aus jeder Liebe erwächst.

5

Da hatte man nun tatsächlich die Sägewerkbesitzerin Amalie Mühlberger wegen Verdachts vorsätzlicher Brandstiftung eingesperrt. Weil man ihr aber nichts beweisen konnte, ließ man sie nach acht Tagen wieder nach Hause. Aber es kam nicht mehr die alte, lebenslustige Sägmüllerin zurück, die vor kurzem noch recht flott gelebt hatte, sondern eine verdrossene, mürrische Frau, die sich am liebsten verbarg, denn sie war immerhin die erste Frau aus diesem Ort, die im Gefängnis gewesen war.

Es blieb nichts anderes übrig, die Versicherung musste bezahlen. Stall und Stadel hätten damit zur Not wieder aufgebaut werden können. Sie ließ einen Plan anfertigen, aber er blieb liegen. Warum sollte sie eigentlich alles wieder aufbauen? All das schöne Geld ausgeben und wieder mit leeren Händen dastehen? Es war doch viel besser, man verkaufte überhaupt den ganzen Krempel und zog mit den beiden Töchtern in die Stadt. Woher denn die Leute eigentlich wussten, dass sie die Versicherungssumme ausgezahlt bekommen hatte? Zwei Tage darauf meldete sich bereits ein Holzhändler, dem der verstorbene Sägmüller eine hohe Summe schuldete. Der ließ sich zwar noch einmal vertrösten. Aber am anderen Tag meldete der Bauerngraf, dieser von Lafret, seine Forderung an und gab zu verstehen, dass er auf Versteigerung drängen würde, falls sie nicht bezahle. Herrisch und bar jeden Mitleids stand dieser Riese vor ihr und ließ keinen Zweifel darüber, dass er seinen Vorsatz wahr machen würde.

Als er gegangen war, sagte die Sägmüllerin zu ihrer jüngsten Tochter: »Wir beide fahren morgen in die Stadt, Tanja, und lassen uns acht Tage nicht mehr sehen. Und du, Birgit, du weißt einfach nicht, wo ich bin.« Da kam aber an diesem Abend noch die Posthalterin und wollte wissen, wie es mit ihrem Geld stünde. Sie fragte rundheraus, ob die Brieftasche mit den Scheinen inzwischen gefunden worden sei.

Es war eine zu lange Zeit verstrichen seitdem. Die Sägmüllerin hatte sich sammeln können, sie flimmerte nicht verlegen mit den Augen, sondern sah die Posthalterin geradeheraus an und meinte, ohne mit der Wimper zu zucken: »Du bist wohl der Meinung, ich würde es verschweigen, wenn ich die Brieftasche gefunden hätte? Sie muss verbrannt sein.«

Charlotte wurde blass. Aber sie hatte sich doch so weit in der Gewalt, dass sie sich nichts anmerken ließ. Nur dieser Frau nicht zeigen, wie empfindlich dieser Schlag sie traf. Sie brauchte sich auch gar nichts vorzumachen, weil sie bereits bei ihrem Rechtsanwalt gewesen war. Ohne Unterschrift war der Schuldschein eben wertlos, und kein Gericht der Welt würde ihr Recht geben.

Zum zweiten Mal hatte die Sägmüllerin die Posthalterin bereits aufgefordert, doch Platz zu nehmen. Umständlich tat sie es nun, strich sich mit den Fingern über die Stirn und sah dann die andere fest an. »Hast du einen Zweifel, dass ich deinem Mann das Geld gegeben habe?«, fragte sie.

»Das bezweifle ich nicht. Aber ich weiß von keinem Geld. Da müsstest du mir die Unterschrift bringen.«

Nun verlor Charlotte doch ihre Haltung. Sie konnte sich der Tränen, die ihr in die Augen schossen, nicht mehr erwehren. Es war ja nicht so, dass ihr dieses Geld beim Fenster hereingeworfen worden war. Nein, sie hatte es auch schwer verdienen müssen. Sie, ihr Mann und alle, die in der großen Posthalterei beschäftigt waren.

Es war der Sägmüllerin zwar eine Genugtuung, die stolze Posthalterin einmal weinen zu sehen. Andererseits hatte sie aber auch kein Herz aus Stein, und so sagte sie kurz entschlossen: »Dann nimm dir meinetwegen die Kreuzwiese und das Schinderhölzl. Was liegt mir daran! Über kurz oder lang wird ja doch alles versteigert.«

Eine kleine Hoffnung zuckte in der Posthalterin auf. Nun würde wenigstens der Spott ausbleiben, denn sie wusste nur zu genau, dass es in Erlbach genug Leute gab, die ihr den Reinfall von Herzen gönnten. »Das muss aber schriftlich gemacht werden!«

»Gern, aber wie? Ich kenne mich da nicht aus. Setz halt du was auf, und ich unterschreibe es.«

»Nein, nein, das kann ich nicht selbst, das muss notarisch gemacht und im Grundbuch eingetragen werden. Aber damit ich momentan etwas in der Hand habe, habe ich hier ein Schriftstück vorbereitet.« Sie zog es aus ihrer Handtasche und legte es der Mühlbacherin zur Unterschrift auf den Tisch. Diese nahm den ihr angebotenen Stift und unterschrieb bereitwillig. Charlotte stand auf und wusste in diesem Augenblick, dass die Sägmüllerin die Brieftasche mit dem Geld doch an sich genommen hatte, denn kein Mensch würde nur aus reiner Güte eine Wiese und ein Waldstück verschenken.

Auf dem Weg nach Hause machte sie einen Umweg und besichtigte die Kreuzwiese und das Schinderhölzl. Vielleicht war das alles zusammen gar keine zehntausend wert. Aus dem Wald könnten frühestens ihre Urenkel einmal Nutzen ziehen. Und die Wiese, nun, es war keine besonders gute Wiese. Im Herbst würde man sie umreißen lassen, um im Frühjahr Hafer darauf anbauen zu können.

In einem weiten Bogen kam sie wieder auf den Ort zu. Es war schon Abend geworden, und in einzelnen Häusern brannte bereits Licht.

Als Charlotte die Gaststube betrat, begrüßte sie die Gäste wie jeden Abend, und nicht das Leiseste war ihr anzumerken.

Christine war nach ihrer Rückkehr von der Hütte wie verwandelt, das musste jedem auffallen. Der Posthalter bemerkte es zwar nicht, umso mehr aber die Mutter.

Christines Wesen war ausgeglichener. Nichts mehr hatte es von jenem stürmischen Aufbrausen von früher. In ihren Augen war jetzt oft ein so wundersam tiefes Glänzen und um ihren Mund ein verträumtes, weiches Lächeln. Dann aber konnte man plötzlich wieder eine schnell einsetzende Erregung bemerken, eine Zerstreutheit ohnegleichen.

Charlotte beobachtete das genau, und sie fragte sich natürlich, was während Christines Aufenthalt bei Tobias auf der Alm wohl vorgefallen war, das sie so durcheinander machte. Vorsichtig ging sie ans Werk und versuchte, die Tochter auszuhorchen. »Du, sag einmal, Christl«, begann sie eines Vormittags, als sie wie so ganz zufällig ins Büro kam, »was ist denn eigentlich mit dir los?«

Christine hatte gerade an diesem Morgen von Thomas einen jener kleinen Briefe erhalten, in denen er sie bat, am Sonntagnachmittag wieder mal in die kleine Jagdhütte zu kommen, die auf halben Weg von Erlbach nach Bruck mitten im Hochwald lag. Oh, Christine kannte die Hütte gut und dachte an die leuchtenden Stunden, die sie dort schon erlebt hatte.

Schelmisch blinzelte sie jetzt zur Mutter auf. »Was soll denn mit mir los sein?«

»Ich weiß nicht, du bist so verändert, Mädel.«

»Wirklich? Merkt man mir das an?«

Charlotte meinte etwas Spott aus der Frage herauszuhören und war ein wenig gekränkt. Bisher hatte sie versucht, den Lebenslauf ihres Kindes so zu lenken, wie sie es wollte. Und nun musste sie feststellen, dass Christine ein eigenes Leben zu leben versuchte.

»Wenn du kein Vertrauen mehr zu deiner Mutter hast«, begann Charlotte, »so werde ich es unterlassen, in dich zu dringen. Und ich werde warten, bis du selber das Bedürfnis hast, dich mit mir auszusprechen.«

Hoch erhobenen Hauptes, also doch ein wenig beleidigt, ging sie hinaus. Christine lächelte fröhlich hinter ihr her. Sie wusste eigentlich selbst nicht, weshalb sie die Mutter nicht in alles einweihte. Mangel an Vertrauen war es nicht, eher das Bedürfnis, dieses wundervolle Geheimnis noch eine Weile allein in ihrem Herzen zu tragen.

Draußen schien die Sonne. Am liebsten hätte Christine alles liegen und stehen gelassen und wäre davongerannt – so stark war ihre Sehnsucht nach Thomas.

Die Mutter war im Hof draußen dem Vater begegnet. Christine hörte nicht, was sie sprachen, aber sie sah es am Gesicht der Mutter, dass es um sie ging. Und da hatte sie Recht.

»Kannst du dir erklären«, fragte Charlotte ihren Mann, »was mit der Christl los ist?«

Sebastian Gruber blinzelte zu einem Taubenpaar auf, das über dem Stallfirst kreiste. »Vielleicht ist sie verliebt? Ich konnte übrigens noch nicht feststellen, dass sie sich verändert hätte.«

»Bis du etwas merkst, fallen die Schindeln vom Dach. Mach deinen Hemdkragen zu. Siehst du nicht, dass draußen der Herr Kanzleirat vorbeigeht? – Und – was sagst du da? Verliebt könnte sie sein?«

»Warum denn nicht?«, antwortete Sebastian und knöpfte seinen Hemdkragen zu. »Alt genug ist sie, und gut gewachsen ist sie auch.«

»Spar dir diese Bemerkungen! Ich bin jedenfalls nicht geneigt, das auf die leichte Schulter zu nehmen. Bisher war ich der Meinung, dass der Mann, der sich hier einmal in das warme Nest setzt, von uns ausgesucht werden würde.«

Sebastian Gruber wurde plötzlich ernst. Aufgeregt fingerte er mit Daumen und Zeigefinger in seinem Westentäschchen herum und zog dann einen Zahnstocher heraus. »Du vielleicht, ich nie«, sagte er fest. »Von mir aus würde Christine ganz nach ihrem Herzen wählen und heiraten dürfen.«

»Wie kommst du bloß auf so etwas?«

»Weil ich dich auch aus Liebe geheiratet habe«, antwortete Sebastian Gruber und ging weg.

Charlotte stand eine Weile starr. Von dieser Seite kannte sie ihren gutmütigen und sanften Mann gar nicht. Es war doch eine gelinde Ohrfeige, die sie soeben bekommen hatte, denn Tatsache war, dass Sebastian Gruber sie wirklich nur aus Liebe genommen hatte.

Nachdenklich kehrte sie ins Haus zurück. Es war ein für sie in jeder Hinsicht verdorbener Tag. Die Köchin musste sich sagen lassen, dass der Kalbsbraten zu wenig gewürzt sei, und das Zimmermädchen musste einen Raunzer einstecken, weil auf Zimmer acht kein frisches Handtuch aufgelegt worden war.

Ihre Laune besserte sich auch in den nächsten Tagen nicht, obwohl die Sonne die ganze Zeit über schien und die Luft angenehm warm war. Nur an den Nebelfeldern, die sich in der Früh immer etwas länger hielten als sonst, und an dem schon empfindlich kühlen Abendwind erkannte man den Altweibersommer, der so langsam den Herbst ankündigte.

So kam der Sonntag heran, an dem Charlotte mit ihrer Tochter wie stets ins Hochamt ging. Heute wollte sie die Augen ein wenig aufmachen, denn es war ihr aufgefallen, dass Christine in letzter Zeit von selber immer ins Hochamt drängte. Stand da vielleicht einer hinter einem Kirchenpfeiler, den sie heimlich grüßte?

Wie abwegig Charlottes Gedanken waren! Christine ging jetzt lieber in die Kirche, weil sie dort die Ruhe und Besinnung fand, in der sie an ihren Liebsten denken konnte und sich ihm näher fühlte. Und sie betete zu Gott, dass ihr dieses wundersame Glück erhalten bleiben würde.

Gar nichts Auffallendes geschah an diesem Sonntag, und so sehr Charlotte ihre Augen auch umhergehen ließ, sie konnte einfach nichts entdecken. Zwar meinte sie, der junge Kronbichler hätte bereits ein paar Mal von der Männerseite herübergeschaut.

Aber Christine achtete gar nicht darauf, sie kniete aufrecht und hatte ihren Blick nach vorne zum Altar gerichtet, und bei der Predigt saß sie mit geschlossenen Augen in der Kirchenbank.

Die Mannsleut von Erlbach, die sich nach dem Amt, getreu alter Gewohnheit, beim Kaufmann Obermaier zu einem Tratsch zusammengesellten, bevor sie zu den Weißwürsten gingen, grüßten zu den beiden schönen Frauen hinüber, die über das Seilergäßlein kamen. »Ist diese Christl eine Fesche geworden«, schwärmte der junge Gottfried vom Bäckermeister Haindl.

»Die Alte wäre auch ganz passabel«, antwortete der Schmiedmeister Rossgotter, der noch Junggeselle war, trotz seiner vierzig Jahre. Der junge Kronbichler ging in seiner Bewunderung sogar so weit, vor Christine auf eine nette Art seinen grünen Hut mit dem Gamsbart zu lüften.

»Ist es der?«, fragte Charlotte blitzschnell.

Christine neigte sich im Gehen ein wenig vor. »Was meinst du, Mutter?«

»Ich meine, ob es der junge Kronbichler ist, der dir den Kopf verdreht hat.«

Christine lachte hell hinaus. »Wie kommst du bloß auf so etwas?«

»Weil ich es mir nun einfach nicht mehr nehmen lasse, dass du dich verändert hast und dass ein Mannsbild dahintersteckt.«

»Und wenn es so wäre, Mutter? Bin ich nicht alt genug?«

»Immerhin noch nicht alt genug, um es vor deiner Mutter zu verheimlichen.«

»Es gibt Dinge, Mutter, die jeder Mensch am besten für sich im Herzen trägt, bis —«

»Ach, da schau her. Das ist ja sehr interessant.«

»Du hast mich nicht ausreden lassen, Mutter. Bis es ihn von selber drängt, sprechen zu wollen oder zu müssen. Drum lass es gut sein jetzt, Mutter. Nur eines kann ich dir versprechen: Ich würde mich niemals an einen unwürdigen Menschen verlieren. Dazu habe ich von dir zu viel vererbt bekommen.«

Die Gaststube war gerammelt voll, und es war so üblich, dass bei solchem Betrieb Christine der Bedienung an die Hand ging. Bei dieser Gelegenheit sah sie den Bauerngraf Anton von Lafret zum ersten Mal in ihrem Leben.

Der stattliche Mann, der neben den anderen Bauern am runden Ofentisch saß, überragte fast alle um einen ganzen Kopf, und seine Stimme hatte einen dunklen, vollen Klang. Die anderen schwiegen, wenn er etwas sagte, und man merkte, dass er in jeder Hinsicht eine Respektsperson war.

Während die anderen Bier tranken, hatte er sich Rotwein bestellt. Soeben verlangte er das vierte Viertel. Christine trug es ihm hin, nicht weil die Bedienung gerade keine Zeit hatte, sondern mehr aus Neugierde auf diesen Mann.

Seine Augen erinnerten sie sofort an die von Thomas. Nur war nicht der warme, stille Glanz darin, ein eiskalter, stechender Blick traf Christine.

»Wohl bekomm's«, flüsterte sie, und ihr war, als hätte eine eiskalte Hand sie berührt.

»Danke schön«, antwortete er, und um seinen Mund war jetzt etwas wie ein kleines Lächeln. Dann nickte er ein paar Mal vor sich hin, als sei er mit irgendetwas zufrieden. Dann sprach er weiter: »Wenn wir Bauern uns nicht besser zusammenschließen und harte Köpfe zeigen, erdrücken sie uns noch mit ihrer Einfuhr«, hörte Christine ihn im Weggehen noch sagen. Dann verließ sie die Gaststube und ging ins Büro. Sein durchdringender Blick ging ihr nicht aus dem Kopf. Wusste er etwas? War er gekommen, um zu sehen, was sein Sohn sich da ausgesucht hatte? Etwas wie Trotz regte sich in ihr, und vielleicht zum ersten Mal kam ihr das Bewusstsein, dass auch sie jemand war, nämlich die Posthalter-Christl, reich, unabhängig und schön.

Nach einer Weile sah sie den Bauerngrafen mit dem Vater über den Hof gehen. Mitten auf dem Hofplatz blieb er stehen und fasste den Gruber mit einer Hand am Joppenaufschlag. Was er sagte, konnte Christine nicht verstehen. Es war nicht viel, so viel stand fest, denn sie waren bei seinem Wagen angelangt. Er stieg ein und fuhr davon.

In Bruck saßen seine vier Söhne, die beiden Töchter sowie drei Männer und vier Frauen, die bei der Arbeit auf dem Hof aushalfen, um den großen Ecktisch, als Anton von Lafret mit einem kurzen Gruß den Raum betrat. Für ihn und die Bäuerin war hinten am Ofen gedeckt, obgleich es für alle das gleiche Essen gab. Bei allem, was man diesem Manne auch nachsagen mochte – es gab Leute, die hielten ihm ein ganzes Dutzend menschlicher Fehler vor – eines aber gestanden sie ihm alle zu: Gerechtigkeit. Um dieser Gerechtigkeit willen hielten sich die Mitarbeiter jahrelang bei ihm. So war es denn auch gerecht, dass er als Herr das gleiche Essen zu sich nahm wie die Leute, die für ihn arbeiteten. Und die Verpflegung auf dem Hof war gut. Das war weit über das Tal hinaus bekannt. Seine Gerechtigkeit in allen Dingen war genauso bekannt wie sein Jähzorn, vor dem sich alle verkrochen. Und wehe, wenn ihm bei solch einem Ausbruch jemand widersprach. Das wagte aber auch niemand.

Man liebte ihn nicht und nirgends, aber man achtete ihn. Man sah in ihm auch keinen gewöhnlichen Bauern. Sein Vater, ja, das war einer gewesen wie sie in diesem weiten, hügeligen Landstrich: ein stiller Säer und Ernter, dankbar für das, was der Boden abwarf.

Bei Anton von Lafret war es schon wieder anders, da war es vielleicht so wie bei seinem Urgroßvater, dem französischen Oberst, den das Unglück seines Kaisers und die Liebe dazu gebracht hat, in diesem Tal sesshaft zu werden. Der jetzige von Lafret war nie mit dem zufrieden, was der Boden hergab, er wollte immer mehr.

Seine Gattin war das Gegenteil. Sie war eine stille, bescheidene Frau, deren Haar bereits vollständig ergraut war. Sie hatte immer in seinem Schatten gelebt, und kein Mensch wusste, ob sie jemals an seiner Seite so richtig von Herzen glücklich gewesen war.

Anton von Lafret hatte den Hut aufgehängt, die Joppe ausgezogen und über den Stuhl gelegt. Dann nahm er neben seiner Frau am Ofentisch Platz.

Das Essen verlief schweigend. Zuweilen, wenn der Bauer an seinem Rotwein nippte, schielte er vor zum großen Esstisch. Er war stolz auf seine Kinder, denn sie waren alle gutaussehend und wohlgeraten. Da waren die Mechthild, die in ihren Zügen der Mutter glich, die Barbara mit dem festen, energischen Kinn des Vaters, dann die vier Buben, Lorenz, der Älteste, Thomas, der Student, Sigmund und der Jüngste, der Albert.

Der Lorenz sollte einmal das große Bauerngut übernehmen. Für den Sigmund glaubte er heute das Rechte gefunden zu haben. Thomas würde seinen Weg als Arzt sowieso machen, und für den Albert, da hatte es noch Zeit. Wegen der beiden Mädchen brauchte er sich nicht zu sorgen. Die würden schon weggehen wie warme Semmeln, aber der Bauerngraf hatte auch da seinen eigenen Standpunkt. Die beiden waren noch jung, gerade um die zwanzig herum. Sollte er sie lange Jahre als unnütze Esser am Tisch gehabt haben und sie jetzt schon ziehen lassen, wo sie endlich dem Hof von Nutzen wären? Die Töchter sparten zwei zusätzliche Arbeitskräfte ein, und sie sollten sich das, was er ihnen als Heiratsgut mitgeben würde, auch wirklich verdient haben.

Vorne am Tisch war man bereits fertig. Aber man wartete mit dem Tischgebet, bis auch der Herr des Hauses Messer und Gabel weglegte und sich den Mund abwischte.

Hernach verließen sie alle die Stube, bis auf die drei älteren Söhne, denen der Vater bedeutete, dass sie noch bleiben möchten. Es waren Lorenz, Thomas und Sigmund.

Sie standen in der Stube herum, bis der Vater sich umständlich die Sonntagszigarre angezündet hatte. Thomas wurde es schließlich zu langweilig. Er nahm den Drilling von der Wand und sah durch die Läufe.

»Ja, du Dreckfink«, fuhr der Vater plötzlich herum, um sich dann spöttelnd zu verbessern, »Verzeihung, Herr Doktor, wollt ich sagen. Das nächste Mal, wenn du den Drilling benutzt, dann wisch gefälligst die Läufe sauber.«

Thomas bekam einen hochroten Kopf. »Entschuldige, Vater, ich habe es vergessen.«

»Aha! Bloß eines hattest du nicht vergessen: dass du mir den schönsten Bock, auf den ich sieben Mal umsonst angelegt habe, vor der Nase weggeschossen hast.«

»Das habe ich nicht gewusst, Vater. Dann werde ich heute eben gar nichts schießen.«

»Ach so, heute willst du auch wieder hinaus? Dich hat ja auf einmal ein merkwürdiges Jagdfieber gepackt. Meinetwegen, recht lange bist du ja nicht mehr hier. Übrigens –«, er machte ein paar hastige Züge an seiner Zigarre, »wenn du mir beim Examen durchfällst, lasse ich dich auch fallen. Und zwar unerbittlich.«

»Aber Vater«, versuchte sich Thomas zu verteidigen. »Es gäbe ja immerhin die Möglichkeit, das Examen zu wiederholen!«

Der Bauer starrte seinen Sohn an, als hätte der ihm soeben einen unverständlichen Witz erzählt. Dann sagte er mit hart vorgeschobenem Kinn. »Ein von Lafret fällt nicht durch, verstanden?«

Thomas hatte etwas Heftiges auf der Zunge, aber er schluckte es lieber hinunter. Er sah auf die Uhr. Er hatte eigentlich gar keine Zeit mehr. Um zwei spätestens würde die Christl kommen. Das Gewehr hatte er schon umgehängt, nun nahm er nur noch den Feldstecher aus dem Glaskasten und wollte gehen. Da sagte der Vater – und das galt jetzt nicht mehr ihm, sondern dem Sigmund: »Und was dich betrifft, Sigmund, für dich habe ich mir heute eine angeschaut. Die dürfte die Rechte für dich sein.«

Sigmund tat gar nicht einmal überrascht. Der Thomas war neugierig, wen der Vater für seinen Drittgeborenen ausgesucht hatte. So blieb er in der Tür stehen.

»Zudem hast du Glück«, sprach der Vater jetzt weiter, »dass das Frauenzimmer neben ihrem Reichtum auch noch hochanständig ist.«

Sigmund war ein netter, liebenswürdiger Bursche mit dunklem Schneckerlhaar. Auf seinen Lippen sprosste ein dünner Flaum. »Darf ich wissen, wer es ist?«, fragte er jetzt, und in seinen Augen war ein lustiges Funkeln.

»Die Posthalterstochter von Erlbach. Wie sie mit dem Vornamen heißt, weiß ich nicht.« Der Bauerngraf lachte herzhaft. »Das habe ich vergessen zu fragen.«

Thomas hatte die Farbe gewechselt. Seine Faust umklammerte die Büchsenläufe, dass die Knöchel weiß hervortraten. »Christl heißt sie«, würgte es aus seinem Halse.

Anton von Lafret drehte das Gesicht nach ihm. »Kennst du sie?«

»Ich lernte sie durch Zufall kennen.«

Aufmerksam musterte der Vater seinen Studenten. »Soso, durch Zufall? Nun, ist sie sauber oder nicht?«

»Sie ist – sehr schön, Vater.«

»Also, was habe ich gesagt? Zwar ist Schönheit nicht das Wichtigste. Sie geht oft schon nach dem ersten Kind verloren. Aber eine gute Grundlage braucht die Ehe auch, und die ist vorhanden.«

»Und Liebe«, warf Thomas ein, der sich kaum mehr halten konnte.

»Vielleicht«, gab der Vater zu. »Du hast mir ja einmal einen so schönen Vortrag darüber gehalten, als ich dir die Tobler-Mathilde aufschwatzen wollte. Liebe, sagtest du, müsste dabei sein. Liebe und Geld. Das gäbe einen schönen Klang. Nun, zugegeben. Du hast ja auch dementsprechend gewählt. Was ist eigentlich mit Anita? Ich dachte, sie käme heuer wieder auf ein paar Wochen nach Bruck?«

»Es hat sich – es war ihr nicht möglich, zu kommen.«

»Na ja, vielleicht kann sie es im Herbst nachholen. Aber dass wir weiterreden, Sigmund. Glaube nun nicht, du müsstest gleich heute Nachmittag hinrennen und dir das Prachtstück anschauen. Das lass nur mich zuerst mit den Alten einrenken. Nur nicht gleich mit der Tür ins Haus fallen!«

»Ja, Vater. Aber ist es erlaubt, dass ich da ein Wort dazu sage?«

»Widerspruch vielleicht?«

»Nein, ich wollte nur fragen, was dann ist, wenn mir die Christl nicht gefällt.«

Anton von Lafret machte mit nassem Finger ein losgelöstes Deckblatt seiner Zigarre wieder fest. Dann sah er den Sigmund halb spöttisch, halb ärgerlich an. »Erstens wird sie dir gefallen, und zweitens habe ich nur einmal einen meiner Söhne selbst wählen lassen. Die Anita, na ja, sie ist nicht übel. Ihr Reichtum wiegt manches auf. Und trotzdem, eine andere wäre mir lieber gewesen. Sie ist jedenfalls nicht ganz nach meinem Geschmack.«

Da ging Thomas still hinaus. Ihm war, als habe man ihm mit einem Hammer auf die Stirn geschlagen.

Der Jagdhund Bello zerrte wütend an seiner Kette. Thomas ging hin und streichelte ihn. »Bello, ich kann dich doch heute nicht brauchen.«

Aus traurigen Augen sah der Hund ihm nach, schickte ein paar Beller hinter ihm her und verkroch sich in die Hütte.

Im Obstanger blieb Thomas stehen und strich sich über die Stirn.

Wie merkwürdig doch das Schicksal spielte! Ausgerechnet die Christl musste dem Vater in den Sinn kommen! Eigentlich war das ganz verständlich, und er konnte dem Vater darob gar nicht böse sein. Dessen Sinn stand eben dahin, dass jedes seiner Kinder sich in ein warmes, schon fertig gemachtes Bett legen sollte. Dem Sigmund also die Posthalter-Christl von Erlbach. Ausgerechnet seine Christl!

Warum Anita nicht gekommen war? Sehr einfach, hatte er ihr doch eben geschrieben, dass sie nicht kommen solle. Die Begründung war nicht ganz ehrlich. Das Haus sei voller Sommergäste, ein paar Arbeiter seien fortgelaufen und er müsse bei der Ernte helfen.

Warum hatte er zu diesen Lügen gegriffen? Warum hatte er ihr nicht ehrlich den wirklichen Grund mitgeteilt, dass er dem Menschen begegnet sei, der ihm das Glück der Erde bedeute?

Verwirrt strich er sich über die Stirn und schaute zum Himmel auf. Die Sonne stand senkrecht über den Apfelbäumen, unter deren schwer beladenen Ästen feste Stangen als Stützen angebracht waren. Goldgelb leuchteten die Früchte im dunklen Blattgewirr.

Hart vor sich hin lachend, schritt Thomas nun rasch aus, um rechtzeitig bei der Jagdhütte anzukommen.

Diese Hütte war eigentlich schon mehr ein fest gefügtes Haus, aus Felssteinen erbaut, mit einem Dach aus Schindeln. Auch hier war, wie daheim auf dem Hof, über der Eingangstür das Wappen der von Lafrets angebracht. Die Innenräume bestanden aus einer kleinen Küche, durch die man in eine große, mit blau bemalten Möbeln ausgestattete Bauernstube kam. Nebenan waren noch zwei Schlafzimmer.

Die Fensterläden waren dicht verschlossen und konnten nur geöffnet werden, wenn man innen die Klammern aus der Querstange herauszog. Um dies tun zu können, hätte man in das Innere des Hauses gelangen müssen. Thomas aber hatte heute die Schlüssel vergessen.

So setzte er sich auf die Bank vor dem Haus, um auf Christine zu warten. Durch die hohen Tannen konnte man eine Strecke den Weg einsehen, der ins Tal hinunter führte.

Eine wunderbare Stille war ringsum. Nur das Plätschern eines Baches war zu hören. Einmal schlug ein Specht hart und schnell ins Holz.

Das Gewehr neben sich an die Wand gelehnt, saß Thomas da und starrte in den Wald hinein. Sein Herz war heute in einer merkwürdigen Erregung. Wie in einem Märchen hatte er die letzten Wochen mit dieser Liebe gelebt. Nun hatte dieser schöne Sommertraum einen harten Stoß erlitten.

Endlich sah er etwas Weißes zwischen den Stämmen schimmern. Aufspringend rannte er Christine entgegen, riss sie in seine Arme und bedeckte ihr Gesicht mit Küssen wie in Angst, sie verlieren zu können.

»Wie wild du bist, Thomas.«

»Ich hab dich lieb, Christl.«

»Das ist schön. Ach, Thomas«, jubelnd umschlang sie seinen Hals, »ich weiß nicht, wie es sein soll, wenn du wieder in die Stadt zurückgehst.«

»Denke nicht daran, Christl. Mir ist dabei selber so weh ums Herz.«

Sie fasste ihn an der Hand und zog ihn mit sich hinter die Hütte, wo sie sich ins Gras setzten. Thomas steckte sich eine Zigarette an und ließ, wie sie es sich angewöhnt hatten, Christine den ersten Zug machen.

Dann sah sie aufmerksam in sein Gesicht. »Du bist heute irgendwie verändert, Thomas.«

Thomas legte sich ins Gras zurück, fasste nach Christls Hand und schloss die Augen. »Siehst du schon in mich hinein, Christl?«

»Ja, Thomas. Ich sehe in dich hinein. Ich sehe nur nicht, was genau sich da drinnen in dir abspielt.«

»Viel, Christl, sehr viel.« Er machte einen tiefen Zug an seiner Zigarette. »Zunächst einmal, dass dies auf lange Zeit unser letzter Sonntag sein wird. Ich muss ja am Mittwoch fort. Meinst du vielleicht, dass mir das leicht fällt?«

Sie neigte ihr Gesicht über ihn. Er spürte ihren warmen Atem über seine Stirne wehen. »Früher bist du leichter fortgegangen?«

»Ja, früher –«, er lachte gequält, »früher, da hatte ich dich nicht.«

»Bist du denn froh, dass du mich hast?«

»Nur Gott allein weiß es, wie froh ich darüber bin.« Er schlang seinen Arm um ihren Hals und zog ihr Gesicht an sich. Wange an Wange ruhten sie nun. »Es tut mir weh, dich allein zurücklassen zu müssen. Man weiß nie, was kommt, Christl.«

Eine Weile lag sie ganz still. Sie spürte an der Ader an seinem Hals den raschen, stürmischen Schlag seines Herzens. »Ich weiß nicht, was kommen und mich von dir lösen könnte. Für mich gibt es keinen anderen Mann, Thomas. Kannst du mir denn das nicht glauben?«

»Doch, Christl. Aber wir wissen nicht, was das Schicksal alles für uns bereithält. Weißt du denn, ob deine Eltern überhaupt einverstanden sein werden? Bitte, unterbrich mich jetzt nicht. Du bist die Erbin eines großen Besitzes. Und was bin ich? Noch gar nichts. Bis jetzt bin ich meinem Vater auf der Tasche gelegen und werde das noch so lange tun müssen, bis ich fertig bin und eine Praxis gründen kann.«

»Das wirst du, und zwar in Erlbach, oder nicht?«, sagte die Christl und lachte froh. »Was hat unsere Liebe mit dem zu tun, was ich einmal als Erbe zu erwarten habe? Ich ginge mit dir bis in das abgeschiedenste Tal, wenn es sein müsste. Aber es muss doch nicht sein, Thomas. Du eröffnest in Erlbach eine Praxis, das ist doch alles so einfach. Doktor Wimmer ist alt, vielleicht kannst du sogar seine Praxis kaufen.«

Fest presste er ihre Hand. »Wenn ich dich so sprechen höre, Christl, erscheint mir die Welt in einem ganz anderen Licht.« Er streichelte ihr Haar, ihre Wange, ihre Schulter. »Was aber, Christl, wenn plötzlich einer bei deinen Eltern um dich anhielte? Einer, weißt du, der die Voraussetzungen mitbringt, einem Gasthof und einer großen Landwirtschaft vorzustehen? Deine Eltern wären einverstanden. Du hängst an deinen Eltern, sagtest du mir einmal. Würdest du dich in diesem Falle ihrem Willen widersetzen?«

»Also, Thomas, du bist wirklich ein großes Kind. Natürlich würde ich mich widersetzen. Und derjenige müsste erst geboren werden, der mich von dir wegbringen könnte.«

Mit einem Ruck richtete er sich auf. »Christl, er ist womöglich bereits geboren, es gibt zumindest einen Anwärter!«

Entgeistert starrte sie ihn an. Sie sah auf seinen zuckenden Mund, in seine Augen, mit denen er sie traurig ansah. Und plötzlich fiel ihr ein, was ihn so aus der Fassung bringen mochte. »Du – heute Vormittag war dein Vater bei uns in der Gaststube. Hat es vielleicht damit zu tun?«

»Ja, und wenn er sich etwas vorgenommen hat, dann geht er unbeirrbar darauf los. Und so lange ich denken kann, ist ihm noch nie etwas danebengegangen.«

»Dann würde er das bei mir eben zum ersten Mal erleben, wenn er meint, uns beide trennen zu können.«

»Im Augenblick weiß er ja von uns beiden noch gar nichts.«

»Ach so«, sagte Christine gedehnt und setzte sich auf. »Ich hatte heute früh gedacht, er sei gekommen, um mich zu sehen.«

»Stimmt auch. Aber nicht für mich hat er sich umgeschaut, sondern für meinen jüngeren Bruder Sigmund.«

Da schlug Christine mit einem hellen Lachen die Hände zusammen. »Ach, Thomas, wenn es sonst nichts ist! Das weißt du doch, dass ich nur dir gehören will. Komm, lach doch mit! Was sollte denn uns beide überhaupt noch auseinander bringen können?«

In diesem Augenblick fiel ihm Anita ein, weil sie fast wörtlich einmal den gleichen Satz gesagt hatte. Wie lange war das schon her? Seit er Christine kennen gelernt hatte, war ihm oft, als läge jene Zeit schon Jahre zurück, als wären die letzten Küsse am Bahnhof vor seiner Abfahrt in die Ferien in einem anderen Jahrhundert gewesen.

In Erinnerung daran runzelte er die Stirne und erschrak beinahe, als er Christines weiche Hand darübergleiten fühlte. »Thomas, wie weit warst du jetzt weg in Gedanken?«

Tränen sprangen in seine Augen. Er wehrte sich verzweifelt dagegen und wollte sie mit Gewalt zurückdrängen. Aber es gelang ihm nicht ganz. Zärtlich küsste Christine sie fort, bis er endlich wieder sprechen konnte.

»Auf meine Vergangenheit bist du nicht eifersüchtig, Christl?«

»Sie ist ausgelöscht, ich weiß es.«

»Der letzte Rest wird ausgelöscht.«

»Ich weiß es, Thomas. Und dann erst gehörst du ganz mir.«

»Ja, Christl, dann gehöre ich ganz dir.«

Wohin waren die Stunden gekommen? Die Sonne war gesunken. Alle Wiesen waren von milchigen Schleiern übergossen. In der Tiefe stieg der Nebel aus dem Inn empor, und der Wald wurde schwarz.

6

Vierzehn Tage später erschien an einem hellen Nachmittag der Bauerngraf von Bruck mit seinem Sohn Sigmund in der Posthalterei von Erlbach.

Es passte ihm nicht ganz, dass niemand kam, um ihn zu begrüßen. Seine Augen glitten abschätzend über die Gebäude des Hofes. »Das Dach dort musst du richten lassen, sobald du hier der Herr bist«, wandte er sich an Sigmund.

Sigmund war nicht ganz wohl zumute. Er kam sich vor wie ein preisgekrönter Hammel, den man zur öffentlichen Beschau vorführte. »Du tust ja schon so, als ob es klar wäre, dass die Christl mich überhaupt mag.«

»Das lass nur meine Sorge sein«, antwortete der Vater. »Im Übrigen, wenn es Nachhilfe braucht, dann lass halt dein Mundwerk ein bissl spielen. Du bist ja nicht aufs Maul gefallen! Wie du das fertig gebracht hast, dass dir die Tochter vom Innkofler so anhängt, das ist mir allerdings ein Rätsel.«

Sigmund lächelte ein wenig geschmeichelt. »Na ja, schließlich sehe ich ja nicht aus wie eine Vogelscheuche und dann –«, er lächelte spitzbübisch, »ich bin ja doch der Sohn vom Bauerngrafen in Bruck.«

»Ja, auf dieses Konto hast du bis jetzt immer gebucht! Aber jetzt ist Schluss damit, jetzt beginnt der Ernst des Lebens. Die Innkofler-Margret wäre nichts für dich.«

»Warum nicht?«

Gut gelaunt, wie der Bruckner heute war, griff er seinem Sprössling unters Kinn und zwang ihn, ihn anzusehen. »Weil dort drei Buben sind. Du müsstest dir mit der Margret erst etwas aufbauen. Ich aber will, dass meine Kinder sich in ein gemachtes, recht warmes Nest setzen. Verstehst du mich? Und jetzt komm! Entweder ist niemand daheim, oder die Leute hier wissen noch nicht, wie man einen von Lafret zu empfangen hat.«

In der Gaststube war um diese Zeit nur die Kellnerin, die an der Schanktheke die Bestecke putzte. Der Bruckner verlangte einen Wein, den nur ganz selten jemand verlangte, einen Bordeaux de la Satry, in der Voraussicht, dass man diese Sorte sicher nicht führte. So war es denn auch, und er bestellte dann einen Kalterer. Aber er hatte immerhin damit erreicht, dass das Haus ein wenig in Aufruhr gebracht und der Posthalter aus seinem Mittagsschlaf gerissen wurde und Charlotte aus ihrer besinnlichen Stunde im Wohnzimmer.

Zuerst kam Sebastian Gruber. Er begrüßte den Bauerngrafen ein wenig lebhafter als er andere Gäste zu begrüßen pflegte und meinte: »Du könntest ja gleich einen Wein verlangen, wie man ihn drüben in Honolulu trinkt.«

Das klang so spaßig, dass der Bauerngraf hellauf lachte.

»Du bist auch nicht auf den Mund gefallen«, sagte er. »Immerhin, in einem Gasthof, wie dem deinen, sollte man schon ein bissl Auswahl haben. Der Kalterer ist übrigens gar nicht schlecht.« Er trank und kostete mit der Zunge nach. Dann stellte er das Glas nieder und begann auf einem kleinen Umweg auf sein Ziel loszusteuern.

»In der Sägmühle war ich drüben. Wird mir wohl nichts anderes übrig bleiben, als den ganzen Krempel zu ersteigern.«

»Ach so, bei den Mühlbacherischen«, antwortete der Posthalter. »Ja, da wird wohl bald Feierabend sein. Ich habe mir – das heißt, meine Frau hat sich wenigstens noch ein Wiesen- und ein Waldgrundstück gesichert.«

»Sooo?«, fragte der Bruckner. »Na – da hat sie noch Glück gehabt. Ja, und dann hab ich mir gedacht, kehrst halt ein beim Posthalter. Das da ist mein Sohn, der Sigmund.«

»Aah, der künftige Bauerngraf?«

»Nein, ich habe vier Buben, falls du es noch nicht wissen solltest. Vier Buben und zwei Mädel. Du hast bloß ein Mädel, soweit ich weiß.«

»Die Christl, ja.«

»Ein Kind ist kein Kind, und man muss als Vater beizeiten zusehen, es so unter die Haube zu bringen, dass es fürs Leben gesichert ist.«

Nun begriff der Posthalter, um was es hier ging. Er sah den Bauerngrafen an und dessen Sohn, der ganz still dasaß und die Wandsprüche ablas, die ein wandernder Maler für billiges Geld hingemalt hatte. Sebastian Gruber war zwar ein wenig lethargisch, unter gewissen Umständen aber sofort hellwach. Er durchschaute plötzlich alles.

»Du, sag einmal«, fragte er ganz gemütlich, »hast du Holzsohlen an deinen Schuhen?«

Das verblüffte selbst den Bauerngrafen. »Wie kommst du darauf?«

»Weil du dahertrampelst wie ein frisch beschlagener Dragonerwallach. Machst du das immer so, dass du gleich mit der Tür ins Haus fällst?«

Der Bauerngraf beobachtete eine Fliege, die um den Lampenschirm kreiste. Hinten an der Theke klirrte das Besteck. »Eigentlich ja«, gab er zu. »Was soll das lange Drumrumreden? Sag, hast du keinen Raum, wo man ungestört sprechen könnte?«

»Für das, was du besprechen willst, möchte ich meine Frau dazuholen«, antwortete Sebastian Gruber.

»Bei mir ist das zwar nicht der Brauch«, brummte von Lafret. »Aber wenn du meinst.« Er stand auf und befahl seinem Sohn: »Du bleibst inzwischen hier hocken.«

Charlotte saß im Wohnzimmer über der Gaststube und war dabei, Rechnungen nachzuprüfen.

Hier begegneten sich der Bauerngraf und Charlotte zum ersten Mal im Leben von Angesicht zu Angesicht. Und was sie beide füreinander empfanden, das war keine Wärme.

Einen Augenblick war der Bauerngraf verwirrt durch den kühlen, abwägenden Blick, den diese Frau ihm entgegensandte, und unwillkürlich richtete er sich ein wenig auf.

»Das ist der Bruckner«, sagte Sebastian Gruber, und es mochte wie eine Vorstellung klingen.

Charlotte nahm die Lesebrille ab und musterte ihn wieder mit abschätzenden Blicken. Dann sah sie ihren Mann an. »Du meinst Anton von Lafret, der Bauerngraf. Sebastian, zieh eine Jacke an, du kannst den Besuch nicht in Hemdsärmeln bewirten. – Waren Sie es, der den Bordeaux de la Satry verlangte?«, fragte sie den Bruckner. Sie lächelte dabei ein wenig. »Ein guter Wein, aber leider nur wenigen bekannt. Was führt Sie zu uns? Bitte, nehmen Sie Platz.«

›Donnerschlag‹, dachte der Bauerngraf, ›was ist denn das für eine?‹ Aber er dachte das nur einen Augenblick, dann gab er sich einen Ruck. Das wäre ja noch schöner, sich von einem Weiberkittel einschüchtern zu lassen! Sein Kinn schob sich vor und er sah sie aus schmalen Augen an. Schon öffnete er den Mund, um etwas zu sagen, da kam ihm der Posthalter zuvor: »Der Bauer von Lafret ist mit seinem Sohn gekommen, um um unsere Christl anzuhalten.«

Charlotte erschrak ein wenig. Das also war es, warum Christine in letzter Zeit so verändert war. Ihr wurde wehmütig ums Herz. Warum hatte das Kind kein Vertrauen zu ihr gehabt? Nun stand sie vor vollendeten Tatsachen. »Ach sooo?«, sagte sie langsam. »Tja, das wäre wohl eine Ehre. Aber unsere Christl ist erst vor ein paar Wochen achtzehn Jahre alt geworden.«

Da setzte der Bauerngraf zu seinem ersten Prankenhieb an. »Junge Weiber heiratet man gerne, alte Schachteln nimmt man mit Widerwillen.«

Charlotte warf ihren Bleistift weg, so erbost war sie über diese harten Worte. Sie lehnte sich in ihrem Stuhl zurück, betrachtete eine Weile ihre Hände im Schoß und hob dann den Kopf. »Ist Ihr Sohn aus dem gleichen Holz geschnitzt wie Sie?«

»Leider nein. Nur einer schlägt mir nach, der Jüngste. Um aber zur Sache zu kommen. Ich gebe meinem Sigmund fünfzigtausend Mark mit. Das ist ein fetter Brocken. Notfalls gebe ich noch zehntausend drauf.«

»So viel ist Ihnen ein warmes Nest wert?«

»Warum sollen wir nicht offen zueinander sein? Ja, so viel ist es mir wert.«

»Danke für diese Ehrlichkeit. Sie haben aber bei allem nur eines vergessen.«

»Zum Beispiel?«

»Ob unsere Christl Ihren – wie heißt er doch gleich?«

»Sigmund.«

»– ob sie ihn auch mag?«

Nun musste der Bauerngraf doch lachen. »Das ist doch das Allerwenigste. Ich weiß nicht, wie es bei Ihnen ist, aber bei mir fügen die Kinder sich meinen Wünschen. Im Übrigen ist der Sigmund ein hübscher Bursche.«

»Unsere Christl ist auch hübsch.«

»Das weiß ich bereits. Ich habe sie mir schon angeschaut.«

Charlotte war vom Wesen des herrischen Mannes zwar nicht besonders beeindruckt, eher abgestoßen. Aber aus anderen Gründen war der Gedanke einer Verbindung zwischen ihrer und seiner Familie gar nicht so dumm. Immerhin war der Name von Lafret im ganzen Tal bekannt, und sechzigtausend Mark waren schließlich kein Pappenstiel. Denn wenn überhaupt, dann mussten es schon die sechzigtausend sein. Sie dachte dabei nämlich an die zehntausend, die sie dem verstorbenen Sägmüller gegeben hatte.

Eine Weile vor sich hinschauend, sagte sie plötzlich: »Sebastian, was suchst du da hinten?«

»Ich dachte, du hättest einen Kognak hier.«

»Ja, dort im Schrank, im zweiten Fach. Bring drei Gläser.« Sie beugte sich wieder vor und sah den Bauerngraf aufmerksam an.

»Ich muss schon sagen, Sie haben eine merkwürdige Art, die Dinge anzupacken.« Sie ging jetzt auf ihr Ziel zu. »Sicher wird Ihnen ja bekannt sein, dass zwischen Ihrem Sohn und meiner Tochter seit einiger Zeit so eine Art Liebschaft bestehen muss.«

»Ja, das stimmt«, sagte Sebastian aus dem Hintergrund, wo er sich bereits heimlich zwei Gläser Kognak eingeschenkt hatte. »Die Christl ist irgendwie verändert in letzter Zeit.«

Der Bauerngraf vermochte kaum, sich von dieser Überraschung zu erholen. ›Schau den Buben an‹, dachte er. ›Lässt sich von mir herfahren und sagt kein Wörtl, dass er die Posthalterstochter bereits gut kennt.‹

»Die Christine hat sich zwar niemals darüber ausgesprochen, aber es muss wohl so sein, denn sonst wären Sie heute nicht hier. Nur so ins Blaue hinein konnten Sie doch nicht gefahren sein.«

Anton von Lafret hätte ja nun sagen können, dass er wirklich nur ins Blaue gefahren sei, aber doch in der Gewissheit, als Brautwerber nicht abgewiesen zu werden. Er rieb sich kurz mit den Knöcheln seiner Rechten das Kinn, eine Geste, die er schon immer an sich hatte und die keiner ihm so vollendet nachmachen konnte. Dann packte er den Stier bei den Hörnern. »Ich sehe also, dass ihr nichts dagegen habt. Wir brauchen uns gegenseitig keine Schmeicheleien zu sagen. Ich weiß, was eure Tochter wert ist, aber es mag sich auch nicht schlecht anhören, wenn sie dann Christine von Lafret heißt.«

Hier schluckte Charlotte zunächst. Der Mann warf einem die Dinge hin und war scheinbar der Meinung, dass dies noch eine Gnade sei. Das sollte er sich aber nur aus dem Kopf schlagen. Sie richtete sich steil auf und sagte: »Namen sind nur Schall und Rauch. Und Sie müssen nicht denken, dass wir auf

Sie gewartet haben. Es kommt Ihnen nur zugute, dass unsere Christl hinter unserem Rücken mit Ihrem Sohn bereits alles abgesprochen hat. Sebastian, was meinst du zu der Sache?«

Sebastian Gruber hatte nur den Einwand, dass die Christl doch noch zu jung sei, um zu heiraten, und dass er und seine Frau noch lange nicht für den Austrag reif seien. Von einem Übergeben des Besitzes könne noch lange keine Rede sein.

Der Bauerngraf stand sofort auf und griff nach seinem Hut. »Dann haben wir schon ausgeredet. Ich habe einen Sohn anzubieten, der dann aber der Herr im Haus sein muss.«

In diesem Augenblick ging die Tür auf und Christine trat ein. In der Hand hatte sie einen Abrechnungsbogen, über den sie die Mutter gerade etwas fragen wollte. »Oh, ihr habt Besuch?«, sagte sie.

Sebastian Gruber blinzelte ihr aus dem Hintergrund zu und schüttete schnell einen Kognak hinunter.

»Ja«, sagte die Mutter, »und dieser Besuch dürfte für dich wohl nicht ganz unerwartet kommen.«

»Da hast du Recht.« Sie ging mit ausgestreckter Hand auf den Bauerngrafen zu. »Grüß Sie Gott, Herr von Lafret. Ich habe damit gerechnet, dass Sie kommen. Nur nicht, dass Sie schon so früh kommen.«

Anton von Lafret rieb sich wieder das Kinn. Das ging ja alles viel einfacher, als er gedacht hatte!

»Herr von Lafret hat um deine Hand angehalten für seinen Sohn Sigmund«, sagte Charlotte jetzt mit eisiger Kälte. »Und ich möchte dir nicht verschweigen, liebes Kind, dass du uns dadurch in eine recht peinliche Verlegenheit gebracht hast, weil du vorgezogen hast, uns alles zu verschweigen.«

»Das tut mir jetzt Leid, liebe Eltern. Hoffentlich habt ihr Herrn von Lafret und seinem Sohn Sigmund nichts zugesagt.«

»Wir haben überhaupt nichts zugesagt«, ließ sich Sebastian Gruber wieder vernehmen.

Mit einem leisen Lächeln trat Christine auf Anton von Lafret zu. »Ich kenne nämlich Ihren Sohn Sigmund gar nicht. Aber ich liebe dafür Ihren anderen Sohn, den Thomas. Bitte, Mutter, reg dich jetzt nicht auf. Ich liebe Thomas von Lafret von der ersten Stunde an, seit ich ihn gesehen habe. Ich weiß, dass er mein Schicksal ist, und ich werde ihn immer lieben.«

Diese Neuigkeit brachte sogar den Bauerngrafen außer Fassung. Aber nur kurz starrte er in das Gesicht des Mädchens. Dann brach ein dröhnendes Lachen aus ihm heraus. »Das ist doch die Höhe.«

»Warum, ist das so unnatürlich?«, fragte Christine.

»Unnatürlich ist hier überhaupt nichts, nur unverständlich. Und es passt gar nicht in meine Rechnung. Jetzt geht mir plötzlich ein Licht auf, warum er in der letzten Zeit so viel auf die Jagd gegangen ist. – Tja, wenn das so ist, dann ist meine Fahrt hierher doch umsonst gewesen. Das heißt, eines möchte ich dir noch sagen, Christl. Schlag dir den Thomas aus dem Kopf. Auf die Posthalterei gehört kein Doktor, sondern einer, der etwas versteht von Acker und Viehzucht. Vielleicht kommst du später selber darauf, oder der Thomas, der eigentlich vernünftiger denken müsste als du.«

»Ich verstehe Sie nicht, Herr von Lafret.«

»Jetzt noch nicht, aber später wirst du es schon begreifen. Danke schön für den Kognak. Ich hoffe, dass wir noch nicht das letzte Mal beisammen waren.«

Er drehte sich auf dem Absatz um und ging mit dröhnendem Schritt hinaus. Wenig später fuhr er mit seinem Sohn mit quietschenden Reifen aus dem Posthalterhof.

Die Hoffnung, nicht das letzte Mal beisammen gewesen zu sein, hatte der Bauerngraf eigentlich so gemeint, dass Christl einsehen würde, dass ihre Liebe zu Thomas eine jugendliche Schwärmerei war, und dann stand eines Tages vielleicht doch noch die Tür für Sigmund offen.

Aber dann geschah in Erlbach so allerlei, was diese Hoffnung immer mehr verblassen ließ.

Zunächst fand die Versteigerung des Sägewerkes Mühlbacher statt. Es war einer jener schönen Herbsttage Anfang Oktober mit einem Rausch von Farben in den Bergwäldern. Darüber spannten sich die Berge in ihrer glasklaren Schönheit.

Charlotte Gruber war fest entschlossen, den nachbarlichen Besitz für sich zu ersteigern. Aber dann stand einer da, der mehr zu fordern und mehr zu bieten hatte. Das Sägewerk wurde dem Bauerngrafen zugeschlagen.

»Es tut mir Leid«, sagte er hernach zur Posthalterin. »Ich habe zu viel Geld drinnen stecken. Und überdies habe ich noch einen Buben, den Albert, dem ich eine Existenz schaffen muss. Bei Ihnen wäre es sowieso nur eine Geldanlage gewesen.«

»Vielleicht«, antwortete Charlotte. Sie sahen sich dabei fest in die Augen. Ein kaltes Glitzern war im

Blick der Gruberin, in dem seinen spiegelte es sich wie Eis. Tief innen wurde in diesem Augenblick in beiden Menschen ein Funken von Hass entzündet, aus dem einmal eine Flamme schlagen konnte.

Mit der ihm eigenen Tatkraft ging der Bauerngraf sofort daran, das heruntergekommene Anwesen zu erneuern. Acht Tage dauerte es nur, dann kreischten die Sägegatter schon wieder und warfen ein misstönendes Echo in die stillen Gassen von Erlbach. Maurer und Zimmerleute waren dabei, die abgebrannten Gebäude wieder zu errichten. Der Bauerngraf trieb zur Eile, damit vor dem ersten Schneefall alles unter Dach sei. Ständig war er auf der Baustelle oder im Sägewerk.

Eines Tages stand er hoch oben auf einem Holzstapel und überlegte gerade, wie und wo er ein zweites Rollgleis anlegen sollte. Da wurden seine Augen schmal. Sein Blick richtete sich zur Kreuzwiese hinauf. Dort zog ein Pflug gemächlich seine Bahn. Fett glänzten die umgelegten Schollen in der Sonne.

›Potztausend‹, sagte er sich, ›da ackert jemand auf meinem Grund. Ist das nicht der Traktor des Posthalters?‹

Er machte sich sofort auf den Weg zur Kreuzwiese, die nun Acker werden sollte. Dort angekommen, blieb er am Rand stehen und wartete, bis das Gefährt vom anderen Ende zurückkam.

Er hatte sich nicht getäuscht, es war ein Mitarbeiter des Posthalter-Anwesens, der da pflügte.

Nur um ganz sicher zu sein, fragte er den Mann, der am Steuer saß: »Sie sind doch vom Posthalter-Hof, oder?«

»Freilich«, antwortete Ferdinand, des Grubers Vorarbeiter, und schickte sich an, zu wenden.

»Bist du schon lange beim Posthalter?«, fragte der Bauerngraf weiter.

»Zwölf Jahre werden es an Lichtmess.«

»So, so, mhm. Dann kennst du ja die Grundstücke und Gemarkungen der Posthalterei ganz genau.«

Ferdinand lachte, als habe ihn jemand gefragt, ob er das Einmaleins könne. »Wie meine Hosentaschen«, sagte er.

»Aber diese Wiese ackerst du zum ersten Mal. Gehört die nicht zum Sägewerk?«

»Hat sie einmal, ja. Jetzt gehört sie dem Posthalter.«

»Seit wann?«

»Das weiß ich nicht, und das geht mich auch nichts an. Man hat mich zum Ackern hinausgeschickt, und das Übrige kümmert mich nicht.«

»Was soll denn herkommen auf den Acker?«

»Hafer im Frühjahr, warum?«

»Weil es schon vorgekommen sein soll, dass jemand geackert hat und andere dann geerntet haben.«

»Das kann schon sein. Mich geht das nichts an.« Sprach's, ließ den Motor des Ungetüms wieder an und setzte seine Arbeit fort.

Anton von Lafret rieb sich das Kinn, dann stieg er wieder langsam abwärts. Manchmal zuckte es um den Mund wie Spott, und dann stand plötzlich wieder die Zornfalte auf seiner Stirn.

Am nächsten Tag fuhr er in die Stadt zum Grundbuchamt, wo man ihm sagte, dass er der rechtmäßige Eigentümer dieser Grundstücke geworden sei, da er ja das Anwesen nebst Sägewerk ersteigert habe.

»Ein Irrtum ist ausgeschlossen?«

»Natürlich, sonst wäre es ja hier in den Akten vermerkt.«

»Gut, danke schön. Mehr wollte ich nicht wissen.«

Am folgenden Morgen ging er wieder zum Acker hinauf. Ferdinand war gerade dabei, den letzten Streifen umzuackern.

»Halt«, sagte Anton von Lafret und stellte sich mit eindeutigen Gesten in die Sichtweite des Traktors mit Pfluganhänger, um Ferdinand dazu zu bringen, anzuhalten. »Hier wird nicht mehr weitergepflügt!«

Ferdinand tat, als sähe er ihn nicht. Was ging ihn dieser aufgeregte Mensch an! Er hatte seinen Auftrag zu erledigen.

»Du sollst aufhören, habe ich gesagt!«, schrie von Lafret gegen den Lärm des Traktors an, schon krebsrot im Gesicht.

Wie zur Antwort ließ Ferdinand den Traktor eine Spur schneller fahren.

Ein paar Schritte ging der Bauerngraf neben dem Pflug her. Dann sprang er auf den immer noch langsamer als Schritttempo fahrenden Traktor und packte den Ferdinand am Kragen.

»Lass mich los«, schrie Ferdinand und versuchte trotz der Umklammerung das Gefährt unter Kontrolle zu behalten.

»Ich verbiete dir, hier zu ackern«, kam es ebenso laut zurück.

»Du sollst mich loslassen und verschwinden!«

»Nein!«

Da hatte Ferdinand es geschafft, den Traktor zum Stehen zu bringen, und griff nun seinerseits von Lafret an. Ohne voneinander abzulassen, landeten schließlich beide unsanft auf dem Boden. Sie rappelten sich wieder auf, aber kaum standen sie, rannte der Bauerngraf mit einem wütenden Schrei gegen den Arbeiter vom Posthalterhof an. Der Anprall war so unverhofft, dass Ferdinand ins Wanken geriet. Schmerzhaft verzog er das Gesicht, denn der Schlag, den er einstecken musste, war nicht von schlechten Eltern.

Der seine aber auch nicht. Er traf den Bauerngrafen mitten zwischen die Augen. Doch dieser Riese war mit einem Schlag noch nicht umzuwerfen. Er stand wie ein Felsbrocken. Nur sein Gesicht war schmerzhaft verzerrt.

»Kann ich jetzt weiterackern?«, fragte Ferdinand.

»Nein! Zum Teufel, nein!«

»Ja, dann muss ich dich halt ganz fertig machen.«

In einem stummen, verbissenen Ringen hingen sie aneinander. Zu seinem grenzenlosen Schrecken merkte Anton von Lafret, dass er der zähen Kraft seines Gegners nicht gewachsen war. Nur nicht zu Boden müssen, war sein Gedanke. Aber gerade darauf hatte Ferdinand es abgesehen. Ein eisernes Umklammern des Körpers, ein Vorschieben des Knies, ein Ruck und ein Schwung, und Anton von Lafret wälzte sich stöhnend im weichen Ackerboden.

»Kann ich jetzt weiterackern?«, fragte Ferdinand wieder.

Doch er bekam keine Antwort. Mit brandrotem Gesicht richtete Anton von Lafret sich auf. Keines Blickes würdigte er seinen Bezwinger. Schweigend ging er davon, machte einen großen Umweg um Erlbach und gelangte durch eine Hintertür ungesehen ins Sägewerk. Dort reinigte er sich zuerst die Hände von der Ackererde und zog frische Kleider an. Alles konnte er abstreifen und abwaschen. Nur die Schande nicht, von einem einfachen Arbeiter bezwungen worden zu sein. Das erste Mal in seinem Leben hatte er zu Boden müssen. Es wäre aber auch das erste Mal gewesen, dass er ungestraft etwas hingenommen hätte ...

Am Abend ging von Lafret ins Gasthaus »Zur Post«, mischte sich unter die Bauern und würdigte die Posthalterin kaum eines Blickes, als sie grüßend durch die Gaststube ging. Aber als sie wie immer am Tisch Platz nahm und ihren Kaffee verlangte, ließ es sich nicht vermeiden, dass er sie ansah. Und da schoss ihm blutrot die Farbe ins Gesicht, denn da gab es keinen Zweifel, dass sie soeben ausgesprochen spöttisch gelächelt hatte.

Als sie hinausging, kam er ihr nach. »Ich habe mit Ihnen zu reden, Posthalterin.«

Hoheitsvoll legte Charlotte den Kopf zurück. »Finden Sie nicht, dass dies eine recht unpassende Zeit ist?«

»Gut, wenn Sie nicht Vernunft annehmen, müssen wir uns eben zu einer passenderen Zeit anderswo treffen.«

»Ach, wollen Sie mir etwa drohen?«

»Ich drohe nicht, ich will nur Ordnung haben.«

»Ich auch. Also, kommen Sie.« Sie öffnete die Türe zum Kontor und ließ ihn eintreten. »Vermutlich handelt es sich um den Kreuzacker oben.«

»Jawohl! Sie sind nicht berechtigt, die Wiese umzureißen.«

»Ich habe sie nicht umgeackert, sondern unser Mitarbeiter.«

»Aber Sie haben es ihm doch angeschafft, also sind Sie verantwortlich.«

»Natürlich habe ich es ihm angeschafft. Nicht mein Mann, der sonst die Arbeit auf den Feldern einteilt, sondern ich. Und ich habe dem Ferdinand auch angeschafft, Gewalt anzuwenden, wenn man ihn daran hindern sollte.«

»Das war sehr unklug.«

Wieder lag das spöttische Lächeln um Charlottes Mund. »Lehren Sie mich nicht, was klug oder unklug ist.«

Anton von Lafret spürte zum ersten Mal, dass er hier eine ebenbürtige Rivalin hatte. Aber er war im Recht und würde sie zwingen, nachzugeben. »Sie wissen genau, dass Sie im Unrecht sind«, setzte er das Gespräch fort.

»Wer sagt Ihnen das?«

»Ich war im Grundbuchamt. Der Beamte wusste nichts von einer Überschreibung der Grundstücke.«

Die Posthalterin holte das Schreiben, das sie von der Mühlbacherin hatte unterschreiben lassen, aus dem Tresor und legte es schweigend vor den Mann hin.

Schon während des Lesens hellte von Lafrets Gesicht sich auf. Jetzt war es an ihm, spöttisch zu lächeln. »Die gute Mühlbacherin hat Ihnen da etwas überschrieben, was ihr gar nicht mehr gehört hat. Außerdem nützt Ihnen dieser Wisch gar nichts, weil Sie vergessen haben, damit zum Notar zu gehen.«

Nun ärgerte sich Charlotte, dass dieser Mann sich durch nichts einschüchtern ließ. Das Schriftstück von der Mühlbacherin war ihr letzter Trumpf gewesen. Bevor sie zu einem Notar gehen konnten, war die Mühlbacherin, die die zweite Unterschrift bei

der Grundbucheintragung vor dem Beamten als Zeugen hätte leisten müssen, über alle Berge gewesen. In der Zwischenzeit war dann bereits die Versteigerung über die Bühne gegangen, und sie hatte sich trotz ihrer schlechten Erfahrung in solchen Dingen auf die Existenz dieses Papiers verlassen. Sie erkannte jedoch jetzt, dass der Mann Recht hatte. Aber hatte sie nicht die zehntausend Mark bezahlt?
»Ich habe die beiden Grundstücke für zehntausend Mark erworben«, warf sie in die Stille. »Vom Mühlbacher selber noch. Ich habe den Schuldschein hier.«

»Den möchte ich auch noch sehen.«

»Ich weiß nicht, wo mein Mann ihn verwahrt hat.« Charlotte starrte vor sich auf den Boden, um dem Bauerngrafen nicht zu verraten, in welche Verwirrung sie geriet. »Auf jeden Fall gehören die Grundstücke mir.«

»Ich habe die Kreuzwiese und das Schinderhölzl mitersteigert. Sie sind mein Eigentum. Und damit Sie Bescheid wissen, morgen säe ich auf den Acker Wintergerste.«

»Auf meinem Acker?«, schrie Charlotte, außer sich vor Zorn.

»Auf meinen. Wenn Sie denken, dass ich im Unrecht bin, verklagen Sie mich, dann wird eben das Gericht entscheiden.«

»Sie wollen mich vor Gericht bringen?«

»Unweigerlich. Ordnung muss sein. Darum geht es mir mehr, als um die Notwendigkeit, diesen Ackerstreifen zu haben.«

»Gut«, sagte Charlotte mit schneidender Stimme. »Sie wollen meine Feindschaft, die können Sie bekommen. Ich möchte Sie auffordern, unser Haus nicht mehr zu betreten. Es wäre auch nicht gut, wenn der Ferdinand Sie ein zweites Mal zu Boden werfen müsste.«

Mit einem Blick voller Hass sah er sie an. Dann drehte er sich um und ging schweigend hinaus.

Am folgenden Tag säte von Lafret tatsächlich Wintergerste auf den Kreuzacker. Die Posthalterin sah es vom Fenster ihres Wohnzimmers aus mit dem Fernglas, so wie sie am Vortag beobachtet hatte, dass Ferdinand den stolzen von Lafret zu Boden gezwungen hatte.

Fürs Erste schien es so, als sei von Lafret aus dem Streit um den Acker als Sieger hervorgegangen. Aber er sollte nur nicht zu früh lachen. Manche haben schon gesät, damit andere ernten können. Mit seinem eigenen Ausspruch wollte sie ihn schlagen.

7

Zum dritten Mal hatte Thomas von Lafret den Brief seines Vaters nun gelesen.

»– zwischen uns und der Posthalterei besteht jetzt eine unerbittliche Feindschaft. Was das bei mir heißt, weißt du. Ich hoffe nicht, dass du nach dorthin Beziehungen aufrechthältst, die ich verurteilen müsste. Im Übrigen möchte ich dir doch dringend empfehlen, dich auf das zu besinnen, was du unserem Namen schuldig bist. Ein Mädchen wie Anita Wendberg lässt man nicht einfach sitzen. Ich glaube nicht, dass ihr Vater sich das bieten lässt. Damit du Bescheid weißt: Ich habe Herrn Wendberg geschrieben, dass ich eine solche Handlungsweise deinerseits nicht decken könnte und ich dich unerbittlich fallen lassen würde –«

Das waren unmissverständliche Worte, die ihn umso härter trafen, weil er bisher nicht den Mut gefunden hatte, offen und ehrlich mit Anita zu sprechen. Ach, es war alles gar nicht so leicht, wie er sich das gedacht hatte. Anita war ja nicht irgendein kleines Mädchen, dem man nach drei Jahren einfach den Laufpass geben konnte. Oft und oft hatte er, wenn er bei ihr war, den festen Vorsatz gehabt, mit ihr über die Christl zu sprechen. Aber dann hatten ihn Anitas Schönheit, ihr Charme und ihre Leidenschaftlichkeit in ihren Bann gezogen. Es war nicht ohne weiteres möglich, von ihr loszukommen. Sie kämpfte um ihn mit stiller, betörender Verhaltenheit.

Aber heute musste er Farbe bekennen. Der Brief des Vaters hatte dazu den Anstoß gegeben. In einer Stunde traf er Anita im Café »Luitpold«. Und er hoffte, dass sie vernünftig sein und ihn freigeben würde, wenn er ihr alles ehrlich bekannte. Dann ging der Schlag des Vaters ins Wasser, vorausgesetzt, dass die Christl weiterhin zu ihm hielt. Und das tat sie wohl, denn in ihrem letzten Brief hatte sie kein Wort erwähnt von der Feindschaft zwischen seinem Vater und ihren Eltern.

Er räumte die Bücher vom Tisch. Es dämmerte bereits im Zimmer. Draußen glitt der Lärm der Großstadt vorüber. Seine Wirtin klopfte an und fragte, ob sie ihm ein Abendbrot herrichten solle.

»Danke, ich esse heute auswärts.«

Sorgfältig rasierte er sich und kleidete sich um. Und wie um sich für das Bevorstehende noch Kraft zu holen, nahm er Christls letzten Brief und las ihn. Welch seliges Vertrauen schlug ihm da aus jedem Satz entgegen.

»– du ahnst nicht, wie sehr mich deine Zeilen beglücken, und kannst nicht wissen, wie lieb ich dich habe. Mein Herz jubelt, wenn ich an die Stunden denke, die uns so glücklich machten. Was mich mit solcher Sehnsucht erfüllt, ich weiß es nicht. Ich ahne nur, dass es der Gleichklang unserer Seelen ist. Bei dir fühle ich mich geborgen. Das kann doch nichts Schlechtes sein –«

»Nein«, sagte er. »Es ist bestimmt nichts Schlechtes.« Dann steckte er den Brief zu sich als einen Talisman.

Anita war noch nicht da. Er wählte einen Platz abseits vom Orchester. Das Lokal war bereits gut gefüllt, obwohl das Konzert erst um acht Uhr begann.

Es vergingen zehn Minuten, Anita kam immer noch nicht. Früher wurde er unruhig, wenn sie nicht pünktlich war. Heute ließ es ihn gleichgültig. Er wusste genau, was sie sagen würde: »Entschuldige vielmals, Lieber. Es ging mit bestem Willen nicht eher.«

Dabei hatte Anita viel Zeit. Aber es war wirkungsvoller, so zu tun, als müsse man sich jede Stunde für den Liebsten aus einem Obermaß von Pflichten aussparen.

Da kam sie. Selbstsicher schritt sie durch die Tischreihen, und viele Augen sahen ihrer Schönheit neidvoll nach. »Ach, entschuldige, Liebster. Es ging mit bestem Willen nicht eher.«

»Weiß ich doch, weiß ich doch«, antwortete Thomas und nahm ihr den Mantel ab. Sie trug ein eng anliegendes Kleid aus kostbarem Stoff und von einer erstklassigen Schneiderin gearbeitet. Den schlanken Hals zierte eine dünne Kette aus echten Perlen. Ihre Hand, an der ein kostbarer Ring steckte, griff nach der Speisekarte. »Liebling, ich habe einen prächtigen Hunger. Darf ich für dich gleich mitwählen?«

»Ja, bitte«, sagte er ein wenig gedrückt, denn er wusste schon, wenn Anita von einem ›prächtigen Hunger‹ sprach, dann meinte sie damit nur das Auserlesenste, das auf der Karte stand. Diese gemeinsamen Essen rissen immer ein empfindliches Loch in sein Konto. Aber aller Voraussicht nach würde es ja heute sowieso das letzte Mal sein.

Anita spürte schon in der ersten Viertelstunde, dass er heute gar nicht bei der Sache war. Aber sie ließ sich nichts anmerken, schlug ihm eine Zusammenstellung von Gerichten vor und bemühte sich rührend um ihn.

Thomas von Lafret aber musste gerade während des Essens an die Nacht denken, in der er Christl zum ersten Mal am Feuer begegnet war. Nichts hatte ihm seither wieder so gut geschmeckt wie das Hammelfleisch, über offenem Feuer gebraten. Unwillkürlich seufzte er.

Das konnte Anita unmöglich unbesprochen lassen. »Du seufzt«, sagte sie. »Ist dir etwas?«

In diesem Augenblick begann die Kapelle zu spielen, und er wurde dadurch einer Antwort zunächst enthoben.

Später aber, bei der Zigarette, fing er von selber an. »Anita, ich möchte etwas sehr Ernstes mit dir besprechen.«

Das Mädchen sah ihn rasch an, aber er wich ihrem Blick aus und sah dem Rauch der Zigarette nach. »Du machst mich neugierig. Worum handelt es sich? Hat es mit dem Examen etwas auf sich?«

»Nein, nein, es ist etwas ganz anderes.«

»Aha. Dann also ein Mädchen.«

»Ja, Anita. Ich weiß, ich hätte schon lange mit dir darüber sprechen sollen. Ich weiß nicht, warum ich es nicht tat. Aber jetzt muss es sein.«

»Was muss sein?«

»Bitte, Anita, mach es mir nicht so schwer. – Du musst mich freigeben.«

Da geschah etwas für ihn ganz Unerwartetes. Anita wechselte nicht die Farbe, sie schrie nicht auf, sondern sie lachte, als hätte er ihr gerade einen Witz erzählt. Dann neigte sie sich vor. »Schau mich einmal an, Thomas. Wie stellst du dir das vor? Weil du im Sommer einem netten Dorfmädel begegnet bist, meinst du, es ließen sich drei Jahre mit mir einfach auslöschen.«

»Bitte, sprich nicht so abfällig von Christl.«

»Ach so, Christl heißt sie. Thomas, ich verstehe dich nicht. Freigeben, sagst du? Ja, du, pass auf, wie denkst du dir das eigentlich?«

Müde ließ er den Kopf sinken. »Ich habe gleich gewusst, dass du Nein sagen würdest.«

»Wie schlecht du mich kennst. Glaubst du, ich bin so unklug, einen Menschen mit Gewalt an mich fesseln zu wollen? Schau, Thomas, bei allem, was du dir jetzt vornimmst, weißt du gar nicht, wie stark du innerlich mit mir eigentlich verbunden bist. Ich verstehe, du bist ein Typ, auf den die Mädchen gerne hereinfallen, und ich war nie kleinlich, wenn du einmal nach der einen oder anderen Ausschau hieltest, weil ich gewusst habe, dass du doch immer wieder zu mir zurückfinden würdest.«

Er sah sie dankbar an. »Ja, das stimmt, du warst immer sehr tolerant. – Aber diesmal sitzt es tiefer. Ich habe mich richtig verliebt. – Es tut mir Leid, aber ich dachte, es ist besser, wenn ich ehrlich zu dir bin. Es ist mir schwer genug gefallen, es dir zu sagen.«

»Ist sie schön?«

Thomas dachte nach und rief sich Christls Gesicht deutlich ins Gedächtnis zurück. »Ja, sie ist schön, aber auf eine andere Art als du.«

»Aha, ein Seelchen also, eine Art Gretchen mit schmachtenden Augen.«

»Bitte, spotte nicht über sie. Du kennst sie nicht.«

»Ist sie blond?«

»Ja, blond.«

»Das war doch bisher nicht dein Typ.«

»Wenn das Schicksal ruft, dann sind solche Dinge nicht mehr wichtig, sie spielen keine Rolle mehr, verstehst du?«

»Aha, das Schicksal hat euch gerufen. Das hast du schön gesagt. Komm, du Kindskopf, du großer, schenk mir ein. Und trink du auch. Du trinkst heute ja gar nichts.«

»Weil ich mit dir sprechen wollte.«

»Manche sprechen über solche Dinge leichter, wenn sie ein wenig getrunken haben.«

»Ich bin aber nicht ein Mancher.«

»Ja, das weiß ich, deshalb liebe ich dich ja auch. Ach, hör doch auf die Musik. Ist das nicht ›Ungarisch‹ von Kniemann?«

»Ich glaube, ja.«

»Prost, Thomas. Reden wir nicht mehr von dem Unsinn. Erzähl mir lieber, wie es dir sonst geht.«

Es gab nicht viel zu erzählen, weil seine Gedanken dauernd um Christine kreisten, und er hatte so langsam das Gefühl, als würde Anita ihn in dieser Sache überhaupt nicht ernst nehmen.

Nach der zweiten Flasche Wein wurde er dann schließlich doch etwas gesprächiger, aber er merkte nicht, dass Anita das Thema des Gesprächs zielsicher an sich gerissen hatte. »Weißt du noch«, sagte sie gerade, »wie wir damals zusammen auf dem Sommernachtsball in Nymphenburg waren?«

Aus den Erinnerungen nahm sie die schönsten Blütensträuße und legte sie ihm hin, bis eine selige Versunkenheit ihn überkam.

Die Kapelle spielte rhythmische Weisen, die sein Blut aufjagten. Die Stunden gingen dahin, und als das Lokal sich schon zu leeren begann, hatte Thomas eine holperige Zunge. Er war nicht mehr ganz

Herr seiner Worte. »Weißt du, Anita, eigentlich bist du eine ganz eine Liebe. Und – Thomas hat – dich auch lieb.«

»Das weiß ich doch. Komm, trink, unsere Flasche ist noch halb voll.«

»Kindl, ich glaub – ich hab ein Räuschl.«

»Ach, das bildest du dir nur ein. Es macht ja auch nichts. Ich habe den Wagen hier. Wir brauchen nicht zu Fuß zu gehen.«

»Gut, gut«, lallte er. »Aber im Wagen will ich dich sofort küssen. Verstehst du – sofort – ich halte es nicht mehr länger aus.«

Ohne dass er es merkte, beglich Anita die ziemlich hohe Rechnung. Dann musste ihr noch ein Ober helfen, Thomas sicher aus dem Lokal und in den Wagen zu bringen. Wie ein Bleiklumpen sackte Thomas in die Polster. Er vergaß, dass er sofort einen Kuss wollte. Die Reifen zischten über den Asphalt. Thomas von Lafret achtete nicht darauf, in welche Richtung Anita fuhr.

Die Haushaltshilfe im Hause Wendberg, die bereits auf war, sah als Erste den jungen Mann auf dem breiten Sofa in der großen Diele liegen. Sie erzählte es flüsternd der Köchin, die eine halbe Stunde später herunterkam, und sie spähten gemeinsam durch den Spalt der Schiebetür in die Diele.

»Herr von Lafret hat vielleicht ein wenig zu viel getrunken und ist hier eingeschlafen«, meinte die Köchin.

»Ach, was das für ein schöner Bräutigam ist«, seufzte die andere und musste nun von der Köchin mit sanfter Gewalt zu ihrer Arbeit getrieben werden.

Thomas hörte und sah nichts. Er lag in tiefem Schlaf. Ach, hätte ihn doch eine von den beiden

Späherinnen aufgeweckt, es wäre ihm so manches erspart geblieben. Als er endlich nach Stunden zu sich kam und in das Licht blinzelte, das durch das breite Fenster fiel, wusste er immer noch nicht, wo er war.

Er strich sich mit der Hand über die Stirn. Dann sah er sich um und erschrak, denn ihm wurde klar, dass er sich in der Diele der Villa Wendberg befand, wo er mit der Familie schon manches Mal gesessen hatte.

Wie peinlich das war! Dort hing sein Selbstbinder, die Schuhe standen neben dem Tisch und sein Rock war über einen Stuhl gelegt – und dort in der geöffneten Schiebetür stand in tadellosem Anzug Herr Georg Wendberg mit verschlossenem Gesicht.

Thomas sprang auf. »Ich bitte vielmals um Entschuldigung.«

Herr Wendberg räusperte sich und griff nach seiner Krawatte. Dann strich er sich mit zwei Fingern über den kurz geschnittenen schneeweißen Bart auf der Oberlippe. »Sie brauchen sich nicht zu entschuldigen, Herr von Lafret. Jeder von uns hat schon einmal über den Durst getrunken. Allerdings, ich muss schon sagen, diese Situation ist etwas zweideutig.«

»Ja, natürlich – ich verstehe vollkommen.«

»Ich hoffe, dass Sie es verstehen. Nehmen Sie jetzt ein kaltes Bad. Wir warten noch so lange mit dem Frühstück.«

Herr Wendberg besaß vor der Stadt ein Werk, das pharmazeutische Artikel herstellte. Seine beiden Söhne, Norbert und Helmut, waren in der Fabrik des Vaters tätig. Sie saßen bereits am Frühstückstisch, schlaksige Burschen, die in Thomas ihren zukünftigen Schwager sahen und ihn längst duzten.

»Wie geht es ihm denn?«, fragte Norbert, der ältere, als der Vater zurückkam.

»Wie es jedem geht, der nicht Maß halten kann. Der Schädel wird ihm brummen.«

»Das geht dich an, Norbert«, stichelte Helmut.

»Sei bloß still«, verteidigte der sich. »Ich möchte dich nicht an deinen Affen vom Samstag erinnern.«

»Mag es sein, wie es will«, sagte Wendberg. »Jeder übersieht es einmal und erwischt zu viel. Aber tut mir bloß den Gefallen, eure Räusche dann zu Hause auszuschlafen und nicht in einem fremden Haus.«

»Fremdes Haus ist gut«, lachte Helmut. »Thomas ist hier durchaus nicht fremd und wird unser Schwager.«

»Noch ist es nicht so weit.«

»Was soll das heißen?«, fragte Norbert, misstrauisch aufhorchend. »Du warst doch von Anfang an mit Anitas Wahl einverstanden, Papa. Und wenn ich ehrlich bin, ich habe Thomas vom ersten Augenblick an gut leiden können!«

»Ich auch. Aber ich habe Nachricht von seinem Vater, dass Thomas sich anderweitig gebunden hat.«

»Das möchte ich ihm nicht raten. Unsere Schwester braucht sich nicht drei Jahre an der Nase herumführen zu lassen, um dann weggeworfen zu werden wie alter Plunder. Wenn das wahr sein sollte, schlage ich ihm die Knochen kaputt.«

»Gar nichts wirst du schlagen. Das mache ich schon allein mit ihm aus. Und Weihnachten wird hier Verlobung gefeiert, da könnt ihr Gift drauf nehmen.«

In diesem Augenblick betrat Thomas das Frühstückszimmer. Er reichte jedem die Hand und nahm

Platz. »Weiß der Teufel, wie das gestern zugegangen ist«, lächelte er verlegen.

»Darüber sollten Sie sich nicht den Kopf zerbrechen, Herr von Lafret«, lächelte Wendberg zurück. »Sie haben Ihren Rausch immerhin unter einem soliden Dach ausgeschlafen. Ich dagegen bin einmal, als ich so jung war wie Sie, im Englischen Garten auf einer Bank eingeschlafen. Als ich aufwachte, waren Brieftasche und Uhr weg.«

»Immerhin muss es bei mir schon weit gefehlt haben«, gestand Thomas. »Ich weiß überhaupt nicht mehr, wie ich hierher gekommen bin.«

»Ganz einfach«, erklärte Helmut. »Anita hat dich mitgenommen, weil sie dich nicht allein die immerhin drei Stockwerke in dein Zimmer hinaufschleppen wollte!«

Unter diesem Gespräch wurde das Frühstück beendet, und Thomas wollte gehen.

»Einen kleinen Moment noch, Herr von Lafret«, sagte Herr Wendberg und zupfte wieder an seiner Krawatte. »Ich hätte gerne noch ein paar Worte unter vier Augen mit Ihnen gesprochen.«

»Ja, bitte«, sagte Thomas mit einer düsteren Vorahnung und folgte Herrn Wendberg in einen gediegen ausgestatteten Büroraum.

»Bitte, nehmen Sie Platz. Möchten Sie vielleicht einen Kognak?«

»Nein, danke. Mir reicht es von gestern noch«, antwortete Thomas. Plötzlich aber packte ihn der Spotteufel, und er fügte hinzu: »Oder bedarf es für mich einer geistigen Stärkung für das, was Sie mir zu sagen haben?«

»Das kommt darauf an, wie Sie sich zu meiner Frage stellen. Meine Ansicht in dieser Angelegenheit ist jedenfalls eindeutig.« Georg Wendberg hatte am Schreibtisch Platz genommen, spielte eine Weile mit einem bronzenen Brieföffner und hob dann plötzlich den Kopf.

»Herr von Lafret, ich weiß nicht, ob es Ihnen bekannt ist, dass Ihr Herr Vater mir einen Brief geschrieben hat.«

»Das weiß ich, ich bin nur nicht über den Inhalt informiert.«

»Können Sie sich das wirklich nicht denken, Herr von Lafret?«

Thomas senkte den Kopf. Dann schloss er die Augen. Er sah wie in einer Vision vor seinem geistigen Auge die Christl über einen sonnenbeschienenen Hang laufen. Ihm wurde auf einmal unendlich traurig zumute.

»Herr von Lafret«, begann Georg Wendberg wieder. »Ich habe Sie vom ersten Augenblick an geschätzt und Sie vor allen Dingen für einen Mann von Charakter gehalten. Ich hoffe, mich darin nicht getäuscht zu haben. Sie haben um die Hand unserer Tochter angehalten und – ich habe sie Ihnen nicht verweigert, weil ich wusste, wie sehr meine Tochter Sie liebt.« Wendberg schwieg und spielte gedankenverloren mit einem Brieföffner. Dann sah er zum Fenster hinaus, an dem rotbraune und gelbe Blätter vorübertanzten, die der Herbstwind von den Bäumen des Parks gerissen hatte.

»Wissen Sie«, nahm er dann die Rede wieder auf, »ich habe Verständnis für einen kleinen Flirt, der das Herz ein wenig anwärmt, solange man jung ist und – nicht verheiratet. Aber –«, sein Kopf fuhr plötzlich herum und seine Züge waren hart, »was Sie da angestellt haben, ist doch ein starkes Stück. Glauben Sie denn, dass man mit dem Namen Wendberg Schindluder treiben kann?«

»Davon kann keine Rede sein«, verteidigte Thomas sich. Aber es klang nicht sehr überzeugend.

»Sie sind sich doch darüber im Klaren, Herr von Lafret, dass ich Sie gegebenenfalls schadenersatzpflichtig machen könnte?«

Thomas zuckte zusammen, hob die Schultern und ließ sie wieder sinken. »Vielleicht«, sagte er dann. »Ich weiß nur nicht, in welchem Umfang.«

»Nun, weil ich Sie als meinen Schwiegersohn betrachte, habe ich in Schwabing ein Grundstück erworben und auch bereits den Auftrag gegeben, ein Haus für euch beide zu bauen.«

»Das – habe ich nicht gewusst«, stammelte Thomas.

»In unserem ganzen Bekanntenkreis gelten Sie als unser zukünftiger Schwiegersohn. Sie haben bisher nie etwas getan, was daran einen Zweifel aufkommen ließ. Der Sohn einer meiner Geschäftsfreunde aus Stuttgart hat Anita einen Heiratsantrag gemacht. Anita hat ihn abgewiesen. Ihretwegen. Sie sehen also, es kommt eine ganz nette Summe auf Ihr Konto. Außerdem frage ich Sie, ob wir, und in diesem Fall ganz besonders Anita, es verdient haben, so behandelt zu werden?«

Heftig schüttelte Thomas den Kopf. Sagen konnte er nichts mehr. Eine tiefe Erschütterung war über ihn gekommen.

Wendberg entging das nicht. Er stand auf, kam um den Schreibtisch herum und legte Thomas die Hand auf die Schulter. »Es wäre mir lieber, wir hätten dieses Gespräch nicht zu führen brauchen und – es soll auch unter uns bleiben. Auch Anita braucht davon nichts zu wissen, und meine Frau schon gleich zweimal nicht, Herr von Lafret. Beantworten Sie nun ganz offen meine Frage: Was gedenken Sie zu tun?«

Thomas erhob sich. In seinem Gesicht war kein Tropfen Blut mehr. »Ich weiß, was ich Ihnen schuldig bin.«

»Nicht nur mir allein.«

»Auch Anita.«

»Ich habe es von Ihnen nicht anderes erwartet. Ich wünsche, dass Weihnachten Verlobung gefeiert wird.«

Thomas war, als schnüre man ihm die Kehle zu. »Ja, bitte veranlassen Sie das Nötige. Darf ich mich jetzt empfehlen?«

Georg Wendberg begleitete ihn hinaus. Unter der Tür reichten sie sich die Hand.

»Kopf hoch, Thomas«, er gebrauchte den Vornamen zum ersten Mal, »so schlimm ist es gar nicht! Sie haben doch eine glänzende Zukunft vor sich. Wollen Sie denn etwa lieber in einem Bauernnest versauern? Kommen Sie in den nächsten Tagen einmal vorbei, dann zeige ich Ihnen das Grundstück, auf dem Sie später Ihre eigene Praxis haben werden!«

Den Mantelkragen hochgeschlagen, ging Thomas durch den Park hinaus auf die Straße. Wie einer, der soeben in einer Spielbank sein ganzes Vermögen verloren hat, kam er sich vor. Das Laub raschelte unter seinen Füßen. Als er die eiserne Pforte hinter sich schloss und noch einmal einen Blick auf die weiße Villa zurückwarf, war ihm, als sähe er hinter einem Fenster im ersten Stock Anitas dunklen Wuschelkopf.

8

Der erste November war für den Posthalter der schwärzeste Tag seines Lebens. Von diesem Tage an sollten die großen Omnibusse der Bundespost die Strecke befahren. Die gelben Postkutschen mussten von der Landstraße verschwinden.

Am dreißigsten Oktober fuhren Sebastian Grubers Postillione zum letzten Mal durch den Ort und schmetterten ihr »Nun lobet alle Gott, den Herrn« durch die stillen Gassen. Die Gespanne waren mit Blumen geschmückt, und halb Erlbach war auf den Beinen, um diesen Abschied mitzuerleben. Auch im Posthalterhof hatten sich alle versammelt, um das Spektakel zu verfolgen.

Alle hatten sich längst mit der Tatsache abgefunden, und dieses Schauspiel bewegte ihre Herzen nicht schwerer als irgendein anderes Ereignis, aber den Posthalter schüttelte es vor lauter Herzweh. Er stand im hintersten Winkel des Hofes und weinte bitterlich.

So fand Christine ihn nach einer Weile. Sie verstand seinen Schmerz und versuchte, ihn zu trösten. »Komm, Vater, beruhige dich! Es lässt sich doch nicht ändern, und wir wussten es ja schon längst, dass es einmal so kommen würde.«

»Ach, Christl, ich glaube, den Tag überlebe ich nicht lange.«

»Doch, doch, Vater. Du musst noch lange leben, ich brauche dich doch!«

Sieben Tage später war der Posthalter Sebastian Gruber tot. Mylord, der Postgaul, seit Tagen ohne Arbeit und nicht im Geschirr, schlug im Übermut aus und traf seinen Herrn zwischen den Augen.

Es war immer sein Wunsch gewesen, wie ein Posthalter traditionell beerdigt zu werden. So zogen denn die beiden Postpferde drei Tage später federgeschmückt und im glänzenden Nickelzaumzeug den schwarzen Wagen mit dem Sarg die Anhöhe hinauf zum neuen Friedhof. Dicht hinter dem Sarge gingen Charlotte und Christl. Die Gruberin schritt aufrecht und hatte die Augen unverwandt auf den Sarg vor sich gerichtet. Was der Tod ihr da so grausam genommen hatte, konnte nur sie allein ermessen. Er war ein grundgütiger Mensch und Kamerad gewesen. Nie hatte sie ein einziges böses Wort aus seinem Munde vernommen in ihrer zwanzigjährigen Ehe.

Hinter den beiden ging das Gesinde, angeführt vom alten Tobias und von Ferdinand. Dann folgte eine schier unübersehbare Menschenmenge; die gesamte Ortschaft hatte sich versammelt, und auch von außerhalb aus der näheren und weiteren Umgebung waren Trauergäste angereist, um dem Verstorbenen die letzte Ehre zu erweisen. Nur einer fehlte: der Bauerngraf. Seine Feindschaft war so erbittert, dass selbst der Tod keine Brücke zu bauen vermochte.

Zwar war Sebastian Gruber in keiner Weise sein Feind gewesen, dafür aber dessen hochmütige Frau umso mehr. Charlotte weinte nicht, als man den Sarg hinuntersenkte und die Postillione auf ihren Hörnern einen Choral bliesen. Nur den Leuten kein Schauspiel und damit Anlass zum Tratschen bieten! Sie hatte in diesen Tagen genug geweint. Hier am

Grabe fielen ihre Tränen nach innen, und einmal meinte sie, dass auch ihr Herz plötzlich einen Schlag lang aussetzte. Beim Aufschauen sah sie direkt in zwei helle Augen. Lag in dem Blick ein Trost oder eine Frage an eine längst versunkene Vergangenheit? Charlotte wusste es nicht. Sie hielt diesem Blick stand, bis Tobias seine Augen abwandte und zu den Bergen hinaufsah, deren Gipfel bereits vom ersten Schnee bedeckt waren.

Nachdem am Grabe die vielen schönen Reden verklungen waren, in denen man dem Verstorbenen nachsagte, welch ein vortrefflicher Mensch er gewesen sei, begab sich die zahlreiche Verwandtschaft in das Gasthaus »Zur Post«. Nahezu alle Mitglieder des Clans hatten es dem Sebastian Gruber zu seinen Lebzeiten nie verziehen, dass er die ihrer Meinung nach hochmütige Charlotte geheiratet hatte, zu der niemand von ihnen eine rechte Verbindung gefunden hatte.

»Schau«, sagte die Antmoser-Maria von Lex, eine Schwester des Verstorbenen, zu ihrem Mann und zeigte auf die stattlichen Gebäude der Posthalterei, »wenn jetzt die Christl nicht da wäre, würden wir das erben. Sie hat ihm ja nur ein Kind bringen können, die hochnäsige Charlotte, grad halt so viel, dass wir nichts erben können.«

»Aber Frau«, antwortete ihr Mann, »versündige dich doch nicht. Die Christl ist nun einmal da, und auch sonst hättest du das gesamte Erbe mit deinem Bruder Hugo teilen müssen.«

»Der Hugo braucht's nicht, der ist drüben in Amerika reicher geworden, als der Sebastian es jemals war. Das Schicksal ist halt manchmal ungerecht.«

Es blieb der Antmoserin erspart, beim Leichenschmaus der ungeliebten Schwägerin schöntun zu müssen, denn Charlotte war fortgegangen, um allein zu sein.

So blieb es an Christl hängen, sich mit den Verwandten zu unterhalten und sie zu bewirten. Wie froh war sie deshalb, als diese endlich aufbrachen und schließlich nur noch die vier Feuerwehrleute am Ofentisch saßen, die den Vater so schön behutsam in die Erde gesenkt hatten und denen sie darum nochmals den Fünfliterkrug füllen ließ.

Ihre Gedanken gingen zu Thomas. Sie hatte sehnsüchtig gehofft, dass er auf ihren Eilbrief hin heute kommen würde. Oh, jetzt nur für einige wenige Augenblicke seine Hand halten können! Nie in den ganzen Wochen vorher hatte sie das so notwendig gebraucht wie gerade jetzt. Wäre heute nicht sein Platz an ihrer Seite gewesen, um damit endlich aller Welt zu zeigen, dass es da jemanden gab, der zu ihr gehörte?

Aber von Thomas war nur in den Mittagsstunden ein kurzes Telegramm eingetroffen. Sicher würde morgen ein Brief folgen, wenn er auch nicht mehr so häufig schrieb wie früher. Er bereite sich auf das Examen vor, hatte er mitgeteilt, und sie sah ein, dass er dann kaum Zeit hatte, ihr zu schreiben. Er mochte darum wohl auch weniger an sie denken und deswegen die Sätze vergessen, die bis dahin in keinem Brief gefehlt hatten, wie etwa: »Ich liebe dich wie am ersten Tag droben auf der Alm, und ich weiß, dass mein Leben vor jenem Tag keinen Sinn hatte.«

Während der ganzen Zeit war Charlotte umhergeirrt, weil sie auch jetzt nach dem Ableben ihres

Mannes zu den Verwandten keinen Weg suchen wollte, den sie zu seinen Lebzeiten nicht hatte finden können. Vielleicht war es widersinnig gewesen, sich ausgerechnet an diesem Tage das Kreuzfeld anzusehen, auf dem die Wintergerste, vom Bauerngrafen gesät, so schön aufging. Ein maßloser Hass gegen diesen Mann hatte sie überkommen, ein Hass, der größer und tiefer war als die Trauer, die sie um Sebastian empfand, neben dessen stiller Güte sie gerne gelebt hatte, denn auf ihre Weise hatte sie ihn sehr geliebt. Sie hatte ein wenig Kraft sammeln wollen auf diesem Gang über die herbstlichen Fluren für das, was nun alles auf sie zukam. Der Prozess gegen Anton von Lafret war sicher, und sie konnte und wollte ihm nicht ausweichen. Ach ja, sie ging in eine schwere Zeit hinein. Zunächst stellte sie fest, dass sie von der Landwirtschaft nicht allzu viel verstand. Das musste sie Ferdinand überlassen. Die weit größere Sorge bereitete ihr die Christl. Das Kind wollte nicht begreifen, dass zwischen den Grubers und den von Lafrets ein Graben lag, so tief und weit, dass auch die Brücke der Liebe ihn nicht überspannen konnte. Hatte die Christl in diesem Falle nicht zur Mutter zu stehen? Es war in letzter Zeit schon manch bitteres Wort darüber gefallen, und die Christl bewies da einen Trotz, der sich in seiner Stärke mit dem der Mutter messen konnte.

Wie schnell auf einmal die Dunkelheit gekommen war. In Erlbach brannten die Lichter in den Stuben und Ställen. Ein kleines Licht schimmerte auch von dem Hügel herunter, auf dem oberhalb der Posthalterei der Schafstall unter seinem tief heruntergezogenen Dach lag, wo seit vielen Jahren der Tobias hauste, wenn er nicht mit der Herde auf dem Berg war.

Zum letzten Mal war sie vor vielen, vielen Jahren dort gewesen, damals, als sie ihr Kind unterm Herzen getragen hatte. Damals war sie zu Tobias gegangen und hatte ihn gebeten, sie nicht stets mit so traurig-vorwurfsvollem Blick anzusehen, weil das nicht gut sein könne für das werdende Leben, da es sie stets zwänge, an die Vergangenheit zu denken.

Heute ging Charlotte wieder hin.

Vor dem Torffeuer auf dem offenen Herd saß der Tobias und erschrak zunächst sehr, als er die Posthalterin so unerwartet auf der Schwelle der Hüttentür stehen sah. Langsam erhob er sich, trat auf sie zu, nahm ihr den Mantel ab und legte ihn auf die Eckbank, wo sie sich niederließ.

»Seit neunzehn Jahren warst du nimmer hier«, sagte Tobias, der sich wieder gefasst hatte, und es klang, als seien es neunzehn Tage oder auch nur neunzehn Minuten gewesen.

»Es stimmt, Tobias. Die Zeit vergeht so schnell, und auf einmal ist der Tod da.«

»Das ist so. Aber die Erinnerungen sterben niemals, sie leben immer neben einem her.«

»Lass das Vergangene vergangen sein.«

Sie hatten beide die Hände zwischen den Knien gefaltet, blickten in die zuckenden Flammen und in ihre Gesichter, die zwischen Licht und Schatten manchmal wieder zu sein schienen, wie sie in ihrer Jugend gewesen waren.

Tobias zog seine kurze Pfeife hervor, füllte sie und hielt einen Span in das Feuer. Gedankenverloren sah er dem Rauch nach. Das eine Lid hing schwer über seinem Auge.

»Was ist eigentlich mit deinem Auge?«, fragte Charlotte.

»Ein Stein traf es einmal«, war die Antwort.

»Aus Mutwillen?«

Tobias zog hastig und schnell an seiner Pfeife. Sein Gesicht bekam eine düsteren Ausdruck. »Ich bekam keine Briefe, fing zu saufen an und zu raufen. Und da geschah es eben.«

»Ach so«, meinte sie. »Die Jahre haben viel verschüttet. Lassen wir es so sein, wie es ist. Damals, als du so unverhofft hier auftauchtest, da habe ich dir ehrlich gesagt, wieso das alles so gekommen ist. Und – es hatte sich alles doch zum Guten gewendet für mich.«

»Für dich, ja.« Mit einer heftigen Gebärde schlug er den Rauch vor seinem Gesicht auseinander. »Nimm es nicht krumm, Charlotte. Auch für mich ist es nicht schlecht gewesen in all den Jahren in deiner Nähe. Ich habe ein Leben in Frieden gelebt bei meinen Schafen. Der innere Friede ist wertvoller als ein unruhiges Glück. Aber wenn du gekommen bist, um mir zu sagen, dass du mich nun nicht mehr in deiner Nähe haben willst, gut, dann –«

»Rede keinen Unsinn, Tobias. Wer soll denn mit den Schafen auf die Hochalm ziehen? Ich bin gekommen, weil ich deinen Rat brauche. Du sollst mir helfen, dass die Christl den Gedanken aufgibt, jemals mit einem von Lafret zusammenzukommen.«

»Weil du mit dem Alten verfeindet bist, sollen die Jungen ihre Herzen auseinander reißen? Das wird nicht gut gehen.«

»Es muss aber gehen, Tobias.«

Er stand auf und ging in dem niederen Raum auf und ab. Im Stall blökten die Schafe durcheinander. Tobias klopfte mit der Faust an die Bretterwand, da wurde es still dahinter. »Mit Gewalt kann man da nichts machen. Die Christl, das weiß ich, hängt sehr an dem jungen von Lafret. Gibt es denn gar keinen Weg, dass du dich mit dem Alten aussöhnst?«

»Nein, keinen.«

»Ich fürchte, dass du darüber noch nicht genau nachgedacht hast. Einmal, Charlotte, hast du ein Opfer gebracht für deine Eltern, indem du den Posthalter geheiratet hast, obwohl dein Herz –«

»Sei still, Tobias. – Warum Vergangenes heraufbeschwören?«

»Gut. Aber ich mein halt, dass du jetzt auch deinem Kind das Opfer bringen solltest, nachzugeben.«

»Ich soll nachgeben, wenn er mir wegnimmt, was mir gehört?«

»Er hat es ersteigert, nach dem Gesetz ist er im Recht.«

»Und moralisches Recht, meinst du, gibt es da keines?«

Nachdenklich sah Tobias ins Feuer. »Wenn dir wenigstens der Sägmüller damals den Schuldschein noch unterschrieben hätte, wäre ja alles in Ordnung.«

»Er hat es aber nicht, und dennoch ist das Recht auf meiner Seite! Mein Kind soll nicht den Sohn eines Rechtsbrechers heiraten!«

Hart klangen die Worte, und jäh stand Charlotte auf und trat vor ihn hin. »Wenn du mir dabei nicht helfen willst, muss ich mir eben allein helfen.«

Sie sahen einander fest in die Augen. Nach einer Weile schüttelte der Tobias traurig den Kopf. »Charlotte, du darfst es nicht tun!«

»Was darf ich nicht tun?«

Die Frage blieb im Raum hängen. Langsam wandte Charlotte sich um und ging hinaus. Die

Sterne hingen hoch am Himmel wie flimmernde Tropfen. Von der Pfarrkirche läutete man den Abendsegen. Es war also noch gar nicht so spät, wie es die Nacht zeigen wollte.

Mit Gewalt war nichts zu machen bei der Christl, das sah Charlotte bald ein. So versuchte sie es mit gütlichem Zureden und stellte den Bauerngrafen als einen Betrüger und Gauner hin, dem kein Mittel schlecht genug sei, um sein Ziel zu erreichen, das darin bestände, wider Recht und gute Sitte die Posthalterei um Wiese und Wald zu bringen.

Die Christl blieb fest. »Ich glaube, Mutter, du kennst ihn nicht genug, um so hart über ihn urteilen zu können. Und dann liebe ich ja auch nicht den Bauerngrafen, sondern seinen Sohn.«

Sie hatte fortfahren wollen, »so wie Thomas mich liebt«. Aber sie verschluckte den Satz. Liebte Thomas sie tatsächlich noch? Sachlich und trocken und immer kürzer waren seine spärlichen Briefe geworden. Aber immer wieder fand sie Entschuldigungen dafür. Sicher nahm ihn das Studium jetzt vor dem Examen arg in Anspruch. Wenige Wochen noch, dann würde Weihnachten sein, und Thomas würde kommen, um diese Zeit bei ihr zu verbringen.

Viele Stunden verbrachte sie bei Tobias, um die Mutter nicht merken zu lassen, dass sie für Thomas einen Janker strickte. Es lag bereits Schnee, und die besinnliche Zeit des Advent war schon gekommen.

Da erschien sie eines Abends wieder im Schafstall, und Tobias merkte sofort an ihrem Gesicht, dass etwas Ungewöhnliches sie erregt haben musste. In ihren Augen lag eine Verstörtheit, die er noch nie bei ihr gesehen hatte.

»Ich bin eben dem Bauerngrafen begegnet«, begann sie und sah mit starren Augen in die Flammen.

Tobias setzte sich neben sie und fasste nach ihrer Hand. »Und?«, fragte er.

»Ich habe ihn wegen Thomas gefragt, ob er an Weihnachten heimkäme.«

»Was hat er denn geantwortet?«

»Ich würde noch früh genug erfahren, was Thomas an Weihnachten tun würde, sagte er und lächelte dabei so kalt und hasserfüllt, so eisig, dass ich meinte, mein Herz bliebe vor Schreck stehen.«

»Warum sollte von Lafret dich hassen?«

»Weil er mit der Mutter den Streit hat wegen des Ackers da oben. Aber was geht denn mich der Acker an? Soll er ihn doch haben.«

»Das sagst du. Immerhin hat deine Mutter dem Mühlbacher damals zehntausend Mark für die zwei Grundstücke gegeben.«

»Ja, aber was hat denn das alles mit mir und meiner Liebe zu tun? Tobias, was soll ich denn anfangen? Ich kann ohne ihn nicht leben, ich fühle das so genau, wie ich fühle, dass Thomas sich von mir zurückziehen will. Tobias, kannst du mir denn auch keinen Rat geben?«

Tobias stand auf, so sehr erschütterte ihn der Jammer des Mädchens. Er nahm eine Eisenstange und stocherte die Glut des Feuers wach. Dann legte er ein paar Torfstücke nach. »Fahr doch hin und überzeuge dich selber«, sagte er dann.

»Hinfahren, meinst du?«

»Ja, dann ist mit einem Schlag alles geklärt. Die Wahrheit zu wissen, ist immer noch besser, als in Ungewissheit zu leben.«

»Und wenn – und – wenn es so ist, dass eine andere im Spiel ist, Tobias?«

»Entweder du pochst dann auf dein älteres Recht oder du besinnst dich, wer du bist. Verlier aber dabei deinen Stolz nicht, Christl.«

Plötzlich lächelte sie wieder. »Es ist von mir vielleicht alles recht dumm, was ich mir da zusammenspinne. Du wirst sehen, Tobias, dass er sich recht freuen wird, wenn ich plötzlich vor ihm stehe.«

»Hoffen wir es«, meinte Tobias. »Und merke dir ganz genau, Christl, was ich dir gesagt habe. Stolz musst du bewahren, wenn es notwendig ist. Stolz ist die einzige Waffe der Einsamen und Verlassenen.«

»Du sprichst ja schon so, als sei ich bereits verlassen«, lachte sie wieder. »Nein, nein, es wird sich schon alles zum Guten wenden. Du wirst sehen, Tobias, wenn ich zurückkomme, bin ich wieder die alte Christl. Und morgen früh fahre ich. Gute Nacht jetzt, Tobias. Und halte mir den Daumen.«

In der Gaststube war noch Betrieb, und die Mutter saß unter den Gästen. Es war eine neue Pflicht, die seit dem Tod ihres Mannes auf ihren Schultern lag und nicht immer gerade eine angenehme war. Gewöhnlich kam dann zwar noch die Christl dazu, damit sie nicht so allein war. Aber heute suchte ihre Tochter gleich ihr Zimmer auf und überraschte die Mutter erst am nächsten Morgen damit, dass sie mit dem Bus um halb neun wegfahren und erst spät am Abend, vielleicht auch erst morgen, zurückkommen werde.

»Darf ich wenigstens wissen, wohin du fährst?«, fragte die Mutter, gekränkt, schon wieder einmal vor vollendete Tatsachen gestellt zu werden.

»Ich fahre nach München, zu Thomas.«

Klirr machte der Löffel, der aus Charlottes Hand fiel. Dann lehnte sie sich weit zurück und sah ihre Tochter entsetzt an. »So, zu Thomas. Zu Thomas von Lafret, dessen Vater mir unversöhnliche Feindschaft bietet.«

»Ja, Mutter, vielleicht gerade deshalb. Vielleicht lässt sich über uns, ich meine über Thomas und mich, ein Weg zur Verständigung finden.«

Charlottes Gesicht verschloss sich noch mehr. »Diesen Weg wird niemand finden, und ich meine, du solltest dir bewusst werden, was du dir alles vergibst, wenn du diesem Mann nachläufst.«

»Ich laufe ihm nicht nach, ich besuche ihn nur einmal. Bitte, Mutter, mach es mir doch nicht so schwer.«

»Gut, dann tue, was du nicht lassen kannst. Du musst dir aber bewusst sein, dass du damit deiner eigenen Mutter in den Rücken fällst.«

»Ach, Mutter, dass du mich so gar nicht begreifen kannst. Tobias hat mehr Verständnis dafür!«

»Wer? Tobias? Gehst du vielleicht zu ihm in den Schafstall?«

»Natürlich. Das tat ich doch früher schon. Mit ihm kann man gerade über diese Dinge so gut reden. Er hat scheinbar auch schon einmal eine schwere Enttäuschung erlebt.«

Dazu schwieg Charlotte und war nun wieder voll mütterlicher Güte und Besorgtheit. »Hast du auch genügend Geld bei dir? Da – nimm das.« Sie steckte ihr noch ein paar Scheine zu. Später geleitete sie die Tochter sogar bis zum Omnibus, gab ihr die Hand, sagte aber nicht »Mach's gut«, sondern sah sie nur bedeutungsvoll an und meinte: »Es wäre mir recht, wenn du heute Abend wieder zurückkämst.«

Christine war nicht zum ersten Mal in dieser Stadt. Schon als Kind war sie mit der Mutter zuweilen hergekommen, und die Mutter hatte sie dann vor ein großes Geschäftshaus geführt, auf ein Fenster im zweiten Stockwerk hinaufgezeigt und dabei gesagt: »Dort oben bin ich geboren worden.«

An diesem Hause ging Christine auch heute vorbei. Es war erst zehn Uhr vormittags, und vor Mittag würde sie Thomas wahrscheinlich gar nicht treffen können. Sie betrachtete die Schaufenster, betrat eine Kirche, in der gerade Orgelmusik war, und hielt sich darin eine Weile auf. Schließlich musste sie sich aufmachen, Thomas' Wohnung zu suchen.

Um halb zwölf Uhr stand sie vor dem Haus in der Widenmayerstraße. Im Flur war es so still, dass Christine meinte, ihr eigenes Herz klopfen zu hören. Zwei Stiegen musste sie hochsteigen, dann las sie an einer Tür das Schild: Möllner. Und darunter war mit Reißnägeln eine Visitenkarte angebracht, auf der sie las: Thomas von Lafret.

Als ob der geliebte Name Kraft ausströmte, war das ängstliche Flattern ihres Herzens auf einmal wie weggewischt. War es nicht ihr gutes Recht, hier bei ihm zu sein? Kurz entschlossen drückte sie auf den Klingelknopf.

Es wurde geöffnet, und eine kleine, rundliche Frau fragte freundlich nach ihrem Begehr.

»Herr von Lafret ist aber jetzt nicht da«, sagte sie dann. »Sind Sie vielleicht eine seiner Schwestern?«

»Nein – aber – ich stamme auch aus seiner Heimat. Wann kommt denn Thomas immer heim?«

»Das ist verschieden. Aber heute wird es so gegen halb zwei Uhr sein. Kommen Sie doch bitte herein. Sie können in seinem Zimmer warten.«

»Ja, danke schön.« Im Flur legte Christine ihren silbergrauen Lodenmantel und den Schal aus Schafwolle ab. Dann wurde sie von Frau Möllner in ein großes, helles Zimmer geführt. Es war sehr warm dort und peinlich sauber.

»Bitte, machen Sie sich's nur bequem«, forderte sie Frau Möllner auf. »Sie werden noch nicht gegessen haben? Darf ich Ihnen etwas herrichten?«

»Sehr gern, wenn es Ihnen nichts ausmacht.« Christine empfand plötzlich rasenden Hunger und aß alles auf, was die nette Frau ihr vorsetzte. ›Ich muss dann mit Thomas sprechen‹, dachte sie, ›wie ich mich für das Essen erkenntlich zeigen kann.‹

Sie stand lange am Fenster und sah hinaus auf die Straße, auf der immer wieder Autos vorbeifuhren. Träge und grau floss die Isar dahin, der Himmel hing schwer über den Bäumen. Menschen hasteten vorbei.

Dann begannen die Glocken der Stadt ihr Mittagsläuten.

Christine sah sich im Zimmer um. Neben dem Fenster stand ein Schreibtisch aus Mahagoni. Eine lederne Schreibmappe lag darauf und Bücher, in denen sie zu blättern begann. Ein gepresstes Rosenblatt fiel ihr in die Hände und ein vierblättriges Kleeblatt.

Sie legte das Buch zurück und öffnete die Schreibmappe, ohne daran zu denken, dass sie damit in fremde Geheimnisse eindringen könnte. Ein mit klobigen Buchstaben beschriebenes Briefblatt lag obenauf.

Sie hätte es wohl schwerlich gelesen, wenn nicht ihr Blick auf dem Wort »Posthalterin« haften geblieben wäre. So begann sie zu lesen:

»– ja, wenn man sich mit dieser Posthalterin nur richtig auskennen würde! Einmal heißt es, der Schuldschein sei nicht unterschrieben, dann wieder, er sei doch unterschrieben gewesen. Auf alle Fälle hat mir das hochmütige Frauenzimmer schon sehr viel Ärger bereitet, und ich fürchte, dass sie das auch noch weiterhin tun wird. Die bringt es sogar fertig und lässt die Gerste auf dem Kreuzacker schneiden, noch bevor sie reif ist, nur um mich zu ärgern –«

Christine musste lächeln, als sie sich das Gesicht ihrer Mutter vorstellte, wenn sie erführe, was der Bauerngraf ihr alles zutraute! Aber dann verging ihr das Lächeln, als sie weiterlas: »Mich freut nur, dass wenigstens du Vernunft angenommen hast. Du hättest aber auch meine ganze Härte zu spüren bekommen, wenn du darauf bestanden hättest, die Christl zu heiraten. Nichts gegen sie, sie ist ein hübsches Mädel und kann etwas. Für Sigmund wäre sie gerade die Richtige gewesen. Aber nicht für dich. Bleibe du nur bei deiner Anita. Was übrigens die Verlobung angeht, so wäre es mir lieber gewesen, wenn wir sie bei uns heraußen gefeiert hätten. Aber ich verstehe den Wunsch deiner Schwiegereltern und werde also zu Weihnachten kommen. Ob ich wohl einen neuen Anzug brauche? Und genügt es, wenn ich rechtzeitig zwei Gänse schicke? Oder soll ich noch einen Truthahn dazugeben? Du fragst in deinem letzten Brief, was du der Christl schreiben sollst. Nun, ich denke, dass man es ihr ganz eindeutig sagen sollte. Aber schließlich bist du ja ein Studierter und wirst die rechten Worte besser zu finden wissen. Bereuen wirst du es nie, schließlich ist sie ja doch nur ein einfaches Dorfmädel und passt nicht zu einem Doktor. Du hättest sie also nie nehmen können, selbst dann nicht, wenn ihre Mutter nicht den Streit mit mir hätte. Also nochmals: Am Sonntag vor dem Heiligen Abend, der ja diesmal auf einen Montag fällt, komme ich zu euch. Holt mich von der Bahn ab. Herzliche Grüße, auch für Anita!«

Nun hätte die Christl eigentlich ihren Mantel anziehen, den Schal um den Hals legen und gehen können, denn nun wusste sie genug. Aber sie war im Augenblick gar nicht fähig, sich zu rühren. Es war, als hätte sie plötzlich Blei in den Füßen. Das Herz, ach, was war das für ein schmerzhaftes Ziehen jetzt in der Brust! Dann spürte sie, wie ihr das Blut in den Kopf stieg, und ihr wurde ganz heiß. In ihren Schläfen pochte es. Ihr Kinn schob sich hart vor, und ihre Augen brannten von ungeweinten Tränen.

Sie legte den Brief in die Mappe zurück. Nicht einen Augenblick kam ihr in den Sinn, noch weiter darin zu kramen. Das, was sie jetzt gelesen hatte, genügte ihr vollkommen. Und auf einmal verwandelte sich aller Schmerz in heißen Zorn. Was bildete sich dieser Bauerngraf eigentlich ein! Dass ein Doktor zu gut sei für ein Dorfmädel, das wollte sie ihm heimzahlen. Ihren ganzen Abscheu wollte sie ihm ins Gesicht schreien, vor allen Leuten. So wie der Ferdinand ihn in die Knie gezwungen hatte, so wollte sie ihn auch mit ihren Mitteln zu Boden zwingen.

Sie wusste selber nicht, woher es kam, dass auf einmal eine wunderbare Kraft in ihr war, ein grenzenloses Selbstbewusstsein. Und wenn sie vorhin gedacht hatte, fliehen zu müssen, um Thomas nicht zu begegnen, so brannte jetzt der unbändige Wille in ihr, ihm zu begegnen. Von Angesicht zu Angesicht sollte er ihr sagen, wie unehrlich er an ihr gehandelt hatte.

Wenn nur die Zeit schneller verginge! Irgendwo ertönte eine Fabriksirene. Es mochte ein Uhr sein. Christine ging in dem geräumigen Zimmer auf und ab und blieb plötzlich vor einem kleinen Porträt stehen. Sie hatte es vorhin schon ein paar Mal betrachtet und gedacht, dass dies wohl eine Tochter der Zimmervermieterin sein müsse. Jetzt erst betrachtete sie das Bild mit anderen Augen. Warum hing es schräg über dem Schreibtisch, sodass man es stets vor sich hatte, wenn man daran saß?

Christl wusste plötzlich, dass das die Frau war, um deretwegen Thomas sie verraten hatte. Sie war zugegebenermaßen eine Schönheit.

In diesem Augenblick hörte sie ein Geräusch im Flur. Stille, dann näherten sich der Tür Schritte.

Christine stand am Fenster. Ihr Herz klopfte auf einmal rasend.

Die Tür wurde geöffnet. Wie gebannt blieb Thomas von Lafret stehen und starrte auf die Gestalt am Fenster, als narre ihn ein Spuk. In seinen Augen leuchtete es einmal auf, ganz kurz nur.

›Er sieht nicht gut aus‹, dachte die Christl. Sie hatte ihn anders in Erinnerung, braun gebrannt, kraftstrotzend. Vielleicht war es auch der dunkle, streng wirkende Anzug, der ihn verändert erscheinen ließ.

Jetzt lächelte er, und dafür hätte Christine ihn ohrfeigen mögen. »Die Christl!«, sagte er und ging auf sie zu. Er reichte ihr die Hand, und sie hatte noch so viel Kraft, ihm die ihre nicht zu entziehen. »Das freut mich. Welch eine Überraschung!«

Fest sah Christine ihn an, sodass er seinen Blick von ihr fortwenden musste. »Ja, das will ich glauben«, antwortete sie mit einem merkwürdigen Klang in der Stimme. »Die Überraschung steht dir ins Gesicht geschrieben.«

»Nein, dass du gekommen bist«, wiederholte er und versuchte seiner Verlegenheit Herr zu werden.

»Ist es dir vielleicht nicht recht?«, fragte sie.

»Doch, doch, natürlich. Warum sollte es mir nicht recht sein? Nimm doch Platz, Christl. Du lachst?«, stellte er plötzlich fest. »Ja, ja, lach nur, weil ich –«

»Ja, ich lache. Und weißt du, worüber? Über meine Einfalt, dir nachzulaufen.«

»Aber, Christl, warum so bitter?«

»Es ist doch nur eine Feststellung. Ich habe es nicht mehr erwarten können, bis du zu Weihnachten kommst. Du kommst doch zu Weihnachten – oder?«

»Ja, natürlich – das heißt«, er griff nach seinen Zigaretten und zündete hastig eine an. »Weißt du, Christl, das ist nämlich so ...«

Sie verschränkte die Arme über der Brust und sah ihn aus schmalen Augen an. ›Nur nicht erniedrigen‹, dachte sie. Mit keinem Wort half sie ihm aus seiner Verlegenheit.

»Es ist so, dass ich dir gewisse Dinge hätte schreiben müssen.«

»Und warum hast du es nicht getan?«

»Weil ich dazu die richtige Ruhe – die richtige Zeit nicht fand.«

»Aha. Ja, ja, ich weiß, das Studium und – vielleicht auch das dort«, sie deutete mit dem Kinn auf das Bild an der Wand. Als sie sah, wie er die Farbe wechselte, wie tief er erschrak, tat es ihr doch einen Augenblick lang bitter weh. Aber dann gewann ihr verletzter Stolz wieder Oberhand. Um ihren Mund zuckte es.

Thomas streifte die Asche von der Zigarette und hob zögernd die Augen. »Woher weißt du es?«

»Thomas von Lafret«, sagte sie mit singendem Spott, »wenn ich solche Geheimnisse hätte wie du, so würde ich sie schon sorgfältiger verschließen. Ich habe mir nämlich erlaubt, den Brief deines Vaters dort in der Briefmappe zu lesen.«

»Ach so«, meinte er verlegen und warf sich in einen Polsterstuhl. »Ja, Christl, dann weißt du also Bescheid. So ist es nun einmal. Warum muss deine Mutter aber auch diesen Streit vom Zaun brechen?«

In ihren Augen flammte es auf. Aber sie beherrschte sich noch. »Weißt du, wer ihn in Wirklichkeit vom Zaun gebrochen hat? Und dann – was haben wir mit meiner Mutter und deinem Vater zu tun?«

»Ich schon, Christl, ich bin auf meinen Vater angewiesen. Wer hätte die Wohnung hier bestreiten sollen, das Studium, die Lebenshaltung?«

»Ich hätte es sofort getan, wenn du mich darum gebeten hättest.«

»Wirklich, Christl?«

»Da fragst du noch? Wofür siehst du mich denn eigentlich an? Wenn ich liebe, ist mir kein Opfer zu groß, wenn ich auch in den Augen deines Vaters nur so ein einfaches Dorfmädel bin.«

Thomas von Lafret schlug die Hände vors Gesicht.

»Oder meinst du vielleicht«, fuhr Christine fort mit ihrer Standpauke, mit der sie sich ihre Wut von der Seele redete, »meine Mutter hätte mir deinetwegen jeden Tag Lobreden gehalten? Aber glaube nicht, dass es nur einen Menschen gegeben hätte auf dieser Welt, der mich von dir weggebracht hätte!«

»Ja, Christl, das glaube ich dir aufs Wort. Wenn du mich doch verstehen könntest. Es ist ja nicht so, dass ich unsere Bindung lösen wollte. Es spielten Umstände eine Rolle, die ich nicht voraussehen konnte. Und Anita hatte ältere Rechte auf mich.«

Nun trat ein überraschter Ausdruck auf ihr Gesicht. »Ach so, dann hast du also zuerst schon sie mit mir betrogen. Wie gemein du bist!« Ihr war nun doch zum Weinen zumute. Aber sie riss sich mit Gewalt zusammen. »Und so einem habe ich geglaubt. Du bist genauso schlecht wie dein Vater, der anderer Leute Felder stiehlt. Und wie grenzenlos feig du bist. Kein Wort hast du mir geschrieben. Hättest du es getan, hätte ich wenigstens eine gute Erinnerung an dich. Wie habe ich an dich geglaubt, wie zu dir aufgeschaut! Thomas von Lafret, ich glaube, dass wir uns im Leben nichts mehr zu sagen haben werden!«

Sie schritt zur Tür. Aber noch ehe sie die erreichen konnte, vertrat er ihr den Weg. »Christl, aus dir spricht offener Hass.«

»Hass? Nein! Hass ist ein großes Gefühl, so groß wie die Liebe. Du bist meines Hasses so wenig wert, wie du meiner Liebe wert gewesen bist. Ich habe nur keine Achtung mehr vor dir. Das ist alles. Und nun lass mich hinaus.«

Er hinderte sie nicht mehr daran. Aber als er sie wenig später unten auf der Straße gehen sah, zog sich sein Herz schmerzlich zusammen. Einen Augenblick war ihm, als müsse er ihr nachstürzen und ihr sagen, dass er alles hier stehen und liegen lassen werde, um mit ihr zu gehen. Aber dann sah er wieder ihren Blick, ihre eisige Abwehr. Und er sah Anitas Bild an der Wand. Wie betäubt ließ er sich in einen Stuhl fallen und schlug die Hände vor die brennenden Augen.

Die Christl aber ging schnurstracks zum Bahnhof und fuhr mit dem nächsten Zug zurück. Daheim wollte sie durch die hintere Tür ins Haus und gleich hinauf in ihr Zimmer, um allein sein zu können. Aber sie begegnete der Mutter. Und weil sich Christl Fragen ersparen wollte, begann sie von selber zu erzählen, während sie sich aus dem Mantel schälte und ihn an einen Haken hing. »Ich bin in der Stadt gewesen, das weißt du ja. Und es ist gut gewesen, dass ich hingefahren bin, sonst hätte mich womöglich seine Verlobungsanzeige völlig ahnungslos erreicht. Du hattest Recht, er ist – Mutter, starr mich doch nicht so an – er ist genauso kalt und berechnend wie sein Vater. Frag mich nicht, Mutter. Das ist etwas, was ich mit mir ganz allein ausmachen muss. Es ist etwas zerbrochen in mir, das sich wohl nie mehr zusammenkitten lässt. Der Glaube an die Menschen ist in mir zerbrochen. Lass mich jetzt gehen, Mutter. Gute Nacht.«

»Schließ nicht ab, ich komme noch zu dir«, sagte Charlotte, aufs Tiefste erschüttert.

»Nein, Mutter, bitte nicht. Damit muss ich schon allein fertig werden. Mitleid ist das Allerwenigste, was ich jetzt brauchen kann.«

Am nächsten Morgen erschien eine andere Christl in den weiten Räumlichkeiten der Posthalterei. Eine, die jedes Lachen verlernt zu haben schien. Sie lachte nur einmal hart und fremdklingend auf, als der Postbote ihr zwei Tage vor Weihnachten die Verlobungsanzeige des Thomas von Lafret mit Anita Wendberg brachte.

Mit brennenden Augen starrte Christine eine Weile über den verschneiten Ort hin zur Höhe hinauf nach Bruck. Dann nickte sie energisch vor sich hin. »Gut, wenn er auch meine Feindschaft will, dann soll er sie haben.« Denn es war klar, dass nicht Thomas, sondern der alte Bauerngraf persönlich ihnen diesen Brief aus lauter Bosheit geschickt hatte.

9

Ein harter Winter ging ins Land. Viel Schnee lag in den Gassen, und die Verwehungen begruben die Fahrstraßen unter sich. In all den Jahren war es so gewesen, dass der Posthalter Sebastian Gruber den Räumungsdienst eingeteilt hatte. Er hatte am Abend vorher immer ansagen lassen, welche Gespanne um vier Uhr früh vor den Schneepflug gespannt werden mussten, denn auch hier setzte er immer seine Pferde ein, und dass von jedem dritten Haus ein Mann mit einer Schaufel zu erscheinen habe, damit die Hohlwege frei gemacht würden. Er hatte dafür eigens eine Liste angelegt, damit es keinen zu oft traf. Der Posthalter aber war nun verstorben, und im Gemeinderat überlegte man noch, wer nun diesen Einteilungsdienst übernehmen könnte. Da ließ der junge Albert von Lafret, der seit Neujahr in der Sägmühle war, durch einen Mitarbeiter bei verschiedenen Bauern ansagen, dass sie morgen früh einspannen sollten. Wer einen Traktor mit großer Schaufel hatte, sollte sich ebenfalls bereithalten. Er schickte den Boten auch zur Posthalterei.

Die Christl dachte sich zunächst nichts dabei und wurde erst aufmerksam, als die Mutter den Burschen fragte, wer ihn denn schicke. Da erst sagte die Christl: »Sag deinem Herrn, dass wir uns von ihm nichts anschaffen lassen. Im Übrigen hat dieses Amt jahrelang mein Vater ausgeübt. – Mutter, weißt du, wo die Einteilungsliste ist?«

Es stellte sich heraus, dass der junge von Lafret bei seiner Planung so manche Fehler gemacht hatte, die aber keinen Schaden anrichteten, weil die Posthalter-Christl am Abend selber noch nach der vom Vater hinterlassenen Liste ansagen ließ. Und siehe da, es klappte, wie es in all den Jahren vorher auch geklappt hatte.

Als der Bauerngraf von seinem Sohn hörte, dass die junge Posthalterin ihm bei der Schneeräumerei eine Posse gespielt hatte, rieb er sich zunächst nur nachdenklich das Kinn. Dann sagte er spöttisch: »Schau, schau, so wie die Alte singt, so zwitschert die Junge. Das muss ich mir merken.«

Die Mitarbeiter von Bruck waren die Einzigen von dort, die noch sonntags in die Posthalterei kamen. Und von Lafret ließ es auch zu, weil er sich erhoffte, sie könnten aushorchen, was man alles über die Lafrets zu sagen wusste.

Nun, zunächst war es nicht viel. Die Sympathie der Bauern war bei der Posthalterin und ihrer Tochter, die in ihrem Leid noch schöner aussah als zuvor.

In den folgenden Wochen geschah nichts Besonderes. Die Narrenzeit kam und ging vorüber. Es war nun die Fastenzeit angebrochen.

Weil die Mutter von der Landwirtschaft wirklich nicht viel verstand, kam es immer öfter zwischen ihr und Ferdinand zu Auseinandersetzungen.

Die Christl wohnte manchmal so einem Streit bei, und als sie sich dann ein klares Bild von allem gemacht hatte, stellte sie sich eindeutig auf die Seite Ferdinands. »Nimm es mir nicht krumm, Mutter«, sagte sie, »aber mein Verstand sagt mir, dass der Ferdinand Recht hat. Wenn du nichts dagegen hast, will ich mich in Zukunft mehr um das kümmern, was dem Vater so plötzlich aus den Händen genommen worden ist.«

Charlotte hatte insgeheim nichts dagegen. Ja, sie war sogar froh, dieser Sorge enthoben zu werden. Nur wollte sie sich das nicht anmerken lassen, darum antwortete sie: »Du hättest mir das auch allein sagen können und nicht in Gegenwart des eigensinnigen Ferdinand. Und wenn du meinst, dass dich diese Arbeit glücklich macht, na, meinetwegen.«

Ja, die Christl fühlte sich glücklich. Eine neue Welt öffnete sich ihr, und damit wurde sie selber ein neuer Mensch. Die Felder bestellen, das war das wirkliche Leben, an dem sie – wie sie jetzt meinte – bisher vorbeigelebt hatte. Hatte sie früher auf den Feldern herumtollen wollen oder auf einem Pferd sitzen, dann hatte die Mutter stets die Nase gerümpft und gemeint, das schicke sich nicht für ein Mädchen.

Jetzt aber sprengte sie in scharfem Galopp auf dem Rücken des Apfelschimmels über den Marktplatz von Erlbach, dass die Funken auf dem Pflaster nur so stoben. Ihr hübsches Gesicht wurde von Wind und Sonne braun gebrannt und ihre Augen strahlten. Nur um die Mundwinkel hatte sich ein scharfer Zug gebildet, der von Leid zeugte, von einem Leid, das vergessen sein wollte und nicht vergessen werden konnte.

Ferdinand war ihr ein guter Lehrmeister, und bald war sie so weit, dass sie es war, die des Abends die Arbeit für den kommenden Tag einteilte, so wie es früher der Vater getan hatte.

Bald sah es für alle Welt so aus, als sei sie die Herrin der Posthalterei. Die Leute am Hof hatten Vertrauen zu ihr gefasst, für sie war die Christl jetzt nicht mehr die Tochter aus gutem Hause, sondern die junge Herrin, die sie in ihren Nöten und Freuden verstand, und deren Anweisungen sie willig folgten. Was mochte ihr Wesen nur so geändert haben? Vor allem unter dem weiblichen Personal wurde das Thema ausführlich und oft besprochen. Die Frauen kamen dabei zu dem Ergebnis, diese offensichtliche Wandlung könnte nur die Liebe herbeigeführt haben.

Ach, was wussten die Menschen schon von ihrer Liebe! Außer Tobias ahnte niemand, nicht einmal die Mutter, wie sehr sie unter dem Treuebruch litt, der ihr angetan worden war. Sie empfand ihn gleich einem Schimpf, der nie im Leben mehr ausgelöscht werden konnte. Wenn nur der Name »Bauerngraf« in ihrer Nähe fiel, dann bekam sie einen so ärgerlichen Gesichtsausdruck, dass alle sogleich erschrocken verstummten.

Der Bauerngraf! Wie sie sein anmaßendes Wesen hasste! Worauf war der so eingebildet, was hatte er schon geleistet! Hineingesetzt hatte er sich in ein warmes Nest, das seine Vorfahren ihm bereitet hatten, und nun hatte er sich das Sägwerk noch dazu ersteigert. Durch seine Unnahbarkeit hatte er sich ein gewisses Ansehen verschafft, aber das war auch alles. Oh, wie sie ihn hasste! Viel mehr als den Sohn, der sie betrogen hatte!

In dem gleichen Maße, wie Christl nach außen hin in den Vordergrund trat, zog Charlotte sich zurück. Sie widmete sich nur noch dem Haus, ließ ein paar Zimmer im Dachboden ausbauen und das

Wort »Gasthof« an der Hausfront überstreichen und durch ein neues ersetzen. Es hieß jetzt »Hotel zur Posthalterei«.

Als die Karwoche und Ostern vorüber waren, ließ sich der Frühling nicht mehr aufhalten. Der Schnee auf den Bergen schmolz, und alle Bäche gingen hoch. Aber es gab nirgends Überschwemmungen, weil alles langsam und gleichmäßig vor sich ging.

Auf den Feldern herrschte reges Treiben. Auch die von der Posthalterei legten jetzt die Kartoffeln, um 8000 Quadratmeter mehr als sonst, weil die Christl errechnet hatte, dass dies der Menge entsprach, die jedes Frühjahr zusätzlich gekauft werden musste.

Auch die Christl half mit und legte Stück für Stück aus ihrem Schurz in die Furche, genau einen Schuhbreit voneinander entfernt. »Du, Ferdinand«, fragte sie dann während der Brotzeit, »warum hat der Vater eigentlich nie mehr Kartoffeln angebaut als auf den 12000 Quadratmeter?«

»Weil er sonst weniger Hafer hätte bauen können, der im Frühjahr teurer ist als Kartoffeln.«

»Stimmt auch wieder. Wir haben eben zu wenig Äcker, und da drüben in den Innauen liegen 40000 Quadratmeter Moorwiesen, die zu nichts taugen.«

»Doch, zu etwas schon: Wir brauchen ja auch Streu.«

Nachdenklich sah Christine vor sich hin. Hinter ihrer Stirne arbeitete es lebhaft. »Man kann auch Stroh für Streu verwenden und billiges Sägmehl kaufen.«

»Vom Lafret vielleicht?«, fragte Ferdinand lächelnd.

Sie sah ihn ärgerlich an. »Nein, von dem um keinen Pfennig. Es gibt noch andere Sägewerke in der Umgebung. Aber die Moorwiesen müsste man doch kultivieren können.«

Ferdinand wiegte den Kopf hin und her. Er wusste, dass auch der selige Sebastian Gruber schon ein paar Mal darangedacht hatte, vor dem Ausmaß der Arbeit aber immer zurückgeschreckt war. »Kann man schon«, meinte er dann. »Man müsste halt alles drainieren.«

»Und dann? Was würde dort dann wachsen, Korn – oder Weizen?«

»Im ersten Jahr müssten Kartoffeln hin, damit der Boden locker wird.«

»Aha«, antwortete Christine. Dann fasste sie plötzlich Ferdinands Arm. »Du, Ferdinand, das reizt mich. Es ist eine schöne Aufgabe, meinst du nicht? Du musst mir nur helfen, weißt du. Vielleicht verstehe ich es allein nicht recht.«

Christl hatte freilich nicht damit gerechnet, dass die Mutter gegen diesen Plan sein könnte, und beinahe wäre es so weit gekommen, dass auch sie wieder wankend geworden wäre. »Und für wen willst du denn den Ertrag vermehren?«, fragte die Mutter. »Du sagtest doch, dass du nie heiraten willst. Wer soll dann das alles einmal erben?«

»Daran hab ich nicht gedacht, Mutter, aber mit unserem Ackergrund können wir doch nicht einmal den Eigenbedarf decken.«

»Du vergisst die Kreuzwiese droben, das sind auch fast 20000 Quadratmeter.«

Christine strich sich nachdenklich über die Stirne. »Ja, wie ist das nun eigentlich, Mutter. Gehört sie uns oder nicht?«

Charlotte wischte mit spitzen Fingern einen Staubfaden von ihrem Ärmel. »Natürlich gehört sie uns.«

»Dann werden wir auch die Gerste ernten.«

Die Mutter lächelte schmerzhaft, als sie sich jetzt an den Ärger erinnerte, den sie mit dem Bauerngrafen wegen dieses Ackers schon gehabt hatte. Aber nun hatte ja die Christl alles in die Hand genommen. Sollte die das also jetzt nur ausfechten!

»Drainieren, sagtest du?«, nahm sie das Gespräch wieder auf. »Ich verstehe nichts davon, und es wird eine Menge Geld kosten.«

»In drei Jahren ist es wieder dreifach herinnen. Du musst das Geld einstweilen nur aus dem Gasthaus vorstrecken.«

»Aus dem Hotel, meinst du. Gut, ich lasse dir freie Hand. Übrigens – der junge Hallander sitzt in der Gaststube. Ich glaube, er sitzt nicht so ganz von ungefähr in letzter Zeit so oft bei uns.«

Christine lächelte vor sich hin, weil die Mutter meinte, auf Filzpantoffeln zu gehen, und doch mit dem Holzschlegel winkte. »Mutter, was Liebe heißt, das glaubte ich einmal zu wissen. Jetzt ist mir aller Glaube daran zerstört.«

»Oder der junge Erlenhofer ...«, sagte die Mutter noch, aber das hörte die Christl schon nicht mehr, denn sie hatte das Zimmer bereits verlassen, ging über den Hof und traf Tobias vor dem Schafstall sitzend. Ohne etwas zu sagen, ließ sie sich neben ihm nieder.

Wie schön so eine Frühlingsnacht doch ist! Die stillen Schläfer in ihren Betten wissen gar nicht, was alles lebt und blüht in so einer Nacht! Irgendwo pfeift ein Vogel, der Wind lässt die jungen Blätter aufrauschen, als singe ein Lied durch die Welt, und wenn man zum Himmel aufschaut, sieht man die Sterne glitzern.

»Drei Wochen noch, dann ziehst du wieder in die Berge«, sagte Christine in das Schweigen hinein.

»Voriges Jahr kamst du zu mir«, antwortete Tobias nach einer Weile.

»Ja, aber heuer komme ich nicht. Vielleicht nie wieder.«

Er wusste, was sie meinte, und rührte nicht weiter daran. Es wurde auch heute so, wie manchen Abend vorher, seit Christine ihre Enttäuschung erlebt hatte. Sie saß still neben ihm, eine Stunde oder zwei. Dann ging sie wieder. Heute sagte sie im Weggehen noch: »Ich werde einen Teil der Moorwiesen drainieren.«

Tobias nickte. »Erde fruchtbar machen ist eine erfüllende Arbeit, es ist wie Gottesdienst.«

Sie blieb stehen und sah zu ihm zurück. Das Licht des Mondes fiel über sein Gesicht. »Das war ein gutes Wort und ein großes Wort, Tobias. Ich danke dir dafür. Gute Nacht.«

»Gute Nacht, Christl.«

Die Arbeit in den Moorwiesen ging schneller voran, als man gemeint hatte. Christine hatte drei kräftige Arbeiter fest angestellt, und sowie die anderen Mitarbeiter am Hof einmal von ihrer eigentlichen Arbeit abkommen konnten, wurden auch sie ins Moor geschickt. Fast täglich ritt Christl hinaus, und wenn man in Erlbach anfangs auch gelächelt hatte über den Plan der jungen Posthalterin, allmählich hörte man auf damit. Sonntags machten jetzt die Bauern ihren Spaziergang dort hinaus, und wer ehrlich war, der musste einsehen, dass die Posthalter-Christl ein recht gescheites Frauenzimmer geworden war.

Das musste zähneknirschend sogar der Bauerngraf zugeben. Was sie angepackt hatte, hatte Hand und Fuß. Das Kinn in die Hand gestützt, stand er da und überblickte berechnend die weite Fläche. So versunken war er in seinen Gedanken, dass er das leise Klirren hinter sich nicht wahrnahm. Als er das Schnauben der Stute endlich hörte, war es zu spät, um sich noch ohne Schande hinter die Erlenbüsche zu verkriechen.

Warum auch? Den Kopf zurückgelegt, sah er der jungen Reiterin entgegen. Sie konnte nicht ausweichen, sie musste an ihm vorbei. Und wenn sie grüßte, wollte er danken.

Ihn grüßen? Christine sah ihn, und ihr Gesicht versteinerte sich sofort. Und plötzlich hatte sie das Verlangen, diesen Mann am Rande des Moores über den Haufen zu reiten. Sie ritt an ihm vorbei, ohne ihn eines Blickes zu würdigen.

Der Bauerngraf rieb sich wieder das Kinn. ›Donnerwetter, die muss mich aber hassen‹, dachte er und sah dann zu, wie sie unweit vom Pferd sprang, es an einer jungen Birke anband und über das Moor ging, dorthin, wo erdbraune Gestalten nur mit der Brust aus dem ausgehobenen Loch ragten.

Der breite Ablaufgraben war bereits fertig, in den sich das Wasser des Moores aus über hundert Rinnsalen ergoss.

»Sie versteht ihr Geschäft«, nickte er anerkennend und schritt davon.

So kam der hohe Sommer heran. Das Getreide war mächtig in die Höhe geschossen, auf den Wiesen duftete das erste Heu und im »Hotel zur Posthalterei« waren alle Zimmer mit Sommerfrischlern belegt.

Um den Kreuzacker war es still geworden. Die Gerste leuchtete schon gelblich herunter, und weil Christine das letzte Reifen noch nicht verstand, schickte sie Ferdinand hinauf, um nachzusehen, wann mit dem Schnitt begonnen werden konnte.

»Acht Tage noch«, brachte er Bescheid, »dann können wir anfangen.«

Die Woche ging friedlich vorüber, aber als sich am Montag die Leute aus der Posthalterei anschickten, zum Gerstenmähen zu gehen, sahen sie, dass da droben bereits gearbeitet wurde.

Mit kalkweißem Antlitz stand Christine vor ihren Leuten. Dann wandte sie das Gesicht über die Schulter zurück. »Ferdinand, was tun wir?«

»Hinaufgehen und verjagen. Recht muss endlich Recht werden.«

Schon wollte Christine zustimmend nicken. Da besann sie sich noch einmal. »Wie lange muss die Gerste liegen, bis man sie heimfahren kann?«

»Übermorgen kann sie eingebracht werden.«

»Gut, das werden wir tun. Kommt, wir gehen heute in die Moorwiesen.«

Es waren zwölf Leute, die das hörten. Es wussten nicht alle, was da gespielt wurde, aber denen wurde es von den anderen im Laufe des Nachmittags erzählt. Und es war merkwürdig, nein, es war wunderbar, wie sie alle geschlossen dafür waren, das an der Posthalterei begangene Unrecht wettzumachen. Die Gerste, die ein anderer gesät hatte, sollte eingefahren werden! Eine verschworene Gemeinschaft bildete sich im Laufe dieses Tages. Flimmernd lag die Hitze über dem Moor, das bald zu zwei Dritteln kein Moor mehr sein würde. Weit über die Hälfte der Fläche war bereits entwässert, und im Herbst konnte der Pflug über dieses neue Land gehen.

Zwei Tage später, um die Mittagsstunde, trieb die Christl zur höchsten Eile an. Sie fuhren hinauf zum Kreuzacker und luden die Gerste auf. Die Christl war mitten unter den Leuten und arbeitete mit wie eine von ihnen. Sie lenkte das Gespann der beiden Rotschimmel, fuhr immer ein Stück vor, wenn ihre Leute mit dem Aufladen so weit waren, und sah dann als Erste die Arbeiter des jungen von Lafret von der Sägmühle kommen. Nur mit einem Traktor mit Anhänger kamen sie, während von der Posthalterei vier Pferdegespanne mit je einem Anhänger auf dem Acker waren. Der junge Lafret lenkte den Traktor selbst und fuhr nun über den bereits zur Hälfte abgeernteten Acker bis dorthin, wo die Leute von der Posthalterei auflegten. Mit einem Sprung war er vom Wagen, rot im Gesicht vor Wut.

Ferdinand stieß seine Gabel in den Boden und ging auf ihn zu. Die anderen taten das Gleiche und stellten sich hinter ihn.

»Aufhören!«, schrie Albert von Lafret. »Sofort aufhören! Das ist Diebstahl.«

Da trat die Christl vor. »Wir ernten nur das, was uns gehört. Und daran wirst du uns nicht hindern. Wenn du meinst, es mit Gewalt tun zu können, dann versuche es.«

Der junge Lafret sah wohl ein, dass er hier auf verlorenem Posten stand. Die paar Leute, die er hinter sich hatte, verhielten sich zudem unschlüssig, während die andere Seite sich geschlossen aufgestellt hatte.

»Das wird euch teuer zu stehen kommen«, rief Albert von Lafret, ging zu seinem Gefährt zurück und wendete es. Es war zweifellos ein demütigender Abzug für ihn.

Am Abend waren sechs Fuder Gerste wohlbehalten in den Scheunen der Posthalterin.

Als der Bauerngraf von diesem Vorfall erfuhr, bekam er einen Jähzornsausbruch, wie ihn noch niemand erlebt hatte. Er riss die Büchse von der Wand und stürmte davon, hinunter nach Erlbach. Bis er dort ankam, war aber der erste Zorn verraucht. »Du Trottel«, schrie er seinen Sohn Albert an. »Wie konntest du dir das bieten lassen?«

»Es war nichts zu machen, Vater. Die anderen waren weit in der Überzahl.«

»Ach was, in der Überzahl! Du warst im Recht! Aber jetzt soll die mich kennen lernen! Jetzt lasse ich es zum Prozess kommen! Und die Meinung werde ich ihr anständig sagen!«

»Vater, lass dein Gewehr hier«, sagte Albert schnell und trat ihm in den Weg.

Ein verzerrtes Lächeln ging über das Gesicht des Bauerngrafen. »Ach, meinst du, ich wollt auf sie schießen? Nein, nein, mit Weibern werde ich auch so noch fertig.« Er lehnte das Gewehr in die Ofenecke und rannte aus dem Haus.

Eine wunderschöne Abendstille lag über Erlbach. In den Kastanienbäumen vor der Kirche sangen die Vögel um die Wette.

Aus der Kirche tönte leises Orgelspiel, und auf der einzigen breiten Straße von Erlbach lustwandelten die Sommerfrischler.

Die Sache mit der Gerste hatte sich mittlerweile herumgesprochen, und Anton von Lafret meinte, dass ihm da und dort aus einem Bauernhaus ein spöttisches Lächeln folgte. Es war ganz klar, er hatte einen Prestigeverlust erlitten, wie noch nie in seinem Leben. Zum ersten Mal konnte man über ihn lächeln und spotten. Diese Erlbacher behandelten ihn überhaupt wie einen, der nicht mehr zu ihnen gehörte. Aber er würde es ihnen schon zeigen! Den Hut aus der Stirne schiebend, betrat er den Flur des »Hotels zur Posthalterei«. Ausgerechnet die Christl lief ihm dort in den Weg. »Was wollen Sie hier?«

Ganz kalt überrieselte es ihn bei dem schneidenden Klang ihrer Stimme. »Mit Kindern verhandle ich nicht«, antwortete er grob. »Wo ist deine Mutter?«

Oh, wie die Christl da in Wallung geriet. Nicht die geringste Angst war in ihr, nur der Wunsch, diesen Mann, der ihr Glück zerstört hatte, zu demütigen. »Erstens«, sagte sie singend vor Hohn, »erstens habe ich mit Ihnen noch keine Säue gehütet, dass Sie mich duzen dürfen – und zweitens hat meine Mutter mit der Sache gar nichts zu tun. Ich war es, die den Leuten den Auftrag gab, die Gerste einzuholen, und ich trage auch die Verantwortung dafür.«

»Verantwortung?«, lachte er wütend. »Was weißt du Fratz schon von einer Verantwortung.«

»Vielleicht mehr als Sie. Im Übrigen glaube ich mich zu erinnern, dass meine Mutter Ihnen das Haus verboten hat. Es wundert mich, dass Sie die Frechheit haben, es zu betreten.«

»Willst du mich vielleicht daran hindern?«

»Ja, die Absicht habe ich.« Die Christl ging ein paar Schritte zurück und öffnete eine Tür. »Hasso, komm.«

Eine große, gelb gefleckte Dogge kam träge aus dem Zimmer, bis sie den Mann sah. Dann knurrte sie und fletschte die Zähne. Die Christl griff nach dem Halsband.

»Ach so«, sagte der Bauerngraf in mühsam beherrschter Wut und bedauerte jetzt, seine Büchse im Sägewerk zurückgelassen zu haben. »Du willst mich also mit dem Hund aus dem Hause hetzen.«

»Wenn es sein muss, ja.«

»Nicht nötig.« Er drehte sich jäh um und ging mit schweren Schritten hinaus. Zu allem Überfluss rannte ihm draußen noch der Ferdinand über den Weg. Anton von Lafret sah an ihm vorbei, als ob er Luft wäre. Dann aber senkte er doch den Kopf. So weit hatten es die gebracht, dass er den Kopf senken musste!

10

Der Morgen war schwül, die Berge lagen verschleiert, und von den Innauen stiegen die Nebel auf, obwohl es schon auf neun Uhr zuging. Erst gegen zehn Uhr hellte sich alles auf, und ein strahlend schöner Tag lag über der Landschaft. Um diese Zeit aber war die Verhandlung von Lafret gegen Gruber bereits im Gange. Es war selten, dass das Gericht in Erlbach tagte, aber dieser Fall wurde hier ausgetragen. Angeklagt war die Posthalterswitwe Charlotte Gruber wegen Diebstahls von sechs Fuder Wintergerste. Der Richter verlas die Anklage und schloss: »Frau Gruber, wollen Sie uns nun einmal darlegen, worauf Sie Ihre Ansprüche gründen?«

Charlotte war gar nicht so sicher, wie man es allgemein erwartet hatte. Der Rathaussaal, in dem die Verhandlung stattfand, war brechend voll, und die Sympathien – Anton von Lafret merkte es wohl – standen ausnahmslos bei der Posthalterin.

»Ansprüche?«, fragte sie. »Ich stelle keine Ansprüche, ich will nur mein Recht.«

»Das will Herr von Lafret auch. Um zu ergründen, bei wem das Recht liegt, sind wir hier. Also, wie kamen Sie zu dem Grundstück?«

Charlotte schilderte nun, wie damals der Mühlbacher in größter Not zu ihr gekommen war und sie ihm zehntausend Mark gegeben habe unter der Voraussetzung, dass er ihr dafür die Kreuzwiese und das Schinderhölzl überlassen möge.

»Und hat er das getan?«, fragte der Vorsitzende.
»Ja, natürlich. Ich hätte ihm das Geld sonst nicht gegeben.«
»Hmmm! Frau Gruber, bei Ihrer Klugheit wundert es mich, dass Sie den Erwerb des Grundstückes nicht im Grundbuchamt eintragen ließen.«
»Der Mühlbacher war tot, und seine Frau schob es immer hinaus, bis sie dann plötzlich aus Erlbach verschwunden war.«
»Spurlos verschwindet kein Mensch. Dem Gericht ist bekannt, dass Frau Mühlbacher damals in Planegg ein Haus erwarb und eine Pension einrichtete. Also war es schon von Ihnen eine Nachlässigkeit, sich nicht weiter bemüht zu haben!«
Charlotte senkte den Kopf. Sie musste sich weiter sagen lassen: »Wie die Sache liegt, ist Herr von Lafret im Recht. Er hat die Gerste angebaut, die Sie heimgefahren haben.«
»Das war nicht meine Sache. Ich habe es nicht angeschafft. Meine Tochter Christl wollte das so, und – sie hatte Recht, denn schließlich habe ich ja die zehntausend Mark für das Grundstück gegeben und nicht der Herr von Lafret.«
»Herr von Lafret hat das Grundstück mitersteigert. Es war ihm nicht gesagt worden, dass es Ihnen gehöre. Übrigens – für so ungeschickt halte ich Sie wieder nicht, dass Sie zehntausend Mark jemandem aushändigen, ohne sich dafür einen Schuldschein unterschreiben zu lassen.«
Charlotte riss den Kopf in die Höhe. In ihren Augen war ein fiebriges Glänzen. Ganz kurz nur ging ihr Blick zu Christl hinüber. »Ich habe einen – unterschriebenen Schuldschein.«
»Können Sie uns den zeigen?«

Jemand räusperte sich, und Charlottes Hand zuckte einen Augenblick zurück, als sie in die Handtasche griff. Das Räuspern musste vom Bauerngrafen gekommen sein und hatte sich angehört wie eine Warnung.

»Hier bitte«, sagte Charlotte und legte den Schuldschein auf den Richtertisch.

Aufmerksam las ihn der Richter durch. »›Charlotte Gruber, die Posthalterin von Erlbach, hat mir heute zehntausend Mark geliehen, wofür ich ihr als Sicherheit die Kreuzwiese und das Schinderhölzl biete. Sollte die Summe nicht innerhalb eines Jahres zurückgezahlt sein, so gehen die genannten Grundstücke in ihr Eigentum über. Erlbach, den 27.7. Josef Mühlbacher.‹«

Der Richter verlas den Text zweimal, dann schob er seine Brillengläser auf die Stirn und sah den Bauerngrafen an. »Herr von Lafret, es tut mir Leid, aber dadurch liegt der Fall jetzt etwas anders. Wussten Sie denn nichts von diesem Schuldschein?«

»Nein. Könnte ich ihn einmal sehen?« Mit schwerem Schritt ging Anton von Lafret zum Tisch vor und beugte sich über das Schriftstück. Es dauerte lange, bis er sich wieder aufrichtete. Sein Gesicht war unbewegt, und er sah die Posthalterin gar nicht an, als er auf seinen Platz zurückging. Nur dem Blick der Christl begegnete er. Dabei schoss ihm das Blut in den Kopf. ›Dieses verdammte Frauenzimmer‹, dachte er. ›Wie spöttisch sie lächelt.‹

»Dann hätten also Sie, Frau Gruber, an Herrn von Lafret nur den Betrag für die Saatgerste zu begleichen. Wie hoch kann nach Ihrem Dafürhalten der Betrag sein, Herr von Lafret?«

»Ich verzichte darauf«, knurrte der Bauerngraf.

»Und wir lassen uns von niemandem etwas schenken.« Hell und scharf klang Christls Stimme durch den Raum.

Bald darauf wurde die Verhandlung geschlossen. Als Erster verließ Anton von Lafret den Saal. Mit großen Schritten ging er durch den Ort, dankte zerstreut, wenn man ihn grüßte, schlug lautstark die Tür seines Wagens zu und verließ mit quietschenden Reifen Erlbach in Richtung Bruck.

Zu Hause angekommen, machte er sich sofort über seine Schriftsachen her, fand zwei, drei Papiere, die die Unterschrift des verstorbenen Mühlbachers trugen, und atmete auf, wie einer, dem nach langer Nacht plötzlich wieder ein Licht leuchtet. Ein zufriedenes Lächeln umspielte seine Mundwinkel. »Jetzt habe ich dich, Posthalterin! Jetzt bringe ich dich dahin, wo ich dich hinhaben will.«

Gut gelaunt ging er in die Küche, wo seine Frau hantierte.

»Stell dir vor«, sagte er, »fälscht die Posthalterin die Unterschrift auf dem Schuldschein!«

Barbara von Lafret sah ihren Mann aus müden Augen an. Früher einmal muss sie eine Schönheit gewesen sein. Die strengen Falten um ihren Mund mochten von mancher bitteren Stunde zeugen, denn sie hatte ja immer im Schatten dieses mächtigen Mannes leben müssen. »Weißt du das ganz genau?«, fragte sie.

»Ja, ganz genau. Der Mühlbacher hat in allen seinen Unterschriften die zwei Tüpferl auf dem Ü schief gesetzt und beim R hatte er wohl einen kleinen Schnörkel gemacht, aber der sieht anders aus als der, den ich auf dem Schuldschein heute gesehen habe.«

»Und was willst du jetzt tun?«, fragte seine Frau.
»Anzeigen tu ich sie wegen Urkundenfälschung.«
»Dann geht es ja wieder von vorne los!«
»Sie hat es nicht anders haben wollen. Aber noch viel frecher ist die Junge! Wie die heute spöttisch gelacht hat! Da hätte sich unser Thomas was Sauberes eingebrockt mit der. Na ja, jetzt wird ihnen das Lachen schon vergehen.«

Die Frau sagte nichts, wandte sich nur seufzend wieder ihrer Arbeit zu. Anton von Lafret aber ging pfeifend durch das Haus. Endlich hatte er wieder Oberwasser. Denen wollte er es einbrocken!

Kurz darauf sah die Frau ihn vom Küchenfenster aus mit der Büchse auf dem Rücken, den Hund an der Seite, auf den nahen Wald zugehen.

Manchmal kehrte der Bauerngraf von so einem Gang in den Wald schon nach Stunden wieder zurück. Ein andermal aber blieb er oft gleich drei oder vier Tage auf der Jagdhütte. Aber dann sagte er immer daheim Bescheid. Wenn die Zeit der Treibjagden kam, sahen sie ihn erst nach einer Woche wieder. Da nahm er auch seine Söhne mit, aber wehe, wenn sie ihm etwas wegschossen, das er selber gerne gehabt hätte ...

Darum traf Thomas von Lafret, als er an einem trüben Spätsommermorgen nach Bruck kam, nur seine Mutter und die beiden Schwestern an. Er war mit dem Neunuhrzug gekommen und den ziemlich weiten Weg nach Bruck zu Fuß gegangen, obwohl es nur eines Anrufs bedurft hätte, dann wäre er mit dem Auto abgeholt worden.

Voller Bewunderung sahen die beiden Schwestern zu dem fisch gebackenen Doktor auf. Sie merkten nicht, dass sein Lächeln müde war, und dass er vielleicht nur lächelte, um nicht zeigen zu müssen, wie es in seinem Innern aussah.

Anders die Mutter. Sie sah auf den ersten Blick, dass mit Thomas etwas los war. Sie konnte er nicht täuschen. Sie hörte schon aus dem Klang seiner Stimme eine grenzenlose Traurigkeit. Aber es dauerte eine ganze Weile, bis sie ihn allein sprechen konnte. Er saß bei ihr in der Küche, rauchte bereits die dritte Zigarette in kurzer Zeit, hatte den Kopf an die Wand gelehnt und schloss zuweilen die Augen.

Da trat die Mutter vor ihn hin. »Sag, Thomas, was ist mit dir los?«

Er öffnete die Augen, sah zu ihr auf, aber dann flatterte der Blick an ihren fragenden Augen vorbei. »Nichts, Mutter.« Er warf die Zigarette in den Herd. »Was soll denn los sein?«

Barbara von Lafret nahm neben ihm auf der Bank Platz und fasste nach seiner Hand. »Thomas, mir machst du nichts vor. Du kamst doch immer zu mir, wenn dich etwas bedrückte. Hast du jetzt auf einmal kein Vertrauen mehr zu mir?«

Thomas stand auf. Die Hände in den Hosentaschen, so ging er in der großen Küche auf und ab. Ja, die Mutter hatte Recht, immer war er mit seinen großen und kleinen Nöten zu ihr gekommen. Und sie hatte ihn immer unterstützt, und zwar so, dass der Vater nie etwas davon bemerkt hatte. Diesmal aber, das wusste er, konnte sie ihm nicht helfen. Durch diesen Wirrwarr musste er allein gehen. Aber war es denn nicht schon gut, wenn ihn wenigstens ein Mensch verstand? Und die Mutter, das wusste er, sie würde ihn begreifen. Er hielt in seiner Wanderung inne. »Ich habe meine Verlobung mit Anita Wendberg gelöst, Mutter.«

Kein Erschrecken bei Frau Barbara. Nur um ihren Mund grub sich kurz eine schmerzliche Linie. Dann sagte sie: »Das habe ich mir gedacht.«

»Wieso, ich habe keinem Menschen davon erzählt. Woher willst du es wissen?« Einen Augenblick dachte er daran, dass Wendberg vielleicht schon eine Nachricht hierher geschickt hätte. Aber dann schob er den Gedanken beiseite. Die Auseinandersetzung mit Anita hatte ja erst gestern Abend stattgefunden.

»Weil du doch dann sicher nicht allein gekommen wärst«, sagte die Mutter.

»Es ging einfach nicht mehr«, schrie Thomas plötzlich heraus. »Alles hätte nach ihrem Kopf gehen sollen. Dann ihre verletzende Arroganz auch anderen Mitmenschen gegenüber. Und immer hat sie das letzte Wort haben müssen. Wir haben oft um Dinge gestritten, die so lächerlich waren, dass man sie unter normalen Umständen gar nicht erwähnt hätte. Ich habe das einfach nicht mehr ausgehalten. Wie sollte denn das erst werden, wenn wir verheiratet wären?«

»Ich weiß nicht«, sagte die Mutter wieder still und leise. »Aber, Thomas, ist das wirklich der einzige Grund? Du bist doch gar nicht der Mensch, der vor solchen Kleinigkeiten kapituliert.«

»Es waren keine Kleinigkeiten mehr, weil sie aus allem ein Problem machte.«

Barbara von Lafret lächelte leise vor sich hin. Fragte zum zweiten Mal: »Ist das wirklich der einzige Grund, Thomas?«

Thomas zerrte wieder eine Zigarette hervor, riss ein Zündholz an und machte ein paar hastige Züge. »Mutter, du hast Recht. Ich bin immer ehrlich zu dir gewesen und will es auch jetzt sein. Der wirkliche Grund ist der, dass ich die Christl einfach nicht vergessen kann.«

»Das musst du deinem Vater sagen.«

»Ich weiß, ich weiß. Er wird Tod und Hölle auf mich werfen. Aber ich kann es nicht ändern. Einen Weg zurück zu Anita gibt es nicht mehr für mich.«

»Es darf aber auch keinen Weg zur Posthalterei geben, Thomas.«

»Es kann ihn nicht mehr geben, weil ich – ich habe zu gemein an der Christl gehandelt. Und dann jetzt dieser blöde Prozess. Seit Vater mir so triumphierend von dieser angeblichen Urkundenfälschung geschrieben hat, habe ich keine ruhige Stunde mehr gehabt. Ich kann das nicht glauben, Mutter.«

»Er sagt, dass er die Beweise in der Hand habe. Ein Schriftsachverständiger hat es ebenfalls einwandfrei festgestellt. Und du kennst ihn ja, den Vater. Wenn der sich einmal etwas in den Kopf setzt, kann ihn niemand davon abbringen, zumal, wenn ihm jemand etwas zum Trotz getan hat. Die Posthalters haben ihm arg zugesetzt, besonders die Christl. Er hasst sie bis aufs Blut, und sie ihn auch.«

»Ich glaube nicht, dass die Christl hassen kann.«

»Sie hat ihn mit dem Hund aus dem Haus gehetzt. Und das vergisst er ihr nie.«

Thomas hatte wieder auf der Bank Platz genommen. Die Hände ineinander verkrampft, starrte er auf den Bretterboden. Draußen hatte ein feiner Nieselregen eingesetzt. Eintönig klopfte er in die Traufe der Dachrinne.

Er war mit großen Hoffnungen hergekommen, erfüllt von einem eisernen Willen, dem Vater zu trotzen. Aber nun war er wieder recht kleinmütig, hatte sein Selbstbewusstsein verloren. Etwas Drückendes lag über ihm, und auf einmal begriff er, dass dies eigentlich immer so gewesen war, wenn er in den Ferien heimgekommen war. Draußen noch der freieste Mensch, in diesem Haus dann plötzlich eine Atmosphäre, die erdrückte. In jedem Winkel aller Stuben nistete der herrische, unbeugsame Wille dieses gewaltigen Mannes, des Anton von Lafret. Das war zuweilen so stark, dass es den anderen fast die Luft zum Atmen wegnahm. Und merkwürdigerweise, weder er noch seine Brüder hatten jemals den Mut gehabt, dem Vater mannhaft entgegenzutreten. Von den beiden Mädchen gar nicht zu reden. Immer hatten sich alle dem starken Willen dieses Mannes gebeugt.

Thomas spürte plötzlich eine Hand in seinem Haar. Unwillkürlich zuckte er bei dieser Berührung zusammen. Dann lächelte er müde. »Ach, Mutter, es ist alles so schwer im Leben.«

Sie strich sanft mit ihrer Hand über seinen Kopf. »Das meinst du jetzt nur, Bub. Nichts ist so schwer im Leben wie das, was man sich selbst auferlegt. Ich kenne die Zusammenhänge nicht genau. Das, was du vorhin gesagt hast von dem Wesen deiner Braut, das kann ja gar nicht das Ausschlaggebende gewesen sein. Da muss schon Schwereres vorliegen. Du musst es mir nicht sagen. Ich warte, bis du von selbst zu mir findest.«

Thomas war in diesem Augenblick zumute, als fiele alles von ihm ab, als hätte er das bereits hinter sich gebracht, was es in der Sache zu sagen gab. »Du hast Recht, Mutter. Das alles war nicht ausschlaggebend. Wir haben uns zu Weihnachten verlobt und wollten im Herbst heiraten. – Unter welchen Voraussetzungen bist denn du in die Ehe gegangen, Mutter?«

Barbara von Lafret schwieg eine Weile. Sie dachte nach über die Zeit und an den Tag, als Anton von Lafret plötzlich auf dem Hofe ihrer Eltern erschienen war.

Sie droschen gerade das Korn im großen Schuppen, als er vorgefahren kam. Er ging nicht gleich ins Haus, sondern zu den Mädchen in den Schuppen, sah stillschweigend eine Weile zu und nahm dann, ohne ein Wort zu sagen, ausgerechnet ihr den Dreschflegel aus den Händen. »Schau her, Mädchen, so geht das«, sagte er.

Dann erst ging er ins Haus und verlangte – nicht bat, nein, verlangte – die große Dunkelblonde zur Bäuerin auf seinen Hof.

»Ich habe ihn geliebt vom ersten Augenblick an«, sagte jetzt Barbara von Lafret.

»Hat dir der Titel geschmeichelt?«, fragte Thomas.

»Nein, der Mann hat es mir angetan«, gestand die Mutter.

»Gut! Aber was hattest du erwartet von dieser Ehe?«

»Kein bequemes Leben!«

»Nein, du hast mich jetzt falsch verstanden. Was wolltest du in erster Linie?«

Die Mutter sann eine Weile nach. Dann lächelte sie still und feierlich. »Dich habe ich erwartet. Dich, den Simon zuerst, dann den Sigmund, die Mechthild und alle anderen.«

»Also Kinder?«

»Ja, natürlich. Was wäre denn sonst der Zweck einer Ehe und – eines Lebens?«

»Ganz richtig. Und siehst du, Mutter, das war es, worüber ich mich mit Anita grundsätzlich nicht einigen konnte. Sie wollte keine Kinder.« Er schlug plötzlich die Hände vor die Augen. »Zuerst habe ich ja immer gemeint, ich brauchte die Andeutungen, die sie mir in der Richtung gemacht hat, nicht so ernst zu nehmen. Aber dann waren einmal Bekannte zu Besuch, die zwei kleine Mädchen dabeihatten. Nachher habe ich zu ihr gesagt, wie schön es doch sein müsste, wenn wir miteinander auch einmal Kinder hätten. Und dann hat sie mich ganz wütend angefaucht: Ich solle mir nicht einbilden, dass sie sich das auftun werde, Tag und Nacht um solche Schrazen herumtanzen zu müssen. Das war zu viel für mich. Und nun bin ich da und weiß nicht, wie es weitergehen soll.«

»Weitergehen wird es schon«, sagte die Mutter nachdenklich. »Es fragt sich nur, wie du dir die Zukunft denkst. Ich kann nicht glauben, dass du einfach heimgefahren bist, ohne Pläne zu haben.«

»Nein, das bin ich nicht. Zunächst habe ich mich einmal von Anita gelöst, und zurückbringen können mich keine zehn Pferde mehr. Ich möchte in Erlbach eine Praxis aufmachen. Und dazu, Mutter, brauche ich deine Hilfe.«

Das war eine wunde Stelle für Barbara von Lafret, denn sie hatte während ihrer ganzen Ehe nie über viel Geld verfügt. Nur das Eiergeld hatte sie für sich behalten dürfen, und das war immer draufgegangen. Die Mädchen hatten bald diesen, bald jenen Wunsch gehabt.

»Wie viel brauchst du denn?«, fragte sie ihren Sohn vorsichtig.

»Fünfundzwanzig- bis dreißigtausend Mark.«

Ihr Gesicht umschattete sich, als sie die Summe hörte. Trotzdem stand es sofort fest, dass sie ihm würde helfen müssen. Wohin sollte er sich sonst wenden? Nur wenn sie an den Krach dachte, den es mit dem Vater geben würde, dann zitterte ihr Herz in leiser Angst. »Willst du es ihm gleich sagen?«

»Das kommt ganz darauf an, wie er bei Laune ist«, meinte Thomas. »Wenn er gut zu Schuss gekommen ist, hat er gute Laune. Wann, glaubst du, wird er heimkommen?«

»Ich rechne in zwei Stunden. Leg dich einstweilen ein wenig nieder oder geh spazieren.«

Thomas zog es wieder ins Freie, obwohl er ja schon den ganzen Weg hierher zu Fuß gemacht hatte und immer noch leichter Nieselregen fiel. Aber seine innere Unruhe ließ ihn jetzt nicht schlafen. Er schlüpfte in einen alten Regenmantel, setzte einen Schlapphut auf und machte sich auf den Weg. Zunächst hatte er kein Ziel, und es wunderte ihn hernach, dass seine Schritte ihn dorthin geführt hatten, von wo aus man einen herrlichen Weitblick ins Land hinaus hatte. Die Berge waren vom Nebel verhangen, und es hatte wenig Zweck, dort hinüberzustarren, wo etwa der Tobias um diese Stunde mit seinen Schafen hinziehen mochte. Träg und grau floss der Inn in der Tiefe vorüber. Weit drüben am anderen Ufer sah er Erlbach liegen. Der Regen konnte es nicht ganz verhüllen. Groß und herrisch erhoben sich die Posthaltergebäude aus dem Dunst.

Gewaltsam musste er sich zurückhalten, nicht hinüberzurennen. So sehr erfasste ihn Sehnsucht nach dem Mädchen, dem er so wehgetan hatte. Oh, könnte er doch alles ungeschehen machen! Wie musste sie ihn verachten!

Von irgendwoher hörte er Stimmen. Er horchte zurück in den Wald. Es mussten die Jäger und Treiber sein, die heimwärts zogen. Da wandte er sich wieder um und suchte den Weg nach Bruck zurück.

Sie waren soeben zurückgekommen von der Treibjagd. Vor der Haustür lag die Beute: ein Hirsch, drei Rehböcke, ein Gamsbock. Über dem Gesicht des Bauerngrafen lag Zufriedenheit. Mit seinem Bergstock stocherte er in der Schusswunde des einen Rehbockes herum. Dann hob er die Augen und sah den Vermessungsdirektor Höcherl an, den er neben dem Hotelbesitzer Schoberl als Gast zu dieser Treibjagd eingeladen hatte. »Ist das nicht ein Schuss wie gezirkelt?«, fragte er und sah dabei auch seine Söhne an, von denen keiner etwas geschossen hatte. Das war eigentlich immer so. Seine Söhne liefen nur als bessere Treiber mit. Sie durften nichts abschießen. Schoss ein Gast ein Stück, wie heute der Hotelbesitzer Schoberl, dann presste der Bauerngraf die Lippen zusammen, aber er konnte es nicht ändern.

»Solch ruhige Hand möchte ich haben wie Sie«, sagte der Vermessungsdirektor. Er war voller Neid, weil er nichts geschossen hatte.

Anton von Lafret lächelte geschmeichelt und gab ihnen zu verstehen, dass er in seinem Leben nur ein einziges Mal einen Hirsch verfehlt habe. Plötzlich verstummte er und sah auf den Menschen, der da im Regenmantel und Schlapphut daherkam. »Ah, der Herr Doktor med. So eine Überraschung. Schade, du hättest ein paar Tage früher kommen sollen. Vielleicht hättest du Glück gehabt.«

Thomas begrüßte die Herren, die er flüchtig kannte. »Du weißt, Vater, ich habe nie recht viel Glück gehabt auf der Jagd.«

»Ja, mit dem Mundwerk schießt du besser«, lachte Anton von Lafret laut und dröhnend. »Bist du allein gekommen?«

»Allein, ja.«

»Sigmund, bring der Mutter die Rehleber. Kommt mit ins Haus, meine Herren.«

Die Mutter hatte nun alle Hände voll zu tun, um das »Jagdessen« baldmöglichst auf den Tisch zu bringen. Anton von Lafret war in blendender Laune und erzählte seinen Gästen von der glänzenden Partie, die sein Sohn Thomas mache. Thomas saß dabei, und es war ihm bitterelend zumute. Schließlich ging er hinaus und suchte nach den Brüdern. Die waren im Stall und saßen auf der Haferkiste.

»Gibt er wieder an?«, fragte Sigmund. »Ich hätte mindestens zwei Böcke schießen können. Aber lasse ich sie nicht durch, ist bei ihm der Teufel los.«

»Wem erzählst du das?«, fragte Thomas, der so eine Treibjagd zur Genüge kannte. Dann zwickte er das linke Auge zu. »Ich müsste euch ja schlecht kennen, wenn nicht irgendwo da droben noch ein Stück läge.«

Die Brüder senkten schuldbewusst den Kopf. Natürlich hatte Albert einen Hirschen geschossen. Der lag noch oben. Nachts wollten sie ihn herunterholen, um ihn zu verkaufen. Ja, die Söhne wilderten bei ihrem eigenen Vater, weil er sie mit dem Taschengeld so knapp hielt.

Bei so einem Jagdessen ging es immer hoch her, und Anton von Lafret geizte dabei auch nicht mit Getränken. Er hatte guten Wein im Keller. Einen Roten aus Frankreich, der aber nur auf den Tisch kam, wenn, wie an diesem Tag, Gäste im Haus waren.

Die Söhne sprachen dem Wein auch eifrig zu, weil sie nicht wussten, wann wieder einmal so ein guter Tropfen für sie zu haben wäre. Nur Thomas hielt sich zurück. Er wollte einen klaren Kopf behalten.

Ja, Anton von Lafret war in glänzender Laune, er erzählte Jagdabenteuer aus früheren Zeiten, die vielleicht nicht alle ganz der Wahrheit entsprachen, sich aber lustig anhörten. Dann stieß er immer wieder einmal auf seinen Sohn Thomas an, dessen Doktorhut man heute gleich mitfeierte.

»Gehen Sie nun als Assistent oder eröffnen Sie selber eine Praxis?«, fragte Herr Schoberl einmal.

Noch bevor Thomas antworten konnte, tat es bereits sein Vater. »Nichts wird assistiert, selber fängt er an. Der Kerl hat ja ein unverschämtes Glück und sich da so einen Goldfisch geschnappt, dass er sich nur hineinzusetzen braucht in ein gemachtes Nest.«

Thomas lief rot an. ›Du wirst Augen machen‹, dachte er, ›wenn ich dir alles erzähle!‹

Aber dazu sollte es vorerst noch lange nicht kommen. Es war Mitternacht, als man sich schlafen legte, und Thomas dachte schon, dass er es auf den nächsten Morgen verschieben wolle. Aber gerade als er in die Kammer hinaufwollte, rief der Vater ihn zurück. »Warum bist du eigentlich allein gekommen?«

»Anita wollte nicht mitkommen.«

»So, so, wollte nicht.« Anton von Lafret knöpfte seine Weste auf. »Ein bissl Landluft hätte ihr nicht geschadet. Übrigens – was wollte ich jetzt sagen –?« Er zog umständlich seine Taschenuhr auf. »Ja, richtig. Wann heiratet ihr?«

Nun war die Frage gestellt, und Thomas konnte und durfte ihr nicht mehr ausweichen. Er räusperte sich. »Ja, Vater, darüber wollte ich eigentlich mit dir reden.«

»So? Also morgen dann. Jetzt bin ich müde.«

»Vater, ich glaube, es ist am besten, wenn wir es gleich abmachen. Wahrscheinlich wirst du es nicht verstehen können, aber die Hochzeit wird nie stattfinden.«

Anton von Lafret riss jäh den Kopf hoch. »Was? Wird nie stattfinden? Hat sie dir den Laufpass gegeben?«

»Nein, ich habe die Verlobung gelöst.«

Der Bauerngraf starrte seinen Sohn an, als habe er überhaupt nichts verstanden. Dann ging er auf ihn zu und legte ihm die Hand auf die Stirn. »Lass einmal sehen, ob du noch warm bist. Ja, warm bist du noch, aber Stroh muss drinnen sein in deinem Hirnkasten, sonst könntest du nicht auf so eine verrückte Idee kommen.«

»Vater!«, schrie Thomas auf.

»Jawohl, der bin ich und der bleibe ich! Und ich bitte mir aus, dass das geschieht, was ich will, verstanden?«

Thomas war jetzt ganz ruhig geworden. »Vater, ich bin dir immer in allem gehorsam gewesen. Aber das ist ein zu tiefer Eingriff in mein Leben. Ich kann meinen Entschluss nicht mehr ändern.«

»Kannst du nicht mehr ändern? So, so. Das hast du schon einmal gemeint, und dann ist doch eine Verlobung daraus geworden.«

»Daran warst du nicht ganz unschuldig. Diese Verlobung wäre besser unterblieben.«

Anton von Lafrets Stirn lief rot an. Er zerrte seine Weste herunter, schleuderte sie auf die Ofenbank. »Die Wendbergs lassen sich das bieten?«

»Ich weiß nicht, was sie tun werden. Auf alle Fälle, ich kann nicht mehr zurück, Vater.«

»Soll das vielleicht heißen, dass du auch die Praxis in der Leopoldstraße nicht aufmachst?«

»Ja, genau das heißt es. Ich will überhaupt nicht mehr zurück in die Stadt. Ich will hier bleiben und in Erlbach eine Praxis eröffnen.«

»In Erlb...« Anton von Lafret schnitt eine Grimasse, als ob er in eine Zitrone gebissen hätte. »Warte, da muss ich mich zuerst einmal niedersetzen, sonst könnte mich der Schlag treffen.« Er ließ sich auf die Bank fallen, spreizte die Beine und stützte die Fäuste darauf. »Also, wie war das jetzt gleich? Verlobung gelöst und Praxis – warum hast du die Verlobung gelöst?«

»Wir passen nicht zusammen.«

»Aha! Eine reichlich späte Erkenntnis.«

»Diese Erkenntnis hatte ich schon früher, aber –«

»Einen Augenblick«, unterbrach Anton von Lafret ihn. »Geht dir vielleicht gar das Weibsbild aus der Posthalterei im Kopf herum? Jetzt wird's Tag. Darum willst du in Erlbach eine Praxis aufmachen! Aber das wirst du schön bleiben lassen.«

»Du wirst mich nicht daran hindern können, Vater.«

»Meinst du? Das werden wir ja sehen. Jetzt würde ich mich über gar nichts mehr wundern. Möchtest nicht gar zu Kreuze kriechen und dich wieder hinbetteln zu dieser Bagage?«

»Vater, ich weiß, dass du Ärger hattest mit der Posthalterin, aber lass bitte die Christl aus dem Spiel.«

»Die erst recht«, schrie Anton von Lafret. »Das ist ja die Ärgste! Dieser Lausfratz war es ja, der mir die Gerste weggefahren hat. Tätst dir eine nette Verwandtschaft aussuchen. Die Alte macht Urkundenfälschung, und die Junge stiehlt sechs Fuder Gerste. Respekt!«

»Vater, das hat doch damit alles nichts zu tun«, widersprach Thomas.

»Und ob das etwas damit zu tun hat! Schaust du mich denn für blöd an? Woher käme denn plötzlich deine Sehnsucht nach Erlbach? Aber das sage ich dir, du hast nicht mit mir gerechnet. Ich gebe dir bis morgen früh Zeit zum Überlegen. Gehst du nicht wieder zurück in die Stadt und bringst das mit den Wendbergs wieder in Ordnung, dann hat hier der Zimmermann für dich die Tür gemacht. Und wenn du einmal draußen bist, reinkommen tust du nimmer.«

Thomas war blass geworden. So weit hatte er es nicht treiben wollen. Aber nun war die harten Worte schon gefallen. »Das heißt also, dass du mich aus dem Haus weist.«

»Ja, genau das heißt es. Wenn du dich nicht anders besinnst.«

»Ich brauche mich nicht mehr anders zu besinnen, Vater. Mein Entschluss steht unabänderlich fest.«

»So? Der meine auch. Dann kannst du gleich jetzt gehen.«

Da erfasste Thomas eine unendliche Traurigkeit. »Vater, ich hoffe, dass du die Stunde nie bereust, in der du mich aus dem Hause weist. Dein Hass ist maßlos gegen die Leute von der Posthalterei und macht dich ungerecht. Doch es hat alles seine Grenzen, und darum gehe ich jetzt. Du sollst aber nie vergessen, dass ich immer für dich da sein werde, wenn du mich brauchst.«

»Ach, wie gnädig. Da wirst du aber alt und grau werden, bis ich dich brauche.«

»Das würde ich dir wünschen. Volle Gesundheit bis zum letzten Atemzug. Lebe wohl, Vater.«

Er hatte die Türklinke schon in der Hand, zögerte noch einmal, in der leisen Hoffnung, der Vater möchte sich doch anders besinnen. Aber es kam kein Ton. Nur ein polterndes Lachen. Da ging Thomas schnell hinaus. Der Wind schlug die Haustür krachend hinter ihm zu. Regen umfing ihn, eine graue Wand gleichmäßig strömenden Regens, der lautlos in der Erde versickerte.

Thomas hatte für den Rest dieser Nacht bei seinem Bruder Albert in der Sägemühle Unterschlupf gefunden. Am Vormittag wollte er sich auf den Weg zu Doktor Wimmer, dem Arzt von Erlbach, machen. Als er in das Werkstattgebäude trat, traf er seinen Bruder Albert. Die Sägegatter machten jedoch einen solchen Lärm, dass sie sich nicht verständigen konnten. Schließlich fasste Albert seinen Bruder am Arm und führte ihn in das kleine Stüberl nebendran.

»Also, was ist los, Thomas?«

»Du sollst mir meine Koffer von Bruck mit herunternehmen, wenn du wieder hinkommst.«

Albert warf sich auf das alte Kanapee, aus dem schon das Seegras heraushing, und forderte den Bruder auf, Platz zu nehmen. »Hat der Alte dich wirklich hinausgeworfen?«, fragte er.

»Im wörtlichen Sinne, ja.«

»Ja – und was willst du jetzt tun?«

»Vorerst werde ich für vier Wochen die Vertretung beim Doktor Wimmer übernehmen. Ich habe darüber bereits mit ihm korrespondiert.«

»Kannst du auch dort schlafen?«, erkundigte sich Albert.

»Natürlich. Er fährt mit seiner Frau weg.«

Albert von Lafret lächelte wie befreit. »Dann ist's gut. Nicht, dass du meinst, ich möchte dir nicht Unterschlupf geben. Aber wenn unser Alter draufkommt, ist der Teufel los. Kann ich dir sonst irgendwie helfen?«

Thomas lächelte. »Danke, Albert, für deinen guten Willen. Helfen könntest du mir im Augenblick nur mit Geld. Und das hast du ja selber nicht, sonst müsstet ihr Brüder nicht heimlich dem Vater einen Hirschen wegschießen.«

Albert fuhr sich durch das volle, vom Sägmehl bestaubte Haar und lachte laut heraus. »Wenn der wüsste!« Dann sah er nachdenklich vor sich hin, so als läge auf dem Boden ein Spiegel, in dem er sein Gesicht betrachtete. »Du, sag einmal«, sprach er dann sinnend weiter. »Hat das alles vielleicht mit dieser Posthalter-Christl zu tun?«

»Nicht unmittelbar. Warum fragst du?«

»Weil mir das Frauenzimmer, unter uns gesagt, großartig gefällt. Du hättest sie nur sehen sollen, wie sie damals oben gestanden ist auf dem Kreuzacker. Das Schönste von allem ist, dass sie nämlich unserm Alten auch imponiert, seit sie die Moorwiesen entwässert hat. Er gibt es nur nicht zu, und sein ganzer Zorn kommt meines Erachtens nur daher, weil er wegen des Sigmund einen Korb hat einstecken müssen. Ich wollte, er hätte bei der Kronwitter-Klara auch einen Korb einstecken müssen.«

Thomas betrachtete lange seine Fingernägel. Dann hob er ruckartig den Kopf. »Hast du die Klara nicht gern?«

Albert von Lafret stand auf. Er war etwas größer als sein Bruder Thomas. Die Hände auf dem Rücken verschränkt, sah er durch das kleine, verstaubte Fenster hinaus in den Sägehof. »Schau bloß hin, wie saublöd die sich wieder anstellen, wenn sie einen Stamm auf den Rollwagen auflegen. Es ist ein Kreuz, wenn man nicht überall selber dabei ist. – Was hast du gemeint vorhin? Ob ich die Klara gern habe?« Albert hob die Schultern und ließ sie wieder sinken. »Was kommt es dabei auf mich an? Soll es mir gehen wie dir? Dieser Hof und das Sägewerk gehen erst in meinen endgültigen Besitz über, wenn ich die Klara geheiratet habe. Das hat unser alter Adler so bestimmt. Und wer sich ihm widersetzt, dem zeigt er seine Krallen. Das weißt du am besten, Thomas.«

»Leider ja. Bloß, dass ich auch Krallen habe.« Thomas stand auf und griff nach seinem Hut. »Mir geht es im Augenblick nur darum, Albert, dass du mir meine Kleider und meine Wäsche herunterbringst. Alles andere werde ich sowieso mit mir allein abmachen müssen.« Er schritt zur Tür.

»Warte einmal«, sagte Albert und stand plötzlich vor ihm. »Geld, sagst du, wäre die Hauptsache im Augenblick für dich. Ich könnte vielleicht schon ein paar Stämme hier unterschlagen und –«

»Albert! Für mich stehlen?«

»Na ja, ich habe bloß gemeint. Oder ich könnte die Klara fragen, ob sie nicht etwas locker machen könnte – leihweise natürlich. Wie viel müsste es denn sein?«

In diesem Augenblick fühlte Thomas, wie ihm die Augen brennen wollten. Dann presste er die Hand des Bruders. »Du, Albert, das vergesse ich dir nie. Hab herzlichen Dank, aber ich möchte diese

Hilfe nicht in Anspruch nehmen. Mach's gut, Albert.« Draußen war er.

Das Haus des Doktor Wimmer lag am Rande Erlbachs auf einem Hügel. Es war ganz aus Holz gebaut über einem Sockel aus Felssteinen. Seit dreißig Jahren war der Doktor Wimmer schon in Erlbach, und es war ihm zu glauben, dass er nach dieser Zeit einmal ausspannen wollte, denn niemals hatte er sich in all den langen Jahren einen Urlaub gegönnt. Er war ein kleiner, gemütlicher Herr mit einem grauen Spitzbart und einer Nickelbrille. Nicht ganz so gemütlich war seine Frau, eine robuste, fast zwei Zentner schwere Gestalt, die sofort aus der Pralinenschachtel, die Thomas ihr in Ermangelung von Blumen mitgebracht hatte, zu knabbern begann. Sie entfernte sich keinen Augenblick, als Doktor Wimmer seinem jungen Kollegen alles erklärte, obwohl es ja gar nicht so viel zu erklären gab, denn es war eine ganz einfach eingerichtete Landpraxis mit einem Sprechzimmer, das zugleich Bibliothek war. In einem vorsintflutlichen Glasschrank schimmerte eine Reihe blitzender Instrumente. Wahrscheinlich hatte Doktor Wimmer einige von ihnen noch nie gebraucht.

Als sie alles besichtigt hatten, sagte die Frau Doktor: »Hoffentlich verpfuschen Sie die Praxis in der Zwischenzeit nicht, junger Mann.«

»Ich glaube kaum«, antwortete Thomas, der so viel Offenheit geradezu belustigend fand.

»Und – nicht, dass es Ihnen vielleicht gar in den Sinn kommt, sich hier endgültig niederzulassen. Konkurrenz können wir nicht brauchen, nicht wahr, Willibald?«

Willibald strich seinen Spitzbart und antwortete nichts auf diese Frage seiner Frau, sah vielmehr seinen jungen Kollegen an und fragte: »Waren Sie schon einmal Geburtshelfer?«

»Ja, unter Aufsicht. Professor Eggberg assistierte mir dabei.«

»In letzter Zeit gehen auch unsere Bauern endlich dazu über, gleich den Arzt zu rufen und nicht erst dann, wenn sich die Hebamme allein nicht mehr zu helfen weiß.«

»Gott sei Dank«, sagte die Frau in satter Zufriedenheit. »Das ist wenigstens ein einträgliches Geschäft.«

»Die junge Adamerin wird Ende dieser Woche entbinden«, nahm Doktor Wimmer wieder das Wort auf. »Sie wird in ihrem Zustand wahrscheinlich einen Arzt brauchen.«

Thomas dachte, dass er das Gespräch nun wohl beenden könnte, und sagte: »Ich werde mir die größte Mühe geben, Ihnen während Ihrer Abwesenheit keine Schande zu machen.«

»Wenn Sie sich irgendwo nicht auskennen, lassen Sie lieber die Finger davon«, plapperte die Frau wieder. »Hast du ihm die Honorare aufgeschrieben, die er verlangen muss, Willibald? Die Abrechnung muss, wenn wir zurückkommen, auf den Pfennig genau stimmen, junger Mann. Was ich noch sagen wollte, es kommt jeden Tag eine Frau zum Saubermachen. Sie können sich entweder selber etwas kochen oder Essen gehn. Am besten in die ›Post‹. Ich glaube, da gibt es billige Mittagsabonnements.«

»Danke«, sagte Thomas, als er so aufdringlich an die »Post« erinnert wurde. »Und wann soll mein Dienst beginnen?«

»Morgen früh reisen wir ab«, antwortete Doktor Wimmer. »Ich möchte Sie heute Nachmittag noch gerne auf ein paar Krankenbesuche mitnehmen. Schlafen werden Sie am besten oben in dem Mansardenstübchen. – Es ist nur lästig wegen des Telefons, wenn es nachts einmal läutet.«

»Dann werde ich eben herunten schlafen, im Wohnzimmer, auf dem Sofa«, meinte Thomas.

»Ja, und was ich noch sagen wollte«, fiel der Frau noch ein, »vergessen Sie nicht, die Blumenstöcke zu gießen. Und dann dem Kanarienvogel Futter zu geben!«

Thomas lächelte über all die Aufgaben, die unter den Begriff »Vertretung« fielen. »Hühner haben Sie auch, habe ich gesehen«, sagte er in Erwartung, dass er auch die Eier einsammeln und den Hühnerstall ausmisten müsse.

»Ja, sieben Stück und einen Gockel. Die gehen Sie aber nichts an. Die werden von der Axtmaierin versorgt.«

»Aha. Das ist vermutlich die Zugehfrau?«

»Ja, aber sie kommt immer erst um neun Uhr. Ihre Schuhe müssen Sie schon selber putzen. Schuhputzzeug werden Sie ja wohl haben?«

Es war wie ein Wunder, dass Thomas von dieser Frau dann sogar noch zum Mittagessen eingeladen wurde.

Am Nachmittag ging er mit Doktor Wimmer über Land, und am Abend schlief er dann auf dem etwas harten Sofa im Wohnzimmer des Arztes und Geburtshelfers von Erlbach.

Es war Thomas von Lafret schwer gefallen, um Geld bitten zu müssen. Aber überraschend bereitwillig steckte ihm Doktor Wimmer einen Vorschuss zu, wahrscheinlich weil seine Frau nicht in der Nähe war.

Aber Thomas war finanziell tatsächlich so schlecht daran, dass er nur noch für etwa eine Woche hätte auskommen können.

Lange Zeit überlegte er am anderen Morgen, ob er in die »Post« oder in den »Roten Ochsen« zum Mittagessen gehen solle. In der Praxis war nicht gerade viel los an diesem Vormittag. Eine Frau kam mit einem Kind, das eine eitrige Mandelentzündung hatte, und ein Schreinergeselle, der seine Hand in die Kreissäge gebracht hatte. Thomas nähte die Wunde, so gut es ging, und versicherte dem jungen Mann, dass er die Hand nach menschlichem Ermessen nicht verlieren werde. Später kam noch ein älterer Mann, der über Gicht klagte. Er wollte aber zuerst nichts verschrieben haben und hatte an den jungen Doktor nur die Frage, ob er meine, dass man die Gicht wegbrächte, wenn man sich in einen Ameisenhaufen setzt.

Thomas musste unwillkürlich lachen. Aber er fand diese Idee gar nicht einmal so dumm, denn es war ja durchaus wissenschaftlich begründet, dass Ameisensäure tatsächlich bei Gicht hilft. Gab es nicht ein aus Ameisen gewonnenes Heilmittel?

»Setz dich halt einmal hinein in so einen Ameisenhaufen«, sagte er. »Aber mit dem nackten Hintern, verstehst du mich? Hilft es, ist es recht, wenn nicht, kommst halt wieder.«

»Und die Frage? Kostet die was?«

»Nein, die kostet nichts. Der Nächste, bitte.«

Aber es war kein Nächster mehr draußen. Es ging schon gegen Mittag. Thomas wusch sich die Hände und dachte daran, dass er sich als Erstes wohl einen weißen Mantel würde kaufen müssen. Dann zündete er sich eine Zigarette an, die erste seit dem Morgenkaffee, und sah zum Fenster hinaus. Der Regen hatte nachgelassen, das Gewölk hatte sich gelockert. Von Westen her schob sich ein klarer, stahlblauer Himmel nach. Von feinem Dunst umflossen standen die Berge. Thomas sah über die im Herbstlaub leuchtenden Wälder hinauf. Ja, dort oben mochte wohl Tobias sein. Dort oben hatte in einer Nacht das Feuer gebrannt, und über die Glut hinweg hatte er in ein Mädchenantlitz geschaut ...

Auf einmal wurden seine Augen schmal. Drunten auf der Straße sprengte eine Reiterin vorüber. Wie eine Flamme leuchtete ihr Haar in der Sonne.

Da fühlte Thomas von Lafret mit einer eindringlichen Deutlichkeit, dass er dieses Mädchen, die Christl, nie hatte vergessen können. Und vorher noch unsicher, was er tun sollte, fasste er jetzt den Entschluss, in die Posthalterei zu gehen, um dort Mittag zu essen.

Was erwartete er eigentlich dort? Dachte er vielleicht, dass die Christl an seinen Tisch kommen und ihn begrüßen würde? Er erwartete gar nichts. Nur die Sehnsucht war in ihm, die Christl wiederzusehen.

In der Gaststube saßen an einem ungedeckten Tisch ein halbes Dutzend Arbeiter, dann an den kleinen Nebentischen noch ein Rest von Sommergästen. Thomas nahm seinen Platz an einem leeren Tisch, wählte nach der Karte und blätterte, bis das Essen kam, in einer Zeitschrift.

Die Tür in die Küche stand offen, und er sah Charlotte Gruber am Herd hantieren. Sie hatte eine weiße Schürze um und kostete gerade aus einem großen Topf die Suppe. Die Christl sah er nicht. Einmal ging die Tür auf, und nahezu ein Dutzend Leute durchquerten die Gaststube und setzten sich in ein kleines Nebenstübchen, in dem nur ein einziger langer Tisch stand. Das mussten die Angestellten der Posthalterei sein.

Und dann – nur wenig später – durchquerte die Christl die Gaststube. Sie war noch in Reithosen und schwarzen schmalen Schaftstiefeln, so wie er sie vorhin hatte vorbeireiten sehen. Ihr Blick verfing sich an seinem Gesicht.

Thomas sah, wie ihre Züge sich veränderten, wie sich ihr Kinn vorschob und ein harter Glanz in ihre Augen kam. Dann warf sie den Kopf in den Nacken, schritt über die Schwelle ins Stübchen und warf die Tür heftig hinter sich ins Schloss.

Hernach wartete Thomas vergeblich, dass sie mit den anderen wieder herauskäme. Das Stübchen musste eine zweite Türe haben.

Die Posthalterin kam einmal, hatte die weiße Schürze abgelegt und begrüßte die Gäste in ihrer unnachahmlichen Art. Auch Thomas begrüßte sie, weil sie ihn nicht kannte.

Thomas bezahlte den Preis, der auf der Speisekarte stand. Dann sagte er zur Bedienung: »Ich möchte nun jeden Tag hier essen, Fräulein. Haben Sie Abonnements?«

»Ja, für die Maurer.«

Thomas nickte. »Kann ich das auch haben?«

»Ja, ich sag's halt der Frau.«

Als Thomas gegangen war, starrten ihm von der Küche aus zwei brennende Augen nach. Niemals hätte Christine gedacht, dass sie ein Wiedersehen so grenzenlos bestürzen könnte. Alles in ihr war in

Aufruhr. Wie konnte er aber auch diese Frechheit besitzen, dieses Haus noch einmal zu betreten!

»Der Herr, der an dem kleinen Ecktischchen gesessen ist, möchte gerne im Abonnement bei uns essen«, sagte in diesem Augenblick die Kellnerin zur Posthalterin.

»Aber etwas teurer«, erwiderte Charlotte. »Der sieht so aus, als ob er es bezahlen könnte.«

Langsam drehte sich die Christl um. »Der Herr vom kleinen Ecktisch wird weder billig noch überhaupt bei uns essen«, sagte sie, und ihre Stimme klang dabei so spröde, als rassle eine Kette. »Dieser Herr, Mutter, ist nämlich Thomas von Lafret, falls du es nicht wissen solltest.«

»Was? Der war das? So eine Frechheit! Sag ihm morgen, wenn er kommt, dass wir keinen Wert darauf legen, ihn als Gast bei uns zu haben.«

Das wurde ihm dann am nächsten Tag auch von der Kellnerin ausgerichtet. Sie tat es nicht gerne, aber der Herr hätte auch schon daran erkennen müssen, dass er hier unerwünscht war, dass die Posthalterin bei der Begrüßung an ihm vorüberging, als wäre er Luft.

Thomas lächelte traurig vor sich hin. Er war ja auch ein Narr, zu glauben, dass man ihn hier gleich mit offenen Armen aufnehmen werde. So war er also gezwungen, in den »Roten Ochsen« zu gehen. Dort war das Essen sogar ein bisschen billiger, und wenn er es so berechnete, konnte er dadurch im Monat noch etwas einsparen.

Ja, so weit war es mit ihm gekommen, dass er mit jedem Pfennig rechnen musste! Der Alte von Bruck hatte ihm seinen Schutz entzogen. Sie begegneten einander zufällig ein paar Tage später auf dem

Marktplatz. Thomas ging auf den Vater zu. »Vater, wollen wir uns denn nicht wieder vertragen?«

Da sah Anton von Lafret seinen Sohn an, als sähe er ihn zum ersten Mal in seinem Leben. »Ich weiß nicht, was der Herr will? Wahrscheinlich verwechselt er mich mit jemandem, der ich nicht bin.« Sprach's, lachte hinterher und ging davon.

Albert brachte dem Bruder, als es schon dunkel geworden war, ein paar Koffer mit Wäsche und Kleidern und erzählte ihm, dass der Vater jedem im Haus verboten habe, mit Thomas auch nur ein Wort zu reden. Wer dawider handle, könne sein Bündel schnüren und gehen.

Ja, das waren bittere Pillen! Von allen Seiten flogen die Pfeile gegen ihn, und manchmal dachte er flüchtig darüber nach, ob es klug gewesen war, alle Brücken abzubrechen und diesen Weg zu wählen. Aber das dauerte nur ein paar Augenblicke, dann war er sich wieder darüber klar, dass es doch besser war, so seine Tage zu verbringen, als in ein Leben einzumünden, von dem er erkannt hatte, dass es kein Glück gebracht hätte.

Nach etwa acht Tagen schon war ein neues Glück da. Das Glück des Schaffens und des Heilen-Könnens. Thomas fuhr auf dem alten Fahrrad Doktor Wimmers umher. Man rief ihn, man bekam Vertrauen zu ihm, und es sprach sich bald herum, dass dieser junge Doktor anders wäre als Doktor Wimmer. Der, sagten die Frauen, habe eine harte Hand, und die zweite Hand, das wäre dann schon die Hand seiner Frau, die im Nehmen stärker sei als des Doktors Hand im Geben.

Nun war es so, dass sich vor einem halben Jahr die junge Hebamme Magdalena Hefter in Erlbach niedergelassen hatte. Aber man holte sie selten, denn seit vierzig Jahren war es immer die alte Stefanie Bischof gewesen, die hier die Kinder zur Welt brachte.

Thomas wurde am dritten Tag seiner Vertretung zu einer Geburt gerufen. Er wurde wie befürchtet mal wieder erst gerufen, als die gute Stefanie sich schon nicht mehr zu helfen wusste. Es war die junge Frau des Schlossermeisters Banz.

Als Thomas das Krankenzimmer betrat, erschrak er, denn so schlimm hatte er es sich dann doch nicht vorgestellt. Die Bischofin sah aus wie eine Hexe, das Haar hing ihr strähnig herunter, die Ärmel ihres nicht mehr ganz sauberen Wollkleides hatte sie hochgekrempelt. Und das Bettzeug erst, in dem die Wöchnerin lag! Es war wahrscheinlich schon seit Monaten nicht mehr gewechselt worden.

»Wann haben die Wehen eingesetzt?«, fragte er.

»Vor zwei Tagen.«

Von unten herauf hörte man den klingenden Hammerschlag auf hartes Eisen.

»Hat man denn hier kein anderes Zimmer?«, fragte Thomas.

Die Wöchnerin, ein junges Weib, auf deren schweißbedeckter Stirn die schwarzen Haare klebten, sah den Arzt mit flatternden Lidern an. »Helfen Sie mir doch. Das halte ich ja nimmer aus.«

Thomas beugte sich über sie, legte seine Hand auf ihre Stirn. »Sei noch ein wenig tapfer, ja?«

In aller Eile schlüpfte er jetzt in seinen weißen Mantel und zog die Gummihandschuhe über. Dann untersuchte er die Wöchnerin eingehend. Als er sich wieder aufrichtete, war sein Gesicht ungewöhnlich ernst. Das Schicksal hatte ihn plötzlich hart in eine raue Wirklichkeit hineingestoßen. Er hatte sofort erkannt, dass es hier allerhöchste Zeit war, denn die Herztöne bei Mutter und Kind waren schon lebensbedrohend schwach. Ein Transport in das nächste Krankenhaus dauerte mindestens zwei Stunden.

»'s Kindl wird sowieso dran glauben müssen«, sagte in diesem Moment die Hebamme. Thomas sah sie nur kurz an. Dann verschränkte er die Hände hinter dem Rücken und blickte kurz zum Fenster hinaus. Draußen schien die Sonne ins herbstliche Laub, ein Rausch von Farben flimmerte vor seinen Augen.

Riesengroß sah er die Verantwortung auf sich zukommen. Der Hammerschlag aus der Werkstätte tat ihm weh. Jäh drehte er sich um. »Der Mann soll sofort kommen.«

Wenig später betrat der Schlossermeister Banz das Zimmer. Ein breitschultriger Mann in den Dreißigern mit rabenschwarzem Schneckerlhaar.

»Ja, was ist jetzt?«, fragte er, gerade so, als ob er sich ärgerte, dass immer noch alles beim Alten war.

Thomas fuhr ihn hart an. »Zunächst einmal hören Sie sofort mit dem Hämmern auf. Zweitens brauchen wir auf der Stelle frische Bettwäsche. Leinen! Verstehen Sie mich? Makelloses Leinen, gewaschen. Und nun hören Sie einmal gut zu. Das Leben von Mutter und Kind ist in höchster Gefahr. Ich muss einen Kaiserschnitt machen. Sind Sie damit einverstanden?«

Der Mann sackte sichtlich zusammen. »Warum hat man mir denn das nicht gesagt, dass es schlimm steht?«

»Ich bin ja gerade erst gekommen und sage es Ihnen jetzt ja. Hat Ihre Frau bereits Kinder?«

»Nein, es ist das erste. Doktor, tun Sie bitte alles, was Sie können.«

»An mir soll es nicht liegen. Ich werde auf jeden Fall alles tun, was in meiner Macht liegt. In erster Linie brauche ich einmal kochendes Wasser.«

»Ist im Grandl heißes Wasser?«, fragte der Schlossermeister die Hebamme.

»Was? Sie meinen doch nicht etwa das Wasser aus dem Behälter, der in den Herd eingelassen ist, in dem dasselbe brackige Wasser warm gehalten wird und in dem es nur so wimmelt von Krankheitserregern? Seid ihr denn verrückt? Einen Topf mit kochendem Wasser brauch ich. Habt ihr keinen Spiritusapparat? Ich muss ja auch die Instrumente auskochen.« Und zur Hebamme gewandt: »Was stehen Sie denn da wie Lots Weib. Haben Sie noch nie etwas gehört von einem Kaiserschnitt?«

Da krempelte die Hebamme ihre Ärmel herunter und sagte: »Da mache ich nicht mit. Bei Doktor Wimmer hat es so etwas nie gegeben.«

»Dann schaun Sie, dass Sie fortkommen.«

Der Schlossermeister stand hilflos da und hatte Tränen in seinen Augen. Er hörte die Tür hinter der Hebamme zuschlagen. Dann warf er verzweifelt die Hände vor das rußige Gesicht. »Mein Gott, was wird das jetzt werden?«

Thomas fuhr sich mit der Hand über die Stirn. Vom Bett her kam das schwache Jammern der Wöchnerin. »Haben Sie jemanden, den Sie zu dieser jungen Hebamme schicken können?«

»Gehe ich halt selber.«

»Gehen? Nein, rennen müssen Sie, was Sie können. Es geht um das Leben Ihrer Frau und Ihres Kindes!«

Der Mann war sofort verschwunden. Thomas aber überkam nun in diesem plötzlichen Alleinsein das Ungeheuerliche der Verantwortung. In seinem Mund sammelte sich Speichel und ihm war übel. Aber nur kurz, dann hatte er sich wieder gefangen, und entschlossen öffnete er einen Schrank, nahm Leintücher heraus und roch daran. Sie dufteten nach Lavendel. In diesem Augenblick kam eine Haushaltshilfe mit einem großen Topf heißen Wassers.

»Spiritusapparat haben Sie keinen?«, fragte Thomas.

»Freilich, freilich.«

»Her damit.«

Was nun zu tun war, tat Thomas schon mit nachtwandlerischer Sicherheit. Er kochte die Instrumente nochmals aus, fragte die Gehilfin, ob die Leintücher bereits einmal gewaschen seien, und brachte dann mit ihrer Hilfe die Kreißende auf das niedere Sofa an der Wand. Endlich erschien auch der Schlossermeister mit der jungen Hebamme. Sie mochte ungefähr sechsundzwanzig Jahre alt sein, ein schmales Geschöpf, dem der Hunger in den Augen stand.

»Es geht hier«, sagte Thomas, »um einen Kaiserschnitt. Wissen Sie, was das ist?«

»Natürlich«, antwortete die Hebamme und tat sofort das, was notwendig war.

Sie hatten nun eine Matratze auf einen langen, niederen Tisch gelegt. Und bevor Thomas der Schlossermeisterin die Maske vors Gesicht legte, fühlte er nochmals nach ihrem Pulsschlag. »Haben Sie Vertrauen?«

»Ja«, hauchte die Frau. Dann begann sie zu zählen, und bevor sich ihre Gedanken verwirrten, sagte sie noch: »Ich glaube an dich ...«

Es war jetzt ganz still im Zimmer. Thomas sah die junge Hebamme an, gerade so, als wolle er sich aus diesem stillen, ach, so mageren Gesicht einen letzten Trost holen. Sie verstand ihn und lächelte ihm zu. Das tat ihm ungemein gut. Die Schlossermeisterin war nun tief im Narkoseschlaf. Das Schweigen glich einem unermesslichen Abgrund. Nur das Ticken einer Uhr durchbrach die Stille. Die ausgekochten Instrumente lagen auf einem sauberen Leinentuch bereit. Tief holte Thomas von Lafret noch einmal Atem. »In Gottes Namen«, sagte er dann und begann.

Als er das Kind, ein Mädchen, ans Licht hob, so behutsam, als ob es aus Glas wäre, als er sah, dass es gesund und wohlgebildet war, atmete er wieder tief auf. Er reichte es der jungen Hebamme und beendete nun rasch und mit sicheren Griffen die weitere Arbeit.

Hernach wartete er, bis die junge Mutter aus der Narkose erwachte. Er sah ihre ängstlich flatternden Blicke auf sich gerichtet, trat zu ihr hin und strich ihr über die Stirn. »Alles ist in Ordnung, liebe Frau. Am Abend komme ich nachschauen. Sie wissen ja Bescheid, Frau –«, wandte er sich an die Hebamme, »– wie heißen Sie eigentlich?«

»Magdalena Hefter.«

»Schön. Ich denke, wir werden nun öfters zusammenarbeiten.«

Als er ging, rannte er im Flur unten beinahe den Schlossermeister um, der gerade die Stiege herauf wollte.

Thomas nahm ihn am Arm. »Warten Sie noch ein bisschen, bis Ihre Frau sich etwas erholt hat.«

»Ja, aber was ist jetzt?«, fragte der frisch gebackene Vater.

»Alles ist in bester Ordnung. Sie hätten mich nur gestern schon holen müssen.«

»Wollte ich ja, aber die Stefanie hat's nicht zugelassen.«

»Ja, ja, ich weiß schon«, lächelte Thomas. Sie traten unter die Haustür. »Wem gehört das Haus da drüben?«

»Das gehört auch zu meinem Anwesen. Die Frau hat es in die Ehe mitgebracht.«

»Steht es leer?«

»Jetzt schon. Im Sommer vermieten wir es an Fremde.«

Thomas warf einen Blick hinüber. Es war auch ein Holzhaus und stand in einem dichten Apfelgarten. Über den Holzzaun leuchteten die Astern herüber. »Würden Sie es an mich vermieten?«

»Warum nicht? Ich muss mit der Frau darüber reden.«

Thomas wusste, dass die Frau Ja sagen würde. Beglückt und innerlich froh, wie schon lange nicht mehr, ging er heimwärts.

Am Abend lief die Nachricht, dass der junge Doktor die Schlossermeisterin Banz vor dem sicheren Tode gerettet habe und trotz der düsteren Prophezeiung der alten Stefanie ein kräftiges Mädchen in der Wiege schrie, durch den ganzen Marktflecken. Diese Nachricht empfing auch die Hebamme Stefanie. Aber sie zuckte nur mit den Schultern und sagte dann voll beißenden Spottes: »Neue Besen kehren gut. Aber wenn der Doktor Wimmer zurückkommt, ist es gleich wieder aus mit seiner Herrlichkeit.«

Vorerst aber war Doktor Wimmer noch in Urlaub, er war weit weg. Mittlerweile wurde Thomas' Wirkungsbereich immer größer, er reichte inzwischen in die Wälder hinein, in die Täler des Gebirges und bis hinauf zu den höchsten Einöden. Er machte keine Wunderkuren, er war kein Gebieter des Todes. Aber er hatte eine ruhige Hand und seine Diagnosen wiesen keinen Irrtum auf. Und er hat ein Herz, sagten die kleinen Leute. Er ließ dieses Herz nicht vor der Tür draußen, wenn er sich bückte und in die niederen Kammern trat.

Ein Hohelied sang man auf den neuen Doktor, der ein Sohn des stolzen Bauerngrafen war. Diese Neuigkeiten drangen auch bis in die Posthalterei vor. Zunächst verschloss die Christl ihr Inneres mit eisernem Zwang gegen diese Nachrichten. Und doch, und doch. Mit jedem Lob, das sie über den jungen Arzt hörte, lockerte sich die Umklammerung ihres Herzens, es war so als würde Eis schmelzen ... – Nun schaltete sich ihr Verstand ein: Was soll denn dieses Denken? Über kurz oder lang wird er seine Braut nachkommen lassen. Sie werden heiraten. Die Glocken werden zu seiner Hochzeit läuten. Und dann wird sie, die Posthalter-Christl, wieder ihren Schmerz bewältigen müssen und furchtbar leiden.

Überdies ging auch ein Gerede über den jungen Arzt um. Er sei sehr viel mit der jungen Hebamme beisammen. Die alte Stefanie brachte dieses Gerücht aus lauter Neid auf, und es kroch wie giftiges Gewürm in alle Häuser.

Als die Christl davon hörte, empörte sie sich so maßlos, dass sie ihrem Zorn freien Lauf ließ und die Mutter sie stirnrunzelnd ansah. »Was kümmert dich das schon?«

Auch Thomas erfuhr von diesem Gerede. Er lächelte aber nur darüber. Ja, es war richtig, diese Magdalena Hefter war ihm eine wertvolle Hilfe geworden. Sie war äußerst zuverlässig. Er schanzte ihr so manche Geburt zu, die sonst unweigerlich der Stefanie gehört hätte. Und Thomas zog sie auch manchmal in anderen Fällen als Assistentin hinzu, übertrug ihr einige Krankenpflegen und freute sich, weil er sah, wie diese junge Frau aufblühte, seit ihr Leben so unverhofft einen Aufschwung genommen hatte. Aber Liebe? Nein, daran dachte Thomas von Lafret keinen Augenblick.

Im Grunde genommen führte er das Leben eines Einsiedlers. Abends saß er in dem niederen Wohnraum des Doktorhauses, rauchte wieder seine Pfeife, weil ihn die Zigaretten zu teuer kamen, und las in der Hauptsache medizinische Bücher.

Eines Nachts nun, der Herbstwind sang laut um die Kanten des Hauses, klopfte es ans Fenster. Thomas stand auf und öffnete es. Es war seine Mutter, die draußen stand.

Wie eine Diebin hatte sie sich im Dunkeln zu ihm stehlen müssen. Als er ihr den Wollschal abgenommen und sie in den Sessel neben dem Ofen genötigt hatte, sah sie ihn lange an. Und auf einmal war ein kleines Lächeln um ihren Mund. »Man hört so viel Gutes von dir, Thomas«, sagte sie.

»So? Das freut mich, ich tue aber nur meine Pflicht, Mutter.«

»Ja, aber du tust alles mit dem Herzen, sagen sie.«

Thomas lächelte. »Der Vater wird das nicht gerne hören.«

Ein schmerzhafter Zug grub sich um den Mund der Brucknerin.

»Wir dürfen daheim deinen Namen nicht erwähnen.«

»Das tut weh, Mutter. Aber es wird vernarben. Wenn nur du mir gut bleibst.«

»Ja, Thomas, du bist doch schließlich mein Kind. Und irgendwie fühle ich, dass du recht tust, so wie du alles gemacht hast.« Sie öffnete ihren Spenzer und nahm ein blaues Kuvert heraus. »Da, Thomas, nimm das.«

Er öffnete es und nahm einen Scheck über dreißigtausend Mark heraus. Erschrocken starrte er ihn an. »Woher hast du das, Mutter?«

Sie sah ihn verschwörerisch an und lächelte froh. »Nicht gestohlen, Thomas. Übers Gebirge bin ich gegangen, zu meinem Bruder. Einer seiner Bausparverträge ist zuteilungsreif geworden und er braucht das Geld gerade nicht, ihm geht's wirtschaftlich im Moment sehr gut. Meinst du, Thomas, dass du es innerhalb von fünf Jahren zurückzahlen kannst?«

Da stürzte er von unsäglicher Dankbarkeit erfüllt vor ihr nieder und umklammerte ihre Knie. »Mutter, das vergesse ich dir nie im Leben.«

Ihre Hand strich über sein Haar. »Es ist nicht gerade so«, sagte sie, »dass ich für dich betteln gegangen wäre. Mein Bruder hörte mich an und stellte mir, ohne viele Worte zu verlieren, diesen Scheck aus. Du brauchst nicht einmal die Zinsen dafür zu bezahlen. Wenn Menschen sich verstehen, geht im Leben alles so leicht.«

Später begleitete er sie zurück nach Bruck. Es war ein weiter Weg, und es schnitt ihm ins Herz, als er die freundlichen Lichter hinter den Fenstern sah und nicht hineingehen durfte. Auf dem Weg hatte er von der Mutter noch erfahren, dass der Vater den Prozess gegen die Posthalterin mit großem Eifer betreibe, dass aber wegen des großen Andrangs beim Amtsgericht erst im Frühjahr eine Verhandlung stattfinden werde. Immerhin – und das hatte er selber gesehen –, hatte die Christl auf dem Kreuzacker vor ein paar Tagen Weizen gesät. Sie war hinter der Sämaschine hergegangen und hatte mit einem Stock die Pfeifen ausgeputzt, wenn sie sich verstopft hatten und die Körner nicht mehr gleichmäßig durch die Röhren rinnen wollten.

Ach ja, die Christl. In stillen Stunden dachte er oft an sie.

Der Wind hatte nachgelassen, und Thomas schritt durch die Nacht, die nicht mehr so finster war wie vor Stunden noch. Der Himmel hatte sich ein wenig aufgehellt. Der Halbmond stand über den Bergen, und manchmal sah man auch Sterne, bis eine ziehende Wolke ihren Glanz wieder zerstreute.

Es war eine Samstagnacht, und Thomas erwachte am nächsten Morgen erst, als die Glocken zur Frühmesse läuteten. Auf einmal spürte er das Bedürfnis, wieder einmal in die Kirche zu gehen. Merkwürdigerweise hatte er das sichere Gefühl, dort auch die Christl zu sehen.

Ja, sie war dort, und obwohl sie sich Gewalt antun wollte, zog es ihren Blick wie magnetisch zu der Säule hin, neben der Thomas von Lafret stand. Er sah, wie sie aufrecht dasaß und aufmerksam den Worten des Pfarrers in seiner Predigt lauschte. Durch das hohe Kirchenfenster fiel in schrägen, breiten Streifen das Sonnenlicht, das ihr Haar wie Gold aufschimmern ließ. Das war bei den anderen, die daneben saßen, genauso, aber Thomas sah nur sie, die eine ...

Nachher wartete er lange auf den Stufen des Obstladens, an dem ihr Weg nach Hause vorbeiführen musste, aber sie kam nicht.

Christl hatte nach dem Amt am Grab ihres Vaters verweilt, bis kein Mensch mehr in der Nähe unterwegs war. Als sie hernach den Friedhof verließ und sich auf den Heimweg machte, kam sie nicht an dem Obstladen vorbei.

Thomas wusste eigentlich nicht, weshalb er den Weg ins Moor gegangen war. Aber er hatte erfahren, dass die Christl von der Post hier wirkliche Pionierarbeit geleistet hatte, und es hatte ihn unweigerlich hierhergezogen. Er schritt eine Ackerlänge entlang und betrachtete die junge Saat. Es musste Korn sein, weil die Spitzen der Sämlinge ein wenig rötlich schimmerten.

Dann nahm ihn das Moor auf mit seinem unendlichen Schweigen. Leise hörte er aus der Ferne das Rauschen des Inns. Junge Birken standen da und ihr Herbstlaub leuchtete gelb.

Die Schritte des Mannes waren lautlos auf dem weichen Moosboden.

Endlich fand er eine freie Stelle. Eine Eidechse huschte hurtig davon, als der große Mensch dort Platz nahm.

Hier lag er nun. Die Hände hinter dem Kopf verschränkt, sah er in den blauen Himmel. Spinnweben schwebten durch die Luft, ein einsamer, später Kohlweißling taumelte vorüber, und einmal war es so, als höre man ein Kind in der Ferne weinen.

Als Thomas den Kopf ein wenig hob, sah er den Kranz der Berge und die sich hochziehenden Wälder in ihren herbstlichen Farben.

Er hatte in dieser Woche sehr viel zu tun gehabt. Eine Scharlachepidemie war ausgebrochen, und es konnte wohl sein, dass man auch in dieser Minute nach ihm rief. Aber er hatte Magdalena informiert, wo er sich ungefähr aufhalten würde und dass sie nur laut und deutlich über das Moor zu rufen brauche, dann würde er sie schon hören und sofort kommen.

Es war so friedlich. Nur ab und zu unterbrach der Ruf eines Raubvogels die Stille, der am stahlblauen Himmel kreiste. Das Letzte, was er hörte, war ein Zug, der in der Ferne vorüberdonnerte. Dann schlief er ein.

Hatte er eine Stunde geschlafen oder nur eine halbe? Er wusste es nicht mehr. Auf einmal war ihm so gewesen, als starre ihn irgendjemand an, als sei der Atem eines Menschen in der Nähe. Mit einem Ruck richtete er sich auf, und nun sah er das Mädchen.

Unweit von ihm im Heidekraut, die Hände um die Knie geschlungen, wie damals am nächtlichen Feuer vor der Hornsteinalm, so saß es da und schaute ihn an mit unbewegtem Gesicht. Und er erkannte, dass in seinen Augen kein Hass mehr war, so wie damals, als es durch die Gaststube gegangen und ihn unverhofft gesehen hatte.

Thomas stand auf und kramte seine Pfeife aus der Hosentasche. »Grüß Gott«, sagte er und beschäftigte sich angelegentlich mit der Pfeife.

»Soweit ich weiß, ist es verboten, um diese Zeit in den Wäldern zu rauchen«, sagte sie.

Thomas erschrak über den harten Klang ihrer Stimme. Dann aber lächelte er amüsiert. Sogleich steckte er seine Pfeife wieder ein. »Danke für die

Aufklärung«, antwortete er mit ironischem Unterton. »Jetzt warte ich nur darauf, dass du mich auch noch vom Platz weist, da dieses Grundstück ja bestimmt zur Posthalterei gehört, oder etwa nicht?«

»Es gehört zur Posthalterei. Immer schon. Dort drüben verläuft die Grenze.« Sie griff nach einem Birkenblatt und zerzupfte es. »Aber es ist in letzter Zeit gebräuchlich geworden, dass einem gewissen Herrn einfällt, zu behaupten, ein beliebiges Grundstück gehöre ihm. Und dann sät er einfach Gerste darauf ...«

»... die andere ernten«, unterbrach Thomas sie prompt. »Und vielleicht ernten sie zu Recht.«

»Sie ernten zu Recht«, sagte die Christl fest.

»Mag sein. Ich habe nichts damit zu tun, und – ich sehe auch nicht ein, weshalb wir beide uns streiten sollen um eine Sache, die uns gar nicht berührt.«

»Dich vielleicht nicht, aber mich. Und streiten? Der Herr Doktor von Lafret tut sich zu viel Ehre an, wenn er meint, dass es sich lohnt, mit ihm zu streiten.«

»Donnerwetter, du bist hart geworden, Christl.«

»Härte ist immer noch besser als Feigheit.«

Thomas spürte, wie ihm das Blut ins Gesicht sprang. »Du hast Recht, Christl, ich habe mich nicht ganz richtig verhalten.«

»Nicht ganz?« Sie lachte hell und klirrend. »Wir brauchen uns darüber nicht zu unterhalten.«

»Ja, ich sehe, dass es dir schon peinlich ist, mit mir die gleiche Luft zu atmen.«

»Darum gehe ich jetzt auch.« Sie erhob sich und wandte sich zum Gehen.

»Christl«, rief er. »Einen kleinen Augenblick noch. Ich muss dir noch etwas sagen.«

Langsam drehte sie sich um und sah ihn ungeduldig an. »Was du mir auch zu sagen hast, Thomas von Lafret, es interessiert mich nicht.«

»Es betrifft auch nicht uns beide.«

»Sondern?«

»Diesen angeblich gefälschten Schuldschein, den deine Mutter in Händen hat.«

»Das ist eine Gemeinheit.«

»Mein Vater behauptet es, und er kann den Beweis antreten, Christl. Ich weiß nicht, ob du erfahren hast, dass er mich aus dem Haus gejagt hat, nur weil ich meine Verlobung gelöst habe und nach Erlbach zurückgekommen bin. Du darfst glauben, dass ich keine Veranlassung habe, seine Partei zu ergreifen. Was ich dir aber eigentlich sagen wollte: Er würde keinen Prozess gegen deine Mutter führen, wenn er nicht triftige Beweise in Händen hätte.«

An der Christl blieb eigentlich nur hängen, dass er seine Verlobung gelöst hat und aus dem Haus geworfen wurde. »Warum erzählst du mir das?«

»Weil ich nicht will, dass deine Mutter wegen Urkundenfälschung bestraft wird. Ich weiß, Christl, das ist ein hartes Wort, und ich möchte dich bitten, auf deine Mutter einzuwirken.«

»Danke«, sagte sie und lief davon.

Thomas hatte nun auch keine Lust mehr, hier zu bleiben. Er merkte nur, dass auf einmal etwas ganz anders geworden war, gerade so, als hätte eine milde Hand sein Herz gestreichelt.

Er glaubte sich nicht zu täuschen, dass ihre Stimme zum Schluss nicht mehr ganz so hart geklungen hatte wie am Anfang.

Langsam ging er zurück nach Erlbach und betrat das Haus des Schlossermeisters Banz. Der jungen

Mutter ging es schon prächtig, und das Kind lag pausbäckig und gesund in der Wiege. Der Schlossermeister selber saß am Tisch und las die Zeitung. Ein Sonntagsidyll, so schön und friedsam, dass es Thomas ganz warm ums Herz wurde.

»Gut geht's ihr, gelt, Amalie?«, sagte der Banz.

Thomas lächelte. »Das freut mich. Aber mein Besuch ist ganz privat. Ich möchte nämlich nachfragen, ob Sie sich in der Zwischenzeit überlegt haben, ob Sie mir das Häuschen drüben vermieten würden.«

»Das haben wir. Er kann es haben, gelt, Amalie?«

»Ja, gerne«, antwortete die Frau.

Sie besichtigten das Haus. Es hatte fünf kleine Zimmer, und sie einigten sich auf den monatlichen Mietpreis von fünfhundert Mark.

Zufrieden machte sich Thomas auf den Heimweg. Schon brach die Dämmerung herein, und das Abendrot ließ die Berge in allen Farben erstrahlen.

In dieser Nacht geschah es dann, dass Charlotte Gruber alle Macht über ihre Tochter Christl verlor und sich fortan erbarmungslos dem jungen Willen beugen musste. In der Gaststube hatte es ziemlich lange gedauert, und Charlotte war deshalb ein wenig erstaunt, dass sie die Christl nicht in ihrem Zimmer schlafend vorfand, sondern in der Wohnstube. Sie hatte nur die Stehlampe eingeschaltet und lehnte mit dem Rücken am Kachelofen.

»Du bist noch auf, Christl?«, fragte die Mutter erstaunt.

Die Christl stieß sich vom Ofen ab. »Ja, Mutter, ich habe auf dich gewartet, denn ich muss mit dir reden.«

»Gut, setz dich. Es ist zwar schon sehr spät, aber wenn dich etwas bedrückt, sprich dich nur aus. Du weißt, dass deine Mutter immer für dich da ist.«

»Es handelt sich jetzt nicht um mich, Mutter, sondern um dich.«

»Um mich? Da bin ich aber neugierig!«

»Mutter, kann ich einmal den Schuldschein sehen?«

Für Sekunden lief ein heftiges Erschrecken über das Gesicht der Posthalterin.

Die Christl sah es wohl und wurde blass.

Aber Charlotte hatte sich sofort wieder in der Gewalt und sagte heftig: »Was soll denn diese Narretei? Du wartest auf mich bis nach Mitternacht und willst den Schuldschein –«

»Ja, bitte, zeig ihn mir. Ich habe sonst keine Ruhe mehr.«

Charlotte gehorchte dem zwingenden Blick der Tochter. Sie holte den Schuldschein hervor und legte ihn auf den Tisch.

Die Christl las ihn genau durch, verweilte besonders lange bei der Unterschrift und hob dann die Augen. »Mutter, ist der Schuldschein gefälscht oder nicht?«

»Christine, was erlaubst du dir?«, schrie Charlotte und schlug mit der flachen Hand auf den Tisch. »Das ist doch allerhand.«

»Du schreist mir zu laut, Mutter. Schreien muss man nur, wenn man lügt, hast du mich gelehrt. Überdies, es ist keine Antwort auf meine Frage. Ist der Schuldschein gefälscht oder nicht?«

Charlottes Blick irrte ab. Sie konnte der Tochter nicht gerade in die Augen sehen. »Darauf gebe ich keine Antwort.«

»Also hast du doch die Unterschrift gefälscht«, stellte die Christl fest, und ihre Stimme klang sehr traurig. »Ich weiß seit heute, dass der Bauerngraf den Prozess nicht angestrengt hätte, wenn er nicht Beweise dafür in der Hand hätte. Und er wird ihn gewinnen. Dich aber wird man einsperren. Jawohl – bitte, unterbrich mich jetzt nicht –, man wird dich wegen Urkundenfälschung einsperren. Vielleicht gibt es Bewährungsfrist. Aber den Makel kannst du nie mehr von dir abwaschen – auch von mir nicht.«

»Aber, Kind, wie redest du denn mit mir?«

»Ich rede so, Mutter, wie es die Tatsachen erfordern.«

»Soll ich denn die zehntausend Mark zum Fenster hinausgeworfen haben! Gott ist mein Zeuge, ich habe dem Mühlbacher damals das Geld gegeben.«

»Das glaube ich dir aufs Wort, Mutter. Hast du aber auch bedacht, dass Gott Zeuge war, als du die Unterschrift fälschtest? Und denkst du auch daran, dass du bei Gericht schwören musst, dass die Unterschrift echt ist? Mutter, wie konntest du das nur tun! Man wird dir Originalunterschriften vorlegen und die Fälschung einwandfrei feststellen.«

Da verplapperte sich Charlotte. »Die habe ich auch gehabt.«

»Also doch.«

Das Geräusch zerreißenden Papiers durchbrach die anschließende spannungsreiche Stille im Raum. Ein Häufchen kleiner Fetzen war alles, was von dem Schuldschein noch übrig blieb, und die warf Christine in den Ofen. »So, Mutter, jetzt ist mir wohler! Und ich glaube, dir wird auch wohler sein. Der Prozess bleibt aus, und du kannst jedermann erzählen, dass ich, deine Tochter, den Schuldschein verbrannt habe. Und nun: Gute Nacht, Mutter. Heute und morgen wirst du mir noch böse sein, später aber dankbar.«

Damit hatte die Christl gar nicht so Unrecht. Ein paar Tage ging Charlotte herum, als würde demnächst die ganze schöne Posthalterei versteigert. Dann aber war ihr zumute, als sei ein schwerer Stein von ihrem Herzen gefallen. Sie gab es zwar nicht zu, aber sie sagte eines Tages: »Du musst nicht meinen, Christl –«

»Ich meine ja auch gar nichts, Mutter«, unterbrach die Christl sie.

»Weißt du denn, was ich sagen wollte?«

»Ja, ganz genau. Aber bitte, Mutter, lass uns nie mehr auf diesen leidigen Schuldschein zu sprechen kommen. Bitte, wirklich nie mehr. Nur so lässt es sich vergessen.«

Wie klug sie war, die Christl. Das musste Charlotte ohne weiteres anerkennen. Sie fand sich damit ab, dass sie zehntausend Mark hergeschenkt hatte, und begann von diesem Tag an, den Abonnementpreis und den Bettenpreis zu erhöhen. Auf dem Heimweg von der Frühmesse gab sie noch peinlicher Acht als sonst, dass sie ja kein Holzstückchen oder eine weggeworfene Zigarettenschachtel übersah. Denn nur durch eiserne Sparsamkeit und durch eine kleine Preissteigerung, wo es anging, war im Laufe der Jahre von den zehntausend Mark wieder etwas hereinzubringen.

So kam Charlotte wieder in ihr altes Geleise und erkannte jetzt, wie unruhig im Herzen sie in der ganzen Zeit gewesen war. Nur über eines täuschte sie sich nicht hinweg, nämlich darüber, dass alles nur vom Bauerngrafen ausgegangen war. Und darum hasste sie diesen Mann nach wie vor. Sie traf ihn zwar nie, aber sie sah seinen Sohn, der mit seinem Fahrrad durch den Marktflecken zu den Patienten fuhr und der, was man so hörte, genauso herzlos wie sein Vater war, sonst hätte er die alte Hebamme Stefanie nicht um ihr Brot geschmälert.

»Der Apfel fällt nie weit vom Stamm«, sagte sie einmal zu Christine. »Vierzig Jahre hat die Stefanie geholfen, die Erlbacher Kinder zur Welt zu bringen. Jetzt taucht einer auf und nimmt ihr das Brot weg.«

Christine saß gerade über den Wirtschaftsbüchern der Landwirtschaft. Nachdenklich blickte sie auf. »Ich weiß nicht, Mutter. Es sind nur wenige, die über den jungen Doktor schimpfen. Es scheint doch eher so zu sein, dass er etwas kann und dass sein Wirken ein Segen für die Umgebung geworden ist.«

Überrascht blinzelte Charlotte mit den Augen. »Du redest ja recht warm für ihn.«

»Nein, ich will nur gerecht sein.«

»So, so. Findest du es dann auch richtig, dass er mit dieser jungen Hebamme zusammenarbeitet und die beiden dauernd beieinander stecken?«

»Das bringt wohl der Beruf mit sich.«

»Merkwürdig, um eine Ausrede bist du nicht verlegen, wenn es um einen Sprössling des Bauerngrafen geht.«

»Das hat mit dem gar nichts zu tun, Mutter. Sein Vater hat ihn ja aus dem Haus geworfen.«

»Wirklich?«, fragte Charlotte und sah ihre Tochter aus schmalen Augen an. »Du bist ja bestens im Bilde. Und hältst du es auch für richtig, dass er jetzt die neue Hebamme sogar zu sich ins Haus nehmen will, als Arzthilfe oder so was?«

Einen Augenblick presste die Christl die Lippen zusammen. »Davon wusste ich noch nichts, und alles darf man auch nicht glauben, was die Leute sagen.«

»Aber ein bissl ist wohl immer dran«, beharrte die Posthalterin. »Dass er das Nebenhaus vom Banz gemietet hat, weißt du ja wohl?«

»Nein, und es interessiert mich auch gar nicht. Bitte, Mutter, lass mich jetzt allein, ich muss meine Eintragungen heute noch fertig machen.«

Sie wurde aber nicht fertig, denn immer wieder stand sie auf und sah zum Fenster hinaus. Unter dem schimmernden Laub sah sie da drüben das graue Schindeldach herausleuchten, unter dem in Zukunft Thomas von Lafret zu leben gedachte. So nahe bei der Posthalterei. Und mit einer anderen zusammen ...

Konnte ihr denn das nicht gleichgültig sein? Mit wachsender Angst erkannte die Christl, dass ihr das nicht gleichgültig war und dass das, was sie für tot und begraben gehalten hatte, gar nicht begraben gewesen war, dass es plötzlich wieder aufstand, trotzig und begehrend. Darüber geriet sie so in Zorn, dass sie sich eines Morgens wieder auf den Weg zur Hornsteinalm, zu Tobias machte.

»Er ist wieder da«, sagte sie, noch unter der Türe stehend.

Tobias betrachtete lange seine Hände. »Das ist durch die Jahrhunderte immer wieder das Gleiche, Christl. Immer zieht es die Mücken wieder zum Licht. Komm, Kindl, setz dich. Du musst ja nicht schlecht gerannt sein.«

»Ja, weil ich gehofft habe, du könntest mir helfen, Tobias. Ich weiß mir keinen Rat und keine Hilfe mehr. Warum ist er zurückgekommen, warum hat er seine Verlobung mit der anderen gelöst? – Und jetzt sagen sie alle, dass er mit der jungen Hebamme zusammenleben will.«

»Lass ihn doch. Das kann dir doch ganz gleich sein.«

Ärgerlich stampfte die Christl mit dem Fuß auf. »Es ist mir aber nicht gleich, wenn er in schlechten Ruf kommt.«

»Wie du um sein Seelenheil besorgt bist! Er wird sie schon heiraten, wenn die Leute zu viel reden.«

»Hoffentlich«, antwortete die Christl schlecht gelaunt. »Hast du vielleicht etwas zu essen für mich?«

»Für deinen Magen, ja. Für ein hungriges Herz habe ich nichts.«

»Wer sagt dir denn, dass auch mein Herz hungert?«

»Ich sage es. Und ich täusche mich auch nicht.« Er legte ihr kaltes Fleisch und Brot vor. »Hör zu, Christl. Es gibt für dich nur zwei Möglichkeiten. Entweder du verleugnest dich und gehst aus Trotz einen falschen Weg, oder du beugst dich in Demut dem, was jetzt wieder von neuem in dir glüht. Du hast nur geglaubt, ihn vergessen zu haben. In Wirklichkeit hast du dauernd an ihn gedacht – und er wahrscheinlich auch an dich.«

»Meinst du, Tobias?«

»Warum wäre er sonst zurückgekommen? Nur eines noch: Mach es ihm nicht zu leicht.«

Sinnend saß die Christl eine Weile da und horchte in sich hinein. Seit der Begegnung im Moor fand sie einfach keine Ruhe mehr. Ja, sie hatte sich schon ein paar Mal dabei ertappt, wie sie nach ihm ausspähte und darauf wartete, ihn irgendwo auf seinem Fahrrad zu sehen.

Als sie nach einer Stunde aufstand, sagte sie lächelnd: »Jetzt bin ich so gescheit wie zuerst auch.«

»Es kommt ja doch alles so, wie es kommen muss«, antwortete Tobias. »Du solltest nicht so viel denken, Christl. Wenn das Schicksal es will, dass ihr wieder zusammenkommt, dann kommt ihr schon zusammen. Nur selber Schicksal spielen darf man nicht.«

Sie machte sich auf den Heimweg. Ach, dieser Alte hatte leicht reden. Was wusste er davon, wie so ein junges Herz in seiner Verwirrung hin- und hergerissen wurde! Plötzlich fühlte sie, dass ihr das Wasser aus den Augen rann. Sie sah nicht die leuchtende Schönheit des Herbstes ringsum, hörte nicht die Vögel zwitschern. Sie sah nur aus verschwommenen Augen den Weg vor sich, der sich in vielen Krümmungen abwärts zog. Als Erlbach mit seinem schlanken Kirchturm in Sicht kam, denn sie war diesmal die Strecke, die sie damals mit der Postkutsche ihres Vaters mitgefahren war, zu Fuß gegangen, wusch sie sich an einem Bach das Gesicht und ging dann langsamer weiter. Aber je näher sie dem Ort kam, desto heftiger schlug ihr Herz.

Es war schon dunkel. Aber die Straßenlampen brannten bereits, und deshalb konnte sie den Menschen, der da auf seinem Fahrrad herankam, noch rechtzeitig entdecken und sich in einen Toreingang drücken.

11

Als Anton von Lafret von seinem Rechtsanwalt die Nachricht bekam, dass das Verfahren gegen die Posthalterswitwe Charlotte Gruber wohl eingestellt werden müsse, weil die Gegenpartei mitgeteilt habe, der bewusste Schuldschein sei spurlos verschwunden, lachte er dröhnend. »Da schau her. Jetzt ziehn sie den Schwanz ein.« Er war um seinen Triumph gekommen, denn so klug war er schon, zu wissen, dass ohne den Schein kein Prozess zu führen war. Er rannte in die Küche zu seiner Bäuerin und schwenkte das Schriftstück in den Händen. »Stell dir vor, jetzt ist der Schuldschein nicht mehr da. Die bringen mich um meinen schönen Prozess.«

»Gott sei Dank«, sagte die Frau. »Jetzt fällt mir eine Last von der Seele.«

»Papperlapapp! Hast du vielleicht gar Mitleid mit der Bande?«

»Ich will bloß keinen Streit haben. Du denkst in deinem Starrsinn nicht daran, dass zwei von unseren Buben in Erlbach sesshaft sind.«

»Soviel ich mich erinnere, nur einer. Der Albert in der Sägmühle. Der andere zählt für mich nicht mehr. Im Übrigen wird er ja wieder abdampfen, wenn der Wimmer zurückkommt.«

Frau Barbara hatte sich längst abgewöhnt, ihrem Mann zu widersprechen. Jetzt aber regte es sich in ihr, sie spürte geradezu eine Lust, ihm etwas zu sagen, was seinen Stolz treffen sollte. Aber ihre

Absicht ging daneben, weil der Bauerngraf bereits Bescheid wusste.

»Ach so«, lächelte er. »Du hast gemeint, ich wüsste noch nicht, dass er vom Banz das Nebenhaus gemietet hat. Dieser größenwahnsinnige Hansdampf! Bildet sich ein, dass er mehr kann als der erfahrene Wimmer, weil ihm da ein paar Sachen geglückt sind. Warte nur ab, wie es kommt. Wenn er eine Praxis eröffnen will, muss er eine Genehmigung haben – und die wird er nicht bekommen.«

Frau Barbara starrte ihn entgeistert an. »Hast du es vielleicht verhindert?«

Der Bauerngraf zündete sich seine erloschene Zigarre an, indem er ein Stück Papier im Ofen zum Brennen brachte. »Du kennst mich doch recht gut«, lächelte er.

»Anton, das war gemein. Du intrigierst gegen deinen eigenen Sohn, das ist das Allerletzte!«

Er zog die Brauen hoch und blies den Rauch aus schmalen Lippen gegen die Decke. »Hältst du vielleicht gar zu ihm? Brav, das mag ich, wenn mir meine eigene Familie in den Rücken fällt. Aber das werde ich euch austreiben.«

»Niemand fällt dir in den Rücken«, rief die Frau leidenschaftlich. »Du hast immer nur an dich allein gedacht. Aber er ist auch mein Bub. Und wenn du ihm schon dein Herz verschließt, das meine wird er immer offen finden.«

Anton von Lafret sah seine Frau halb belustigt, halb verärgert an. »Jetzt wird's Tag. Ein offenes Herz. Oh, wie rührend.« Er trat ein paar Schritte auf sie zu. »Du, jetzt sag ich dir etwas. Ich habe den Kerl stark im Verdacht, dass er hinter dem Schuldschein steckt, weil er mir die Freude nicht gegönnt hat, dass ich das Frauenzimmer wegen Urkundenfälschung überführen und einsperren lasse. Ich fresse einen Besen, wenn er sich nicht schon wieder mit der Jungen zusammengetan hat.«

»Das weiß ich nicht«, entgegnete die Frau. »Vielleicht wäre es gar nicht sein Unglück.«

»Merk dir das eine«, antwortete er mit drohend erhobenem Zeigefinger, »wenn ich draufkomme, dass eins von euch mit dem Kerl irgendwie zusammenspinnt, dann spukt es in der Fechtschul.«

Den Zigarrenstummel in die Ecke werfend, ging er hinaus und warf die Tür hinter sich zu, dass es wie ein Schuss durchs ganze Haus dröhnte.

Mit sorgenvollem Gesicht saß Thomas von Lafret am Bett der jungen Mathilde Loferer, der Haushaltshilfe beim Thalerbauern. Sie hatte eine doppelseitige Lungenentzündung, und man hatte ihn erst am zehnten Tag gerufen, nachdem die Wickel keine Linderung gebracht hatten. Das Mädchen lag in hohem Fieber und fantasierte zuweilen. Thomas hatte getan, was er hatte tun können. Eine Verlegung in ein Krankenhaus war bei solch hohem Fieber nicht ratsam. Außerdem hatte er die Mittel, die man dort noch anwenden würde, selber zur Hand.

Jetzt schlief sie etwas ruhiger, und Thomas konnte über das alles nachdenken, was ihm selbst in den letzten Tagen so viel Sorge bereitet hatte.

Vom Bezirksamt war sein Gesuch um Zulassung einer Praxis abgelehnt worden. Die fachärztliche Vereinigung des Bezirkes hatte sich ebenfalls ablehnend verhalten. Es sei kein Bedarf vorhanden, hieß es. Dabei brach gerade in dieser Zeit der Scharlach aus und erfasste eine Menge Kinder.

Thomas vermutete sofort, dass da jemand gegen ihn gehetzt haben musste. Dass dies sein eigener Vater war, daran dachte er allerdings nicht.

Die Kranke regte sich wieder, sprach wieder in Fieberdelirien. »Wenn das Kind kommt, soll es Friedl heißen. – Und – du musst schon zahlen – für das Kind, Seppele ...«

Thomas legte ihr die Hand auf die Stirne. Als sie wieder ruhiger wurde, ging er hinaus, traf die Bäuerin drunten in der Küche. »Ist die Mathilde denn schwanger?«

Die Bäuerin starrte ihn fassungslos an.

»Sie spricht von einem Seppele.«

»Ah, da schau her«, fiel es der Bäuerin plötzlich ein. »Darum ist der Sägmüller-Seppl immer um unser Haus herumgestrichen. Nein, so was! Hat sie ihn in die Kammer gelassen?«

»Das weiß ich nicht, und das geht mich auch nichts an. Warum habt ihr mich denn nicht früher geholt? Ich sage es ganz ehrlich, viel Hoffnung habe ich nicht mehr. Was ich tun konnte, habe ich getan.«

Draußen begegnete ihm dann seine treue Gehilfin, die Magdalena Hefter.

»Bleiben doch Sie auf eine Stunde bei ihr. Ich muss mich ein bisschen hinlegen.«

Seit sechsunddreißig Stunden war er fast ununterbrochen auf den Beinen. Und dabei behaupteten die vom Bezirksamt, ein zweiter Arzt wäre hier nicht erforderlich. Aber er dachte gar nicht daran, die Flinte ins Korn zu werfen. Gleich morgen würde er nach München fahren. Professor Eggberg war Vorsitzender der Ärztekammer und Egon Rauschenberg saß als Oberinspektor in einem Ministerium. Beide konnte er um Hilfe bitten.

Daheim warf er sich auf das Sofa und fiel sofort in einen bleiernen Schlaf. Als er aufwachte, war es halb acht Uhr abends, und die Abendglocken läuteten.

Sofort machte er sich wieder auf den Weg zum Thaleranwesen und sah schon von weitem, dass hinter den zugezogenen Vorhängen der kleinen Kammer da oben ein paar Kerzen brannten.

Die Mathilde Loferer war vor einer Stunde gestorben, und er konnte nur mehr den Totenschein ausstellen. Aber auch wenn er hier gewesen wäre, hätte er das fliehende Leben nicht mehr aufhalten können.

Am nächsten Morgen fuhr er nach München, und als er mittags schon wieder zurückkam, weil er wegen der Scharlachfälle nicht länger abwesend sein wollte, war Thomas froher Dinge, denn der Professor hatte ihm gesagt, er solle sich keine Sorge machen, er könne ihm garantieren, dass er sich in Erlbach als zweiter Arzt niederlassen dürfe. Das machte ihn so selbstbewusst, dass er beschloss, am Abend in die Posthalterei zu gehen, um dort zu essen. Er wollte doch mal sehen, ob man ihn diesmal wieder hinausekelte!

Am Nachmittag war er ununterbrochen mit dem Rad unterwegs, und als er um fünf zur Sprechstunde zurückkam, saß als Einziger ein junger, bärenstarker Bursche im Gang.

»Guten Abend«, sagte Thomas. »Was fehlt dir?«

»Mir fehlt gar nichts. Ich bin nur da, um dich zu fragen, warum du meine Mathilde hast sterben lassen.«

»Ach, bist du vielleicht der Sepp, von dem sie immer im Fieber gesprochen hat?«

»Ja, der bin ich. Und jetzt möcht ich wissen, warum du sie hast sterben lassen, das gute Madl.«

Thomas sah ihm fest in die Augen. »Wer sagt denn, dass ich sie habe sterben lassen?«

»Das sagt man allgemein. Du bist heimgegangen und hast geschlafen, und das Madl ist mittlerweile gestorben.«

»Ach, so ist das?« Thomas fuhr sich über die Augen. »Ich bin erst heimgegangen, als ich gesehen habe, dass ihr nicht mehr zu helfen war.«

»Ja, und hast dein Schicksl dort gelassen, die hinten und vorn nichts versteht von der Krankenpflege.«

»Wen hab ich dort gelassen? Du, ich verbitte mir diese Frechheiten, verstanden?«

»Von dir lasse ich mir nichts verbieten, dass auch du mich verstehst. Gute Lust habe ich, dich an die Wand zu werfen, dass du nimmer aufstehst!«

Thomas' Stirn lief dunkelrot an. Mit einem schnellen, harten Griff fasste er den Burschen an der Brust und drückte ihn auf die Bank nieder. »Das werden wir ja sehen, wer hier wen an die Wand hinwirft.« Er ließ ihn los und suchte nach seiner Pfeife. »Du bist aufgehetzt, das merke ich doch. Und ich will dir auch sagen, von wem, von der Stefanie. Du willst mir einen Vorwurf machen. Mach doch lieber denen einen Vorwurf, die mich erst geholt haben, als es schon zu spät war. Es wird keinen Arzt geben, der noch hätte helfen können. Ich habe alles Menschenmögliche versucht, schon des Kindes wegen, das sie unterm Herzen getragen hat.«

Da wurde der Bursche bleich und stand langsam auf. »Was sagen Sie da?« Er sagte plötzlich Sie zu Thomas. »Ein Kind?«

»Das wusstest du noch gar nicht?«, fragte Thomas.

Da fing der große, starke Mensch zu weinen an, schlug den Arm vor die Augen und taumelte auf die Haustür zu. Dort drehte er sich um. »Nichts für ungut, Doktor, dass ich so grob gewesen bin.«

»Ist schon gut, Sepp. Glaubst du mir wenigstens, dass ich ihr gern geholfen hätte?«

»Ja, jetzt glaube ich es. So ein gutes Madl ist sie gewesen, die Mathilde. Aber kein Wörtl hat sie mir gesagt von dem Kindl.«

Er taumelte in den rot glühenden Abend hinaus, und Thomas blieb nachdenklich zurück. Dieser Stefanie musste er jetzt endlich das lose Mundwerk stopfen. Er hatte ein ruhiges Gewissen, denn was er hatte tun können, das hatte er getan.

Er merkte in den nächsten Tagen ganz deutlich, dass ihm von allen Seiten her eine stumme Feindschaft entgegenschlug, ja, dass man ihn nicht einmal zu den dringendsten Scharlachfällen rief. Er kam zu einem Bauernhaus, in dem zwei Kinder neu an Scharlach erkrankt waren. Er hatte es im Nachbarhof erfahren. Da stand die Mutter der Kinder unter der Haustür und verwehrte ihm den Eintritt. »Du rührst mir meine Kinder nicht an«, zischte sie ihm zu.

So weit hatte es die Verleumdung schon gebracht? »Ich will mich nicht aufdrängen. Dann lasst mich aber auch aus dem Spiel, wenn etwas passiert.«

»Es wird nicht gleich etwas passieren. Und morgen, ja, morgen kommt Gott sei Dank unser alter Doktor wieder.«

»Sie irren sich. Doktor Wimmer kommt erst in acht Tagen zurück.« Da lachte die Bäuerin ihn aus. Sie wusste es besser.

Nachdenklich bestieg Thomas sein Rad und fuhr talwärts. In dem kleinen Hohlweg, in dem Thomas das Rad ein Stückchen aufwärts schieben musste, sah er plötzlich seinen Vater entgegenkommen. Es gab ihm einen Riss, aber er konnte ihm nicht mehr ausweichen. Anton von Lafret trug seine Büchse über der Schulter und sein Schweißhund folgte ihm.

Thomas blieb stehen und blickte dem Ankommenden entgegen. Aber der Vater sah den Sohn nicht an. Er schaute auf die andere Seite und ging grußlos an ihm vorbei.

Der Hund ließ sich jedoch nicht davon abhalten, ihn schweifwedelnd zu begrüßen. Da wandte der Bauerngraf den Kopf. »Bello, daher! Hundskrüppel, verreckter! Weißt du nicht, wo du hingehörst?« Er gab dem Hund einen harten Tritt.

»Vater«, sagte Thomas bittend.

Anton von Lafret sah seinen Sohn von oben bis unten an wie einen Fremden. »Was will der Kurpfuscher?«

Thomas' Hände umklammerten die Lenkstange des Fahrrades, dass die Knöchel weiß hervortraten. »Du hast kein Recht, Vater, mich so zu beschimpfen. Vielleicht brauchst du mich doch noch einmal.«

Da lachte der Alte von Bruck so höhnisch, dass es Thomas ganz kalt überlief. »Bis ich dich holen lasse, da kannst du lange warten.«

Thomas schob nun sein Rad weiter den Berg hinauf, weil er einsah, dass es zwecklos war, diesen Mann umstimmen zu wollen. Aber es tat ihm doch sehr weh. War denn früher in Erlbach niemand gestorben? Wenn das so weiterging, gab es bald niemanden mehr, der ihm vertraute. Dann hatte es gar keinen Sinn, sich hier niederzulassen.

Zu Hause wartete die junge Hebamme auf ihn. »Die Frau Wagner hat die Stefanie zur Entbindung holen lassen.«

Thomas presste die Lippen zusammen. Dann sah er das Mädchen an. Sie tat ihm Leid. Vor drei Tagen noch war Frau Wagner bei ihm gewesen und hatte sich untersuchen lassen. Dabei hatte sie ihm gesagt, dass ihr keine andere als Frau Hefter ins Haus käme, wenn die Stunde da sei.

»Ja, Magdalena, so ist nun einmal die Welt. Gestern schrien sie noch Hosianna, heute möchten sie uns geißeln.« Er ließ sich auf die Bank nieder und stemmte die Fäuste auf die Knie. »Sagen Sie mir Ihre Meinung, habe ich bei der Mathilde Loferer einen Fehler gemacht?«

»Nein, Herr Doktor. Hier hatte schon ein anderer gesprochen, bevor man Sie gerufen hat.«

»Ja, so war es, und ich sah es ja auch gleich auf den ersten Blick. – Patienten waren keine da?«

»Nein, aber morgen kommt Doktor Wimmer zurück.«

»Also doch! Ich hörte heute schon davon.«

»Jemand hat ihm ein Telegramm geschickt.«

»Wissen Sie zufällig, wer?«

»Mit Bestimmtheit kann ich es nicht sagen. Nur vermuten kann ich es.«

»Ich glaube, Magdalena, dass ich hier aufgeben muss. Es hat keinen Sinn, sich gegen so viel Gemeinheit stemmen zu wollen. Es ist vielleicht auch für Sie besser so. Sie haben doch sicher auch schon gehört, was man über uns beide spricht?«

Magdalena Hefter schloss die Augen. Dann lächelte sie. »Doch, ich weiß es.«

»Und trotzdem können Sie noch lächeln?«

»Weil unsere Herzen rein sind, Herr Doktor. Unsere Herzen und unser Gewissen. Und darf ich Ihnen noch etwas sagen, Herr Doktor?«

»Bitte, bitte. Es tut wohl, ehrliche Worte zu hören.«

»Es ist ein Frevel, wenn Sie jetzt die Flinte ins Korn werfen. Hier wird ein zweiter Arzt gebraucht, das ist ganz offensichtlich. Nun erst recht, sollten Sie sich sagen. Sehen Sie, ich gebe ja auch nicht auf. Mir hat man heute mein Zimmer gekündigt. Aber ich werde schon irgendwo ein Loch finden, wo ich unterkriechen kann.« Sie trat auf ihn zu und legte ihm die Hand auf die Schulter. »Ich habe gerne mit Ihnen gearbeitet, Herr Doktor. Aber wenn ich Ihnen eine Belastung bin, dann, bitte, arbeiten Sie halt doch mit der Stefanie zusammen. Vielleicht hört sie dann auf zu hetzen.«

Nun glitt auch über sein Gesicht wieder ein frohes Lächeln. Er stand auf und legte den Arm um ihre Schultern. »Was reden Sie denn für einen Unsinn? Kommt ja gar nicht in Frage ... Ich danke Ihnen für Ihr Vertrauen. Und – Sie haben Recht. Nun grad erst, heißt es jetzt bei mir. Ich habe das Haus vom Banz gemietet. Überlegen Sie es sich nicht lange und ziehen Sie zu mir.«

»Auch auf die Gefahr hin, dass Sie dadurch noch mehr in Misskredit kommen?«

»Auch auf diese Gefahr hin. Recht viel schlimmer kann es ja eh nicht mehr kommen. So – und nun koche ich uns eine gute Tasse Tee und Sie holen etwas Wurst aus der Metzgerei. Wir wissen nicht, wie es morgen aussieht. Und dann gehen Sie schön brav heim, damit die lieben Nachbarn nichts zu reden haben.«

Später tranken sie den Tee und aßen Mettwurstbrote. Es war schön und friedvoll zugleich. Zuweilen sah Magdalena über den Tisch verstohlen zu ihm hin. Einmal fing er ihren Blick auf, lächelte und sagte dann: »Dieser Abend erinnert mich an so manchen in meiner Studentenzeit, als mir der Vater nur einen recht knappen Betrag schickte und ich dann im letzten Monatsdrittel Mettwurstbrote essen musste, weil die am billigsten kamen. Bloß mit dem Unterschied, dass ich damals allein auf meiner Bude saß. Heute aber sind Sie bei mir.«

»Ich hoffe, dass Sie das zu würdigen wissen.«

»Donnerwetter«, lachte Thomas von Lafret. »Sie sind ja kaum von sich eingenommen!«

»Nein, keineswegs. Ich freue mich nur, heute bei Ihnen zu sitzen. Gerade heute.«

Er wusste, wie sie es meinte, und dankte es ihr im Stillen.

Plötzlich hob er den Kopf. »War da nicht etwas?«

»Ich habe nichts gehört, Herr Doktor.«

Er stand auf und öffnete das Fenster. »Doch, es war jemand hier und hat uns belauscht. Ich habe das Gartentürchen gehört.« Er setzte sich wieder. »Sind Sie eigentlich ganz allein auf der Welt?«

»Wie meinen Sie das?«

»Ich meine, dass Sie immerhin so hübsch sind, dass ich mir nicht vorstellen kann, dass noch niemand nach Ihrem Herzen verlangt hätte.«

»Ich will ganz ehrlich sein, Doktor Lafret. Ich bin einem jungen Medizinstudenten versprochen.«

»Ah? Gratuliere. Wann wird er fertig?«

»In drei Jahren.«

»Bis dahin bleiben Sie bei mir?«

»Wenn Sie es wünschen?«

»Ja, ich wünsche es wirklich. Hand drauf.«
Sie gaben sich die Hände.
Lachend stand Thomas auf. »Ich will im Keller nachsehen, ob der gute Willibald nicht eine Flasche Wein drunten hat. Meinen Sie nicht auch, dass wir das feiern müssten?«

Er fand tatsächlich eine Flasche Gumpoldskirchner älteren Jahrgangs, entkorkte sie und schenkte die Gläser voll. »Auf Ihr Wohl!«

»Auch auf das Ihre. Und – auf eine gute Zusammenarbeit.« Die Gläser klangen zusammen. Der Wein war gut, die Stimmung der beiden kampffroh.

Um halb zehn Uhr ging Magdalena Hefter heim.

Vor dem Gartentürchen sagte Thomas noch: »Lassen Sie mich nicht vergessen, dass ich morgen die Flasche Gumpoldskirchner ersetze.«

»Nein, ich erinnere Sie daran. Gute Nacht, Doktor von Lafret.«

»Gute Nacht, Magdalena Hefter.«

Am nächsten Vormittag während der Sprechstunde – Thomas hatte gerade einem Maurer ein Geschwür aufgeschnitten – ging die Haustür. Dann hörte er eilige Schritte durchs Haus klappern. Plötzlich wurde auch die Tür zum Sprechzimmer aufgerissen, und auf der Schwelle stand Doktor Willibald Wimmer mit gesträubtem Spitzbart. »Ja, da bin ich jetzt«, sagte er. »Guten Morgen. Die ganze Nacht sind wir durchgefahren.«

Thomas half dem Maurer in seine Joppe, sagte ihm, dass er in ein paar Tagen noch einmal herschauen solle und wandte sich dann Doktor Wimmer zu. »Ich habe gehört, dass Sie heute schon zurückkommen. Grüß Sie Gott.« Er streckte die Hand hin. Aber die Hand wurde übersehen.

»Tja, die ganze Nacht durchgefahren.« Mit stechendem Blick überschaute er das Sprechzimmer. »Nicht einmal vier Wochen Urlaub kann man sich gönnen. Wie soll ich ruhig Urlaub machen, wenn daheim die jüngsten und hoffnungsvollsten Menschen sterben!«

»Herr Kollege Wimmer, ich habe auf dem Friedhof nachgesehen. Es stehen nicht nur die Namen alter Leute auf den Grabsteinen.«

»Was wollen Sie damit sagen?«

»Dass unter Ihren Händen auch Menschen gestorben sind.«

Doktor Willibald Wimmer konnte darauf keine Antwort mehr geben, weil seine Gattin aufkreuzte. »Wo ist das Mensch?«

Thomas wusste, wer gemeint war. »Ich verbitte mir Ihre Unverschämtheiten, Frau Wimmer.«

»Frau Doktor Wimmer, bitte. Von einem Menschen, der Wein stiehlt, lasse ich mir von meiner Ehre nichts abzwacken. Willibald, im Keller fehlt die Flasche Gumpoldskirchner, die ich seit fünf Jahren immer zurückgestellt habe für deinen fünfundsechzigsten Geburtstag. Ach, hier steht ja die leere Flasche. Also, das ist doch allerhand. Mir war es schon so, als ob ich zuerst alles abzählen müsste, bevor wir abreisten. Ich bin bloß neugierig, was sonst noch alles abgeht.«

Thomas stand mit aschfahlem Gesicht da. Er ballte die Fäuste in ohnmächtigem Zorn. Der hysterische Ausbruch der Frau war sogar Willibald peinlich, und er versuchte einzulenken. »Wegen dieser Flasche Wein hängt sich doch niemand auf. Herr Doktor von Lafret hatte sicherlich die Absicht, sie zu ersetzen.«

»Ja, die hatte ich. Wären Sie eine Stunde später gekommen, wäre eine neue Flasche hier gewesen. Bitte, Herr Kollege, sehen Sie in den Büchern nach und bestätigen Sie mir dann die Richtigkeit meiner Eintragungen. Ich möchte keine Stunde länger in diesem Hause bleiben als nötig. Wenn Sie der Meinung sind, dass ich Ihre Praxis nicht anständig vertreten habe, verzichte ich auf mein Resthonorar.«

»Aber davon kann doch keine Rede sein«, meinte Doktor Wimmer.

»Warte nur erst einmal ab«, eiferte sich die Frau.

»Sei still jetzt«, gebot Doktor Wimmer seiner Frau in einem Ton, den man ihm gar nicht zugetraut hätte.

Dann schob er Thomas in das Sprechzimmer hinein und schloss die Tür hinter sich. Dort erst legte er seinen Überzieher ab.

»Es liegt mir fern, Ihnen etwa einen Vorwurf daraus zu machen, dass die Haushaltshilfe der Thalers hat sterben müssen. Was mich so schmerzlich bewegt, hat einen anderen Grund. Man hat mir berichtet, dass Sie beabsichtigen, hier eine eigene Praxis aufzumachen. Stimmt das?«

»Stimmt genau. Ihr Nachrichtendienst hat ausgezeichnet funktioniert.«

»Herr Kollege, das geht gegen unsere Abmachung.«

»Ich hatte mit Ihnen darüber gar keine Abmachung getroffen. Wenn Sie der Ansicht sind, dass zwei Ärzte hier nebeneinander nicht leben können, so muss ich Ihnen darin widersprechen. Ich glaube vielmehr, dass es besser wäre, wenn wir kollegial zusammenarbeiteten.«

»Sie meinen, wenn Sie mit mir zusammenarbeiten dürften. Dazu sind Sie doch wohl noch zu jung. Kann ich jetzt die Bücher einsehen?«

»Bitte.« Thomas legte die Bücher vor. Es war alles genau und sauber eingetragen. Doktor Wimmer konnte mit dem besten Willen nichts daran aussetzen.

Dann schrieb er den Scheck für das restliche Honorar aus und erklärte, dass er mit dem heutigen Tage seine Praxis wieder selber auszuüben gedenke.

»Soll das heißen«, fragte Thomas, »dass Sie auch die von mir neu aufgenommenen Fälle weiterbehandeln?«

»Ja, natürlich.«

»Danke, das wollte ich nur wissen.« Ohne die Frau Wimmer noch einmal gesehen zu haben, verließ Thomas das Haus. Sie war übrigens gar nicht mehr da, sie saß bereits bei der Hebamme Stefanie in der Küche und erzählte ihr brühwarm den Weindiebstahl.

Thomas ging in die Werkstätte des Schlossermeisters Banz. Dort stellte er seine Koffer nieder und wischte sich den Schweiß von der Stirn. »Grüß dich Gott, Banz.«

Banz feilte gerade an einem Kunstschloss herum. Er hob das rußige Gesicht und lachte. Seine weißen Zähne blitzten.

»Aha, schon da? Das habe ich mir gleich gedacht.«

»Es würde mich gar nicht wundern, Banz, wenn du dich anders besonnen hättest und mir dein Nebenhaus nicht mehr geben würdest.«

»Warum nicht? Glauben Sie etwa, ich gebe auf den Schmarrn was, der da herumgetratscht wird? Sie haben meiner Frau geholfen. Das vergesse ich Ihnen nie. Alles andere geht mich nichts an.«

»Danke, Banz. Das freut mich. Ich möchte dir aber auch gleich sagen, dass ich die junge Hebamme, Frau Hefter, mit ins Haus nehme. Hast du etwas dagegen?«

Wieder zeigte Banz sein unbekümmertes Lächeln. »Was sollte ich denn dagegen haben? Allein können Sie schließlich die Hauswirtschaft auch nicht führen. Und was die Leute reden, höre ich mir nicht an. Die sollen vor ihrer eigenen Tür kehren, das wäre viel besser.«

»Also gut, dann werde ich mich gleich häuslich einrichten.«

Er trug seine Koffer hinüber. Dann kaufte er eine Flasche Gumpoldskirchner des älteren Jahrgangs und schickte einen Buben damit ins Wimmersche Haus.

12

Es dauerte noch bis zum ersten November, bis Thomas von Lafret seine Praxis eröffnen konnte. Es gab noch eine Menge Laufereien und Papierkram zu erledigen, bis er die Genehmigung in der Tasche hatte. Dann mussten Einrichtung, Instrumente, Medikamente und sonstiges Material gekauft werden. Als es schließlich so weit war, hatte er von dem Geld noch dreitausend Mark übrig. Immerhin, das Schild mit der Aufschrift:

    Dr. Thomas von Lafret
    prakt. Arzt u. Geburtshelfer
    Sprechst. 8 – 10 u. 15 – 17 Uhr

hing recht viel versprechend neben der Haustür. Darüber befand sich ein zweites Schild mit der Anzeige, dass hier auch die Magdalena Hefter wohne und arbeite.

Es war also alles vorbereitet. Nur die Patienten mussten noch kommen. Thomas machte ein paar Antrittsbesuche, unter anderem auch beim Bürgermeister und im Pfarrhof. Der Pfarrherr, ein aufgeschlossener, ruhiger Mensch, unterhielt sich lange mit ihm und wünschte ihm viel Glück zu seinem Beginn. Er verlor kein Wort über seine Mitarbeiterin.

Thomas blickte voll froher Hoffnung in die Zukunft.

Als die Nachricht kam, dass eines der Kinder jener Bäuerin, die ihn von der Tür gewiesen hatte, gestorben war, bedauerte er das sehr. Es zeigte sich jedoch darin, dass auch Doktor Wimmers Macht gegen den Tod begrenzt war. Wie zu erwarten war, gab es in diesem Fall keine Schuldzuweisungen gegen den Arzt.

Der November war trüb und regnerisch. Auf den Bergen lag schon Schnee. An so einem Nachmittag saßen Thomas und Magdalena in dem kleinen, recht behaglich eingerichteten Wohnzimmer. Thomas kaute an seiner kalten Pfeife und starrte zum Fenster hinaus. Plötzlich sprang er auf. »Das ist doch zum Verrücktwerden! Wir haben heute den fünften November und immer noch keinen Patienten. Ich weiß nicht, ich weiß nicht. Vielleicht war es doch verkehrt, dass wir beide hier zusammen wohnen. Ich merke es an den abweisenden Gesichtern. Spüren Sie das nicht?«

»Nein, ich gebe darauf auch nicht Acht.« Sie verschwieg, dass man ihr im Bäckerladen das Brot nur widerwillig hinschob und dass der Metzgermeister Stüber ihr nicht gerade das beste Fleisch auf die Waage legte.

Und Thomas verschwieg ihr, dass er sich manchmal vorkam wie ein Ausgestoßener, wie ein Verdammter. Sein Bruder Albert hatte kürzlich die Klara geheiratet. Es war eine große Hochzeit gewesen, aber man hatte ihn nicht dazu eingeladen. Seine ältere Schwester hatte geheiratet, und er war auch dazu nicht eingeladen worden. Die Menschen wurden krank, aber man holte den Doktor Wimmer. Ach, es war zum Verzweifeln.

Zum Glück wusste er nicht, was man sonst alles über ihn sagte. Unermüdlich war die Tretmühle der

Gerüchte im Gange, einmal von der Stefanie und dann von der Frau des Doktor Wimmer in Gang gesetzt. Manchmal auch von beiden zugleich. Aber davon wusste Thomas nichts und Magdalena nicht viel.

In diesem Augenblick läutete die Glocke. Beide sprangen zugleich auf, sahen sich an und lachten.

»Endlich«, lächelte Magdalena.

»Auf in den Kampf«, sagte Thomas.

Es war ein alter, gebrechlicher Steinbrucharbeiter, der von einer kargen Rente lebte. Er hatte die rechte Hand dick eingebunden und stöhnte leise vor sich hin. Thomas nahm das wollene Tuch ab und den nicht mehr recht sauberen Verband. Aufmerksam betrachtete er die stark geschwollene und rot entzündete Hand, auf der, ganz dick aufgetragen, eine schwarze Salbe klebte.

Es war eine Fingerentzündung böser Art. Thomas besah sich auch den Oberarm und griff hin. »Hast du hier auch Schmerzen?«

Zögernd gab es der Wastl zu.

»Du warst mit deiner Hand bereits in Behandlung?«, forschte Thomas weiter.

Aus wässrigen Augen starrte der Alte ihn an.

»Du kannst ruhig sagen, dass du bereits bei Doktor Wimmer gewesen bist. Warum kommst du dann jetzt zu mir?«

»Weil's ja gleich ist, wenn ich jetzt sterben muss. Lieber sterben, als die grässlichen Schmerzen!«

›Bitte, schalten Sie doch den Sterilisationsapparat ein‹, wollte Thomas sagen. Da sah er, dass Magdalena dies bereits getan hatte, und er wandte sich wieder dem Kranken zu. »Wie alt bist du?«

»Vierundachtzig.«

»Hab keine Angst, du brauchst nicht zu sterben, weil du nämlich gerade noch früh genug zu mir gekommen bist. Morgen wäre es vielleicht schon zu spät gewesen. Bist du wehleidig?«

»Nicht sterben brauche ich?«, hauchte der Alte.

»Ach, woher denn! Du kannst hundert Jahre werden. Schrei aber jetzt nicht, es wird ein bisschen wehtun.« Dann griff Thomas nach dem Messer, das die Helferin ihm reichte.

Es ging so rasch, dass der alte Steinbrecher nur kurz aufstöhnen konnte. Drei Schnitte machte der Arzt, der Eiter floss in Strömen. Dann verband Magdalena die Wunde, legte die Hand in eine Schlinge, und Thomas befahl dem Patienten, die Hand jetzt ein paar Tage ganz ruhig zu halten und dann wiederzukommen. Er möge aber den Krankenschein nicht vergessen.

»Krankenschein?«, fragte der Alte bekümmert. »Den hat doch der Doktor Wimmer schon. Sag's nur, was ich schuldig bin.«

»Nichts! Bist ja selber ein armer Teufel. Aber wenn wieder was los ist, dann komm gleich zu mir.«

»Dann sag ich halt Vergelt's Gott!«

Mit schweren Schritten ging er hinaus. Als die Haustür hinter ihm zuschlug, lachte Thomas, während er sich die Hände abtrocknete: »Mit Vergelt's Gott kann ich meine Kinder nicht großziehen! Aber machen Sie sich nichts draus, Magdalena. Für drei Wochen haben wir noch zu essen. Und dann leben wir halt von der Luft.«

Der Steinbrecher kam am zweiten Tag nicht, dafür aber schickte er einen von seinen zahlreichen Enkeln mit zwei Flaschen Gumpoldskirchner, dazu folgenden Brief:

Keliepter Tokter!
Meine Hant tut mirr nicht merr wehe. Aper ich schicke dir zwei Flaschen Kumpoltskirchner. Eine sollst du mid deiner Seggreterin drinken und die andere gibst der Wimmer zurügg, das sie nicht immer saggen kann, du hast irr einen Weinn gestollen.
Mit Gruß dein
Wastl Seeberger.

Im ersten Augenblick musste Thomas so herzlich lachen, wie Magdalena es noch nie an ihm erlebt hatte. Dann aber wurde er doch recht nachdenklich. War er denn in ganz Erlbach als Dieb verschrien? Ein rasender Zorn packte ihn. »Das lasse ich mir nicht mehr bieten. Ich gehe jetzt hin und mache reinen Tisch.«

»Nein, das werden Sie nicht tun«, sagte seine Gehilfin entschlossen. »Schlafen Sie zuerst einmal darüber, und morgen sieht alles ganz anders aus.«

In diesem Augenblick läutete das Telefon. Er wurde zur Baronin von Steinberg gerufen, die etwa zwei Wegstunden von Erlbach entfernt ein großes Gut besaß. Er fragte, um was es sich handle. Eine schnarrende Stimme sagte, dass die Frau Baronin seit sechs Tagen schon an schrecklichen Halsschmerzen leide und dass man ihm einen Wagen schicken werde.

Auf dem Gut wurde Thomas in einen großen, düsteren Bibliotheksraum geführt, in dem ein offenes Feuer brannte. Vor dem Feuer saß die Baronin und hatte ein wollenes Tuch um den Hals geschlungen. Sie deutete schweigend auf einen Ledersessel ihr gegenüber. Thomas nahm Platz und betrachtete sie.

Ihr Gesicht war gerötet. Wahrscheinlich hatte sie Fieber. Graue Strähnen zogen durch ihr dunkles Haar, obwohl sie eigentlich noch zu jung dafür war.

Sie blickte ihn jetzt mit furchtsamen Augen an. »Sie sehen anders aus, als ich Sie mir vorgestellt hatte. Werden Sie mir helfen können?«

»Ich hoffe es, Frau Baronin. Darf ich jetzt einmal in Ihren Hals schauen? Bitte öffnen Sie den Mund.« Er nahm einen Spiegel und sah lange hinein. Dann richtete er sich auf. »Wer hat Sie bisher behandelt?«

»Doktor Wimmer.«

»Mit Jod, nicht wahr?«

»Ich weiß es nicht. Er hat gepinselt.«

»Doch mit Jod. Ich sehe es ja.«

»War das vielleicht falsch?«

»Nein, für das Anfangsstadium wenigstens nicht. Doktor Wimmer hätte allerdings erkennen müssen, dass es sich hier um einen recht tiefsitzenden Mandelabszess handelt, der aufgeschnitten werden müsste. – Warum haben Sie mich gerufen?«

»Weil ich es vor Schmerzen nicht mehr aushalte. Bitte, helfen Sie mir doch.«

»Es tut mir sehr Leid, aber ich darf Doktor Wimmer nicht in seine Praxis pfuschen.«

»Ach, überlassen Sie das nur mir. Ich trage die Verantwortung schon. Oder – können Sie mir auch nicht helfen? Soll ich in eine Klinik gehen?«

»Dort könnte man höchstens das Gleiche tun, was ich tun würde.«

»Bitte, tun Sie es doch. Das ist ja nicht mehr auszuhalten.«

Er sah nochmals in den Hals. »Gut, ich werde Sie von den Schmerzen befreien. Es tut nur – im Augenblick – furchtbar weh. Das sage ich Ihnen gleich.«

»Ich habe noch nie in meinem Leben geschrien«, sagte sie schwach.

Drei Minuten später aber stieß sie einen markerschütternden Schrei aus.

Erst nach einer Weile öffnete sie wieder die Augen und sah ihn dankbar an.

»Es musste sein, Frau Baronin.«

Ihre Hand griff nach der seinen. »Ich danke Ihnen, es ist mir schon viel leichter. Kann ich etwas trinken? Ich habe rasenden Durst.«

»Warum nicht? Ein Glas Wein vielleicht?«

Sie drückte auf eine Klingel. Ein Mädchen kam und trug die Schale mit Eiter fort. »Bleiben Sie zum Essen hier?«, fragte die Baronin.

»Sie können jetzt kaum etwas essen. Oder nur etwas ganz Weiches. Und hernach gleich mit Kamillentee spülen. Kann ich mich irgendwo waschen?«

Als er zurückkam, war der niedere Tisch nahe an das Feuer gerückt und mit den erlesensten Gerichten gedeckt. Dabei stand eine Flasche Gumpoldskirchner.

»Das ist doch Ihre Spezialmarke«, lächelte die Baronin.

Betroffen und blutübergossen blickte er auf. »Wie kommen Sie darauf?«

»Ach, Sie können noch rot werden? Wie lieb! Machen Sie sich nichts daraus. Ich glaube den Unsinn nicht. Jetzt nicht mehr, nachdem ich Sie kenne. Trinken und essen Sie. Sie machen mir damit eine Freude. Ist das jetzt schon ganz behoben mit meinem Hals?«

»An sich ja. Ich müsste es mir nur morgen vielleicht noch einmal anschauen. Würden Frau Baronin auch mir eine kleine Freude machen?«

»Wenn ich kann, warum nicht?«, antwortete sie.

»Kommen Sie zu mir in die Praxis.«

»Ach, ich verstehe«, antwortete die Baronin lächelnd. »Man soll in Erlbach sehen, dass selbst die Baronin zu Ihnen Vertrauen hat.«

»Ja«, gestand er. »Das ist es, was mir fehlt. Die Menschen haben kein Vertrauen zu mir.«

»Gut, ich werde kommen. Ich werde aber auch so ein wenig dafür sorgen, dass Ihnen mehr Vertrauen entgegengebracht wird.«

Als Thomas mit dem Wagen wieder durch die Nacht zurückgefahren wurde, war ihm zumute, als sei alles Hässliche der vergangenen Wochen und Monate in einen tiefen Abgrund geglitten, aus dem es nie mehr hervorkommen könnte.

Am anderen Morgen stand groß und deutlich in der Kreiszeitung zu lesen:

»Wenn Frau Wimmer und die Hebamme Stefanie Bischof ihre ehrabschneiderischen Äußerungen nicht zurücknehmen, werde ich sie gerichtlich belangen. Thomas von Lafret, prakt. Arzt, Erlbach.«

Thomas saß gerade beim Morgenkaffee. Magdalena hantierte in der Küche draußen. Er stand auf und ging zu ihr. »Warum haben Sie das getan?«

»Was soll ich getan haben?«

Er sah sie überrascht an und reichte ihr die Zeitung. Sie las die kurze Notiz. »Sie irren sich, Herr Doktor. Das war ich nicht.«

»Ja, aber wer zum Teufel soll denn das in Auftrag gegeben haben?« Er las es nochmals durch und schüttelte den Kopf. »Das ist mir ein Rätsel.«

»Vielleicht –«, meinte sie nach einigem Nachdenken, »vielleicht hat Ihr Herr Vater das nicht auf sich sitzen lassen wollen und will damit bezwecken, dass Sie sich zur Wehr setzen.«

»Mein Vater? Ausgeschlossen!«

»Möglich wäre es immerhin. Wer sollte denn sonst daran Interesse haben, dass Ihr Ruf wiederhergestellt wird?«

Thomas wies diesen Gedanken weit von sich, aber je mehr er darüber nachdachte, desto einleuchtender erschien ihm die Vermutung. Ja, zum Schluss kam es ihm sogar sehr wahrscheinlich vor, denn das Gerede musste ja auch den empfindsamen Stolz des Bauerngrafen sehr hart getroffen haben. Wenn er aber dieses Inserat hatte hineinsetzen lassen, dann konnte er auch unmöglich all das Geschwätz glauben, das über seinen Sohn umlief, oder er wollte diesem zeigen, wie man es machen muss, dass man wieder makellos dasteht.

Auf alle Fälle musste die Anzeige wie eine Bombe gewirkt haben, denn um halb zehn Uhr sah er die Frau des Doktor Wimmer eiligen Schrittes auf das Häusl der Stefanie zuhuschen. Von dort aus konnten die beiden kurz darauf beobachten, wie der schwere Maybach der Baronin vorfuhr und die Adelige das Doktorhaus betrat.

Thomas war etwas verlegen, als die Baronin nach seinem Honorar fragte. »Ja, ich weiß nicht«, sagte er. »Die Behandlung hat eigentlich Doktor Wimmer begonnen.«

»Aber Sie haben mich von den grässlichen Schmerzen befreit. Das ist mir schon etwas wert. Verlangen Sie ruhig, was Sie meinen.«

Er nannte eine moderate Summe.

Die Baronin lächelte und schrieb ihm einen Scheck über das Doppelte aus. Dann unterhielt sie sich mit ihm noch lange auf der Straße, bevor sie wieder ins Auto stieg. »Übrigens«, sagte sie noch, als sie ihm die Hand reichte, »Sie haben ganz recht getan mit der Warnung in der Zeitung. Man muss solchen Menschen die Zähne zeigen.«

Am Nachmittag kamen zwei Patienten, und Magdalena wurde zu einer Geburt gerufen.

»Was haben wir denn heute für ein Datum?«, fragte Thomas gut gelaunt. Es war der siebente November. »Das müssen wir uns aufschreiben. Vielleicht fängt es heute an.«

Ja, es war in jeder Hinsicht ein verheißungsvoller Tag.

Aber noch war dieser Tag nicht zu Ende. Spätabends beschloss Thomas, einen Spaziergang zu machen. Es regnete nicht mehr, aber die Nacht war stockdunkel. In der Gaststube der Posthalterei brannten sämtliche Lichter. Sein Herz zog sich zusammen. Aber er überwand sich und ging vorbei.

Die Nachtluft tat ihm gut.

Auf dem Kirchturm schlug es zehn Uhr, als er wieder auf sein Haus zuschritt. Plötzlich erschrak er und verhielt den Schritt. Hinter einem der kahlen Stämme trat eine verhüllte Gestalt hervor, stellte sich ihm in den Weg.

Er knipste seine Taschenlampe an und trat dann verblüfft einen Schritt zurück. »Du, Christl? Was soll das bedeuten?«

»Ich muss mit dir reden, Thomas.«

»Ja, bitte – aber hier? Möchtest du nicht einen Augenblick hereinkommen?«

»Ich möchte nicht stören. Und – bist du überhaupt allein?«

»Ich bin immer allein.«

Die Christl lachte gequält auf. »Ist deine Geliebte nicht im Haus?«

Da fasste er nach ihrem Handgelenk und presste es so fest, dass sie leise aufschrie. »Wenn andere diesen Unsinn nachplappern, lache ich. Aber wenn auch du ihn glaubst, dann tut es mir weh. Kommst du jetzt mit herein oder nicht?« Er wartete gar nicht ihre Antwort ab, sondern schritt auf die Haustür zu und sperrte auf. Hinter ihm schlüpfte die Christl in den Flur. Er zog seinen Mantel aus und nahm ihr das Wolltuch ab, in das sie sich gehüllt hatte. Das Licht leuchtete im kleinen Wohnzimmer auf. Scheu stand die Christl auf der Schwelle und sah mit großen Augen umher.

»Bitte, setz dich, Christl. Ich kann dir leider nichts anbieten, ich weiß auch gar nicht, ob du von mir etwas nehmen möchtest.«

»Danke, ich habe nicht lange Zeit.« Sie sah sich wieder um. »Nett hast du es hier.«

»Ja, meine – Gehilfin hat Geschmack!«

»Wirklich deine Gehilfin?« Die Frage klang spitz wie ein Nadelstich.

Langsam drehte er ihr sein Gesicht zu, und da sah sie, wie mager er in den letzten Wochen geworden war und wie müde er aussah.

»Ja, Christl, wirklich meine Gehilfin. Meine gute Gehilfin sogar, wenn ich nicht Kameradin sagen soll. Alles andere, was da kursiert, ist dummes Geschwätz. Glaubst du mir?«

»Ja, Thomas, ich glaube dir.«

»Jemand muss ja schließlich für mich sorgen, nachdem man mir in der Posthalterei kein Essen geben will«, sagte er, und es zuckte dabei ein Lächeln um seinen Mund.

Die Christl senkte beschämt den Kopf. »Das tut mir heute Leid, denn es geschah, weil ich es so haben wollte. Vielleicht verstehst du mich nicht.«

»Sehr gut sogar, Christl. Du hattest ja allen Grund, mir böse zu sein. Aber du wolltest mir doch etwas sagen?«

»Ja, Thomas. Ich muss dich warnen. Sie haben etwas im Sinn gegen dich.«

Er erschrak nicht eine Sekunde. Nur seine Schultern strafften sich ein wenig. »Ich fürchte mich nicht, Christl, weil ich ein reines Gewissen habe. Und was sollten sie auch schon im Sinn haben gegen mich?«

»Sie wollen ein nächtliches Strafgericht abhalten gegen dich und die – wie heißt sie noch gleich, Magdalena Hefter. Ich habe es gehört. Sie saßen bei uns im Nebenzimmer und haben alles abgesprochen. Namen tun nichts zur Sache. Aber es mögen ihrer zwanzig sein.«

»Ach, da schau her«, lächelte Thomas. »Hab ich doch Recht gehabt mit meiner Meinung, dass wir hier in einem vergangenen Jahrhundert leben.«

»Du solltest zur Polizei gehen, Thomas, du musst es verhindern.«

Er schüttelte den Kopf. »Das fällt mir gar nicht ein. Ich möchte Erlbach nicht um ein Schauspiel betrügen.«

»Aber stelle dir doch die Blamage vor«, gab Christl zu bedenken.

»Es fragt sich nur, wer hier blamiert ist. Auf alle Fälle, Christl, danke ich dir herzlich, dass du es mir gesagt hast.«

»Und ich danke dir, dass du mir wegen des Schuldscheines –«

Er winkte mit der Hand ab. »Ich bin jedenfalls froh, dass wenigstens diese Sache begraben ist.« Er wandte sich kurz ab, wischte sich mit der Hand über die Augen. Als er sich wieder umdrehte, war sein Gesicht verschlossen und ernst. »Sag, Christl, warum tust du das alles?«

Sie hob hilflos die Schultern und ließ sie wieder sinken. »Ich hätte es dir vielleicht sagen können, wenn die Magdalena wirklich deine Geliebte gewesen wäre. Da sie aber nur deine Gehilfin ist –«

Langsam beugte er sich vor, umklammerte die Lehne ihres Stuhles, sodass sie wie gefangen saß, und sah sie direkt an. Sie musste die Augen senken, fühlte aber trotzdem, dass sein Blick auch noch durch ihre geschlossenen Lider drang und ihr Herz streichelte.

Als sie das nicht mehr ertragen konnte, stahl sich ihre Hand in die seine, und nach einem tiefen, kaum hörbaren Atemzug flüsterte sie leise: »Thomas, ich habe dich immer noch lieb.« Verlegen lehnte sie die Stirn an die seine.

Behutsam griff er unter ihr Kinn. Er fühlte, wie ihre Lippen seinen Kuss erwiderten – und erschrak dann doch, als sie plötzlich vor seine Füße sank und seine Knie umklammerte. Zärtlich hob er sie auf und nahm ihr Gesicht in seine Hände. »Christl, wenn einer von uns beiden vor dem anderen niederknien müsste, dann wäre ich es.«

Sie lehnte ihren Kopf gegen seine Brust. »Thomas, darf ich dich etwas fragen?«

»Wenn du nur die ganze Nacht dableiben und fragen würdest.«

Ihre Finger nestelten an einem Knopf seiner Jacke herum. Sie wagte nicht aufzuschauen. »In mir ist seit kurzem die Hoffnung, dass du – meinetwegen nach Erlbach zurückgekehrt bist.«

Zärtlich glitt seine Hand über ihr Haar hin. »Um diese Hoffnung wird dich niemand betrügen, Christl, denn es ist wirklich so. Nur deinetwegen habe ich alle Brücken hinter mir abgebrochen und bin zurückgekommen.«

»Und ich war so hässlich zu dir, Thomas. Aber du hattest es verdient, so wie du mich behandelt hast. Ich wollte ja auch nichts mehr mit dir zu tun haben. Aber dann hat es mich wieder gepackt. Ich hörte, wie sie ein Loblied auf dich sangen – und war auf einmal stolz auf dich. Dann kam die Sache mit der Mathilde Loferer. Und da fühlte ich, dass ich zu dir stehen müsste. Ich glaubte kein Wort von den Gemeinheiten, die man sich über dich erzählte, und ärgerte mich nur, dass du so stillschweigend alles hinnahmst. Schließlich gab ich ein Inserat in die Zeitung, ich weiß nicht, ob du ...«

»Ach, du warst das?«, rief er, sie unterbrechend.

»Ja, Thomas, ich konnte nicht anders.«

Da riss er sie in seine Arme. »Nun weiß ich, Christl, dass du mich liebst, so wie ich dich liebe. Und nichts mehr auf der Welt kann uns trennen.«

»Nein, Thomas, gar nichts mehr.« Ihre Arme umschlangen seinen Hals, und sie küsste ihn mit all der Sehnsucht, die sie die ganze Zeit über in sich getragen hatte.

Der Stundenschlag einer Uhr ging durch den Raum. Niemand zählte die Schläge, die die Mitternachtsstunde verkündeten.

Am anderen Abend, punkt neun Uhr, erschienen sie. Wie ein Rudel Wölfe schoben sie sich geduckt durch den nachtdunklen Garten. Es mochten zwischen zwanzig und dreißig sein, die Mitglieder eines Femegerichts, wie in der Zeit des Haberfeldtreibens.

Nun standen sie vor dem Haus. Thomas drückte die Glut in seiner Pfeife mit dem Daumen nieder und wartete eher belustigt als verärgert auf das, was nun kommen würde. In diesem Augenblick erhob sich eine kraftvolle Stimme aus den Reihen des Rudels und deklamierte:

Raus aus dem Haus,
die Richter sind da –
die Uhr hat grad neun geschlagen.
Raus aus dem Haus,
die Rächer sind da
und haben dir was zu sagen ...

Klirrend flog der erste Stein gegen das Fenster, durchschlug es und polterte drinnen über den Boden.

»Ach so«, lächelte Thomas, »rausgehen soll ich auch noch. Gut, sie sollen ihren Wunsch erfüllt haben.«

Magdalena klammerte sich an seinen Arm. »Nein, Herr Doktor, bitte, bleiben Sie.«

»Aber, Magdalena. Denken Sie etwa, ich hätte vor diesem Firlefanz Angst?«

Er öffnete die Tür und trat auf den Balkon hinaus. »Was wollt ihr von mir?«, schrie er in die Nacht hinein, die gar nicht mehr so dunkel war, denn plötzlich leuchtete außer den Lichtern im Doktorhaus auch noch die Hoflampe am Haus des Schlossers drüben. Man sah Thomas auf dem Balkon stehen, gerade und aufrecht. Nur einmal wandte er kurz den Kopf zurück. »Magdalena, schalten Sie bitte auch unsere Hoflampe ein.«

»Wo ist die andere?«, schrie eine Stimme von unten. »Raus mit dem Mensch!«

Der zweite Stein flog dicht an Thomas' Gesicht vorbei gegen die Holzbalken. Nun erst verging ihm das Lachen. »Seid ihr denn verrückt geworden da unten? Was wollt ihr eigentlich?«

»Schaun sollst du, dass du wegkommst aus Erlbach, du und deine saubere Hebamme«, schrien die Angreifer.

»Kommt gar nicht in Frage!«

Nun kam Geschoss auf Geschoss daher. Thomas spürte einen harten Schlag an seine Brust und musste sich ducken. Als er sich dann wieder kurz aufrichtete, glaubte er, seinen Augen nicht trauen zu können. Von zwei Richtungen her zogen zwei andere Gruppen mit erhobenen Knüppeln heran. Vor der einen schritt der Schäfer Tobias mit der Christl. Die andere wurde vom Seppl aus der Sägmühle angeführt. Neben ihm ging Albert von Lafret, der junge Sägmüller. Und dann geschah alles sehr schnell. Flüche, Schreie und dumpfe, harte Schläge hallte durch die Nacht. Die Rächer und selbst ernannten Richter wollten auseinander stieben. Aber es war nicht möglich, sie waren umzingelt.

»Halt, aufhören!«, schrie Thomas. Aber niemand hörte ihn.

Zum Schluss saßen zwei Dutzend Patienten im Wartezimmer, während Thomas und Magdalena im Sprechzimmer hantierten. Gerade hatte er den Wurzer-Simmerl in Behandlung und nähte ihm eine klaffende Wunde über der Stirn. Er ging mit Absicht nicht gerade sanft mit ihm um.

»Au!«, schrie der Simmerl. »Bist du närrisch geworden. Kannst nit kloromormiern, du ...«

»Könnte ich schon«, lachte Thomas. »Aber ihr seid ja auch mit Grobheit gegen mich vorgegangen. Du darfst nicht klagen, Simmerl. Mitgegangen, mitgehangen, heißt ein altes Sprücherl. Du darfst dich auch nicht über die saftige Rechnung beklagen, die ich dir schicken werde.«

»Was? Zahlen soll ich auch noch? Keinen Pfennig kriegst du von mir. Schick die Rechnung nur der Stefanie. Die hat alles angezettelt.«

»Aha – die war es? Schau, schau.« Thomas blickte zur Tür hin, durch die jemand getreten war. »Ach, Christl, du?«

»Ja, Thomas, kann ich dir irgendwie helfen?«

»Natürlich! Magdalena, seien Sie doch so nett und zeigen Sie ihr, was sie tun kann.«

Der Nächste war ein schmächtiges siebzehnjähriges Bürscherl, dem das halbe Ohr weghing. Der Seeberger-Hansi jammerte nicht, als er genäht wurde, er hatte nur Angst, dass sein Vater etwas erfahren könnte. »Sag bloß nichts, Doktor, damit mein Vater nichts erfährt. Der schlagt mir sonst das Kreuz ab. Und ich komme schon und bezahle die Rechnung.«

»Soll die Rechnung nicht auch die Stefanie bezahlen?«

In den Augen des Burschen blitzte es hoffnungsfroh auf. »Da hast du Recht, Doktor. Oder die Wimmerin. Die war noch ärger.«

»So, so, die Frau Wimmer ... So – wir sind fertig, in zwei Tagen kommst wieder her.«

Der Nächste, der eintrat, war der Seppl von der Sägmühle. Er hatte nur einen Kratzer im Gesicht und brauchte nicht behandelt zu werden. Er wollte dem Doktor nur sagen, dass er zu ihm gehalten und für ihn ordentlich zugeschlagen habe.

Thomas spürte eine warme Welle der Freude in sich aufsteigen. »Sepperl, ich kann dir gar nicht sagen, wie sehr mich das freut. Aber habe ich mich getäuscht oder habe ich meinen Bruder an deiner Seite gesehen?«

»Freilich war der Chef bei uns Säglern dabei. Wie ich ihm erzählt habe, was geplant ist, hat er sofort gesagt, dass er mitgeht. Und zugeschlagen hat er wie ein störrisches Ross.«

»Ein schöneres Geschenk, Sepperl, hättest du mir gar nicht machen können. Dankeschön! – Der Nächste, bitte ...«

Um dieselbe Zeit saß der Lockhammer-Wiggerl im Sprechzimmer des Doktor Wimmer und ließ sich das zerschlagene Kinn verarzten. »Und das sage ich dir«, sagte er in aller Seelenruhe. »Zahlen tu ich dir keinen Pfennig. Das wird schön brav deine Alte übernehmen.«

Doktor Wimmer hörte das bereits vom dritten Patienten und stellte beunruhigt die Frage: »War denn meine Frau an dieser Sache wirklich so maßgeblich beteiligt?«

»Und wie! Die Stefanie wäre ja zu blöd dazu gewesen. Deine Frau hat mir ja auch die Verse aufgeschrieben, die ich habe sagen müssen.«

»Hm, hm, hm«, machte Willibald Wimmer und strich seinen Spitzbart. »Das ist mir aber unangenehm. Pass auf, Wiggerl. Die Behandlung kostet dich nichts, aber du sollst schweigen.«

»Ich sage schon nichts, weil ich mich schäme, überhaupt mitgemacht zu haben. Der Doktor von Lafret ist doch ein anständiger Kerl, da kannst du sagen, was du willst. Also, dass du im Bilde bist, zahlen tu ich keinen Pfennig. Und die andern, die noch draußen sitzen, brauchen auch nichts zu zahlen, sonst rede ich. B'hüt dich, Doktor. Und jetzt kaufe ich mir auch noch eine Maß auf deine Rechnung.«

13

Weihnachtsfriede lag über dem Flecken Erlbach. Es gab nicht besonders viel Schnee, aber es herrschte eine klirrende Kälte. Und als die Glocken um Mitternacht zur Mette riefen, da war es, als würden sie wirklich den Frieden einläuten, der in die Erlbacher nach so turbulenten Wochen und Monaten endlich wieder eingekehrt war.

Willibald Wimmer, zeitlebens kein großer Held, hatte sich aufgeschwungen und seiner Frau endlich tatkräftig klargemacht, dass in Erlbach und dem weiten Hinterland wirklich zwei Ärzte genug zu tun hätten und er folglich dem jungen Kollegen das Leben nicht unnötig erschweren wolle. Mitunter war es sogar so, dass er den jungen Kollegen hinzuziehen musste, weil dessen Hand ruhiger war.

Das Gespräch über die Rauferei in jener Novembernacht war inzwischen auch verebbt.

Bestehen blieb einzig und allein auch über den Weihnachtsfrieden hinweg die Feindschaft zwischen der Posthalterin und dem Bauerngrafen. Charlotte Gruber, am Anfang entsetzt, dass die Christl drauf und dran war, den Thomas von Lafret zu heiraten, gab Schritt für Schritt nach. Sie holte lediglich aus Trotz bei einem Anfall von Migräne den Doktor Wimmer und tat aus reiner Boshaftigkeit eine kräftige Prise Salz in die Suppe des jungen Doktors, der nun täglich sein Mittagessen in der Posthalterei einnahm.

Manchmal ging sie abends in den Schafstall und klagte Tobias ihr Leid über die Unzulänglichkeit der Menschen. Tobias saß ganz still an seinem Torffeuer, schürte zuweilen die Glut und rauchte seine Pfeife.

»Ja, ja«, sagte er zuweilen. Oder: »Wir beide können die Menschen nicht ändern. Genau betrachtet, war es zu unserer Zeit auch nicht viel anders.«

Darauf wusste sie nichts zu sagen, denn wenn sie es recht bedachte, war es auch so. Auch wollte sie nicht weiterreden, weil Tobias einmal gesagt hatte, man müsse es doch achten und ehren, wenn sich zwei Menschen wie die Christl und der Thomas gegen alle Widerstände durchgesetzt und zusammengefunden hätten. Andere seien vor dreißig Jahren nicht so standhaft gewesen.

O ja, Charlotte wusste gar wohl, worauf er mit diesen Worten anspielte, und sie wollte ungern erinnert werden an etwas aus der Vergangenheit, das längst versunken war.

Wenn sie so ein paar Stunden beisammengesessen waren, ging sie wieder, und Tobias begleitete sie über den verschneiten Hof bis zur hinteren Eingangstüre des Gasthauses. Dort gaben sie sich die Hand. Manchmal ruhten ihre Hände etwas länger ineinander, und nur der Mond oder die Sterne konnten sehen, wie die Frau zuweilen ihre andere Hand hob und sie sanft über das weiße Haar des Mannes gleiten ließ. »Ja, ja, Tobias«, sagte sie dabei, »wir sind alt geworden. Alle beide.«

»Möchten wir nochmals jung sein, Charlotte? Würdest du es dann anders machen?«

»Ach, Tobias, grüble nicht so viel. Jedem Menschen ist der Weg vorgeschrieben, den er gehen muss. Ist denn nicht wenigstens dein Abend schön?«

»Ja, gut, still und schön. Durch deine Güte, Charlotte, die im Grunde genommen auch nur deiner längst vergangenen Liebe entspringt.«

»Sei ruhig, Tobias – und gute Nacht.«

Die Tür fiel ins Schloss. Der Schäfer ging über den Hof zurück, indessen Charlotte durch die Gasträume schritt und die Gäste begrüßte.

Als der Bauerngraf vernahm, dass sein Sohn Thomas nach dem Fasching die Posthalter-Christl heiraten wollte, lachte er schallend auf, aber diese Fröhlichkeit klang nicht echt. In Wirklichkeit wollte er damit nur etwas verdecken, seine Niederlage vielleicht oder gar die Anerkennung für das Einzige seiner Kinder, das es gewagt hatte, sich seinem Willen zu widersetzen.

Im Grunde genommen hatte es ihm doch gefallen, dass der Thomas sich vor nichts gebeugt hatte, weder vor dem Willen des Vaters noch vor der Gemeinheit der Masse. Und als er kürzlich zur Baronin gerufen wurde, die ihn hin und wieder um Rat in landwirtschaftlichen Dingen fragte, da erzählte sie ihm die reinsten Wunderdinge über den jungen Doktor. »Das war eine wunderbare Idee, lieber Herr von Lafret, dass Sie Ihrem Sohn die Praxis in Erlbach geschaffen haben. Das wirkt sich zum Segen für den ganzen Landkreis aus. Eine Arbeiterin von meinem Gut, die er kürzlich entbunden hat, drückte es so aus: ›Er hat heilende Hände.‹ War es nicht immer so, Herr von Lafret, dass gerade die einfachen Menschen die schönsten Worte finden?«

Anton von Lafret war nicht ganz wohl bei diesem Gespräch, denn er hatte dem Sohn diese Praxis ja nicht geschaffen, und er war sich sicher, dass die Baronin um seine Feindschaft zu Thomas wusste.

»Was ihm dringend abgeht, ist ein Röntgenapparat«, sprach die Baronin weiter. »Ich habe schon daran gedacht, ob ich ihm nicht einen schenken soll.«

»So, so, ein Röntgenapparat geht ihm ab«, sagte der Bauerngraf, ein wenig verletzt in seinem Stolz. Glaubte die Baronin vielleicht, dass sich ein von Lafret etwas schenken lassen müsste?

Das Gespräch ließ ihn nicht mehr los. Auf dem Heimweg dachte er immerzu daran. Er überlegte, was das Studium gekostet hatte und ob das ausgegebene Geld an die Summe herankam, die die anderen Kinder als Erbgut mitbekamen. Vielleicht sprang so ein Röntgenapparat noch heraus. Natürlich wollte und konnte er ihn nicht selber kaufen. Das könnte vielleicht seine Frau, die Barbara, übernehmen, und sie müsste halt dabei so tun, als hätte sie es hinter seinem Rücken gemacht.

Diese guten Vorsätze zerflossen allerdings sofort wieder, als er zur Sägmühle kam. Er sah die Sägegatter laufen und schätzte mit dem bloßen Auge das Maß der Balken ab, auf die die Blätter eingestellt waren. Dann trat er in das kleine Sägstüberl, wo Albert über einem Stoß von Aufzeichnungen saß. »Was sind das für Balken, die du da draußen schneidest?«, fragte der Alte.

Albert schaute seinen Vater flüchtig an. Dann beugte er sich wieder über die Berechnungen und sagte: »Dachstuhl für ein Haus.«

»Was für ein Haus?«

»Für ein Doktorhaus.«

Mit ein paar Schritten stand der Alte am Tisch und schlug mit der Faust darauf. »Du, kegel dir fei dein Maul nicht aus vor lauter Reden. Willst gar sagen, dass der – dass der andere sich ein Haus baut?«

Albert war nicht aus der Ruhe zu bringen. Er hatte von Thomas einiges gelernt, wie man auch dem Vater trotzen konnte. »Genauso ist es, Vater.«

»So? Hat der so viel Geld? Nimmt er seinen Patienten den letzten Pfennig aus der Tasche?«

Albert warf zornig seinen Bleistift weg. »Frag doch ein bissl herum, dann kannst du ja hören, wie billig er es bei den Armen macht.«

»Dafür zieht er es den Reichen bei den Nasenlöchern heraus.«

»Auch mit Recht. Überhaupt, was braucht er schon so viel Geld zum Bauen, wenn die Christl es hat.«

»Hahaha! Die Gerstendiebin. Ja, Herrschaft! Hat sich denn alles gegen mich verschworen?«

»Kein Mensch verschwört sich gegen dich, Vater. Du sollst nur einsehen, dass du nicht allein den Atem der Welt trinkst. Andere Menschen möchten auch leben.«

Krebsrot im Gesicht, umklammerte der Bauerngraf den Tisch, und es sah einen Augenblick so aus, als wolle er ihn aufheben und gegen die Wand schleudern. »Wie redest du denn eigentlich mit deinem Vater?«

Albert sah ihn ruhig an. Dann spielte ein Lächeln um seinen Mund. »So wie ein angehender Vater mit seinem eigenen Sohn reden würde.«

»Waaas?«

»Ja, entschuldige, Vater, aber ich habe mir erlaubt, dich zum Sommer hin zum Großvater zu machen.«

Das traf den Bauerngrafen so unerwartet, dass er nicht mehr wusste, ob er böse oder freundlich schauen sollte. Die Grimasse, die dabei herauskam, wirkte sehr komisch.

»So ist das also«, sagte er schließlich langsam und nachdenklich. »Ich soll also alt werden.«

»Du sollst nicht, das kommt schon ganz von selber. Das ist nun einmal das Naturgesetz, Vater. Komm, geh mit mir hinüber zur Klara. Wir können dort gemeinsam Brotzeit machen.«

»Ja, aber zuerst noch eine Frage: Wie groß soll das Haus werden?«

Albert konnte ihm den Plan zeigen.

»Donnerwetter«, sagte Anton von Lafret. Sonst nichts. Dann gingen sie hinüber. Einmal blieb der Alte stehen und nahm seinen Sohn bei den Joppenaufschlägen. »Du, ich habe gehört, du wärst auch bei der Rauferei dabei gewesen damals. Stimmt das?«

»Ja, das stimmt. Ich habe dem Hochberger-Vitus zwei Zähne eingeschlagen. Sollte ich meinen Bruder im Stich lassen?«

»Gut so. Es hätte mich geärgert, wenn es anders gewesen wäre.«

Sie traten ins Haus, und der Bauerngraf musterte die junge Frau in der Küche, deren Rock vorne schon ein wenig kürzer wurde. Dann sah er seinen Sohn an und lächelte zufrieden.

14

Am vierzehnten März unterschrieb Ferdinand Kranbichler einen Pachtvertrag über die Landwirtschaft der Posthalterei für die nächsten zwanzig Jahre. Dann konnte man weitersehen. Die Christl ritt zwar zuweilen noch hinaus auf die Felder, aber ihr Hauptinteresse galt doch dem großen Anger, auf dem um diese Zeit gerade der Grund für einen mächtigen Neubau ausgehoben wurde. Stundenlang waren sie und Thomas oft beisammengesessen, hatten den Plan studiert und die Einrichtung der Zimmer besprochen.

Ende März war der Keller fertig, und die Mauern begannen zu wachsen. Charlotte hatte sich stillschweigend in alles gefügt, ja, sie musste sich eingestehen, dass sie dem zukünftigen Schwiegersohn immer geneigter wurde. Zudem wurde ihr Einfluss ja nicht geschmälert, denn das Hotel und die Metzgerei blieben nach wie vor in ihrem Besitz. Dort konnte sie herrschen nach ihrem Gutdünken. Nur dass dieser Neubau so ein Heidengeld kostete, das berührte sie manchmal etwas schmerzlich. Deshalb sah sie noch angestrengter nach jedem Holzstückchen aus, das auf der Straße zu finden war, denn wenn dort droben auf dem Anger Zehntausende von Mark in Beton und Stein verwandelt wurden, konnte man hier auf der Straße den Pfennig doch nicht liegen lassen. Mochte der Bauerngraf über diesen Geiz auch lachen. Es stünde ihm doch besser an, wenn auch er etwas dazutäte für dieses Haus auf dem Anger. Der Bauerngraf aber tat es nicht, er sah nur von weitem manchmal herüber, wenn er zur Jagd ging, und wunderte sich, wie schnell da drüben gearbeitet wurde.

Mit der gleichen Stetigkeit, mit der die Mauern emporwuchsen, wuchs und festigte sich wieder das Vertrauen zu dem jungen Arzt Thomas von Lafret im Ort und der Umgebung. Die Giftspritzen der Stefanie hatten keinerlei Wirkung mehr, und die Frau des Doktor Wimmer bog ihr Geschwätz auf eine andere Richtung hin, sodass es etwa so aussah, als ließe ihr Mann dem jungen Kollegen aus Mitleid etwas zukommen.

Im Mai wurde das Richtfest gefeiert, bei dem es hoch herging, und im Juni musste Tobias seine Schafe einmal für einen Tag der Obhut eines Jungen anvertrauen, den man hinaufgeschickt hatte, weil der Tobias Trauzeuge sein sollte. Das hatte die Christl so haben wollen, und auch Thomas hatte den gleichen Wunsch, denn schließlich war es doch an seinem nächtlichen Hirtenfeuer gewesen, wo sie sich gefunden hatten.

Es war gerade kein überwältigend schöner Tag, als die beiden in der Pfarrkirche zu Erlbach Hochzeit hielten. Die alte Stefanie saß am Fenster und sah, wie eine schwarze Katze dem Brautpaar noch kurz vor dem Kirchenportal über den Weg lief. Das konnte kein Glück bedeuten! Überhaupt, lächerlich war in ihren Augen dieser Hochzeitszug, der nur aus fünf Personen bestand. Voraus ging das Brautpaar, dann der Sonderling Tobias mit der jungen Hebamme und der Ferdinand, der das Gut gepachtet hatte.

In der Kirche freilich, da hatte sich schon eine große Menge Neugieriger versammelt, obwohl es nur eine stille Messe zu früher Morgenstunde war.

Nein, sie hatten keine große Hochzeit gewollt, denn Thomas hatte genau gewusst, dass von seiner Seite niemand dazugekommen wäre. Aber obwohl er das wusste, schmerzte es ihn nun doch recht, dass er unter den vielen Neugierigen in der Kirche niemanden von seinen Angehörigen entdecken konnte.

Als sie die Ringe anlegten und die Orgel leise dazu spielte, schluchzte jemand hinter ihnen laut auf. Es war Charlotte Gruber, die Posthalterin. Eine andere Mutter aber stand ganz hinten, von einer Säule halb verdeckt. Sie weinte leise, ohne jeden Laut, und niemand sah sie dort stehen. Barbara von Lafret verließ auch die Kirche, noch bevor die Messe zu Ende war. Heimlich hatte sie sich herunterstehlen müssen vom Berg, um Zeuge zu sein, wie ihr Sohn Thomas die wunderschöne Posthalter-Christl zum Altar führte.

Hernach zog das junge Paar sogleich in das neue Haus ein, wo der Frühstückstisch gedeckt war. Eines der Küchenmädchen aus der Posthalterei war hergeschickt worden, um alles vorzubereiten.

Zum ersten Mal sah nun auch Charlotte Gruber das Haus von innen. Thomas führte sie mit nicht geringem Stolz umher. An der Schwelle des Sprechzimmers blieb er plötzlich stehen und schaute wie gebannt in die Ecke, in der ein nagelneuer Röntgenapparat stand.

»Wer hat das gebracht?«, fragte er zitternd vor Erregung das Mädchen, und er erfuhr, dass ein Lieferwagen mit zwei Männern hier gewesen war, die das Gerät abgeladen und aufgestellt hatten. Ein weiterer Mann war mit einem Pkw gekommen und hätte die Aktion überwacht.

»Ein Lieferwagen? Christl, wer kann denn den geschickt haben?« Er dachte an die Baronin und suchte verzweifelt nach irgendeiner Mitteilung. An alles Mögliche dachte er, nur nicht daran, dass sein eigener Vater der Spender sein könnte.

Tobias wusste es, denn er hatte auf dem Gang zur Kirche den Lieferwagen und den Pkw über den Feldweg oberhalb des Kreuzackers hinfahren sehen. Als er es sagte, bekam Thomas feuchte Augen und musste sich umdrehen. Nur langsam konnte er sich wieder beruhigen.

»Kannst du das begreifen, Christl? Keinen Glückwunsch, kein Mensch in der Kirche und hier dieses großartige Geschenk.«

Die Christl strich ihm über die Hand. »Wie ein Kind bist du, wenn du dich freust. Aber freu dich nur, Thomas, und wundere dich nicht zu stark, denn auch du bist oft so, dass deine Rechte nicht wissen soll, was die Linke tut.«

In diesem Augenblick sagte Charlotte etwas bissig: »Es mag zweifellos ein wertvolles Geschenk sein, wenn es wirklich von deinem Vater kommt. Ich aber habe dir etwas noch Wertvolleres gegeben – ich habe dir mein einziges Kind gegeben.«

Thomas und Christl lächelten einander verständnisinnig an, denn es war doch schließlich so, dass sie sich selber einander geschenkt hatten und von niemandem gegeben worden waren.

15

Die Monate gingen dahin, das Leben in Erlbach verlief langsam und ohne große Aufregungen. Thomas von Lafret war ein viel gesuchter Arzt geworden. Man holte ihn auch in die Nachbardörfer. Er fuhr jetzt nicht mehr mit dem Rad, sondern mit einem schwarz glänzenden Opel, der eines Tages vor der Haustür stand, wie damals am Hochzeitsmorgen der Röntgenapparat im Zimmer. Diesmal aber war Charlotte Gruber die Spenderin.

Ja, zuweilen geschahen doch noch Zeichen und Wunder. Seht, da erhielt die Posthalterin eines schönen Tages einen Brief, in dem die Mühlbacherin ihr mitteilen ließ, dass sie kürzlich auf den Tod erkrankt gewesen sei und keine ruhige Stunde mehr gehabt habe. Durch eine unverhoffte größere Erbschaft sei es ihr erst jetzt möglich, die zehntausend Mark zurückzugeben, die sie tatsächlich damals in der Brieftasche gefunden habe.

Charlotte Gruber hatte nicht mehr mit diesem Geld gerechnet. Darum also stand dieses Auto an jenem schönen Herbstmorgen vor der Tür des Doktorhauses und wurde von allen bestaunt.

Als Thomas zum ersten Mal damit auf Krankenbesuch fuhr, wunderte er sich schon, dass es bisher mit dem Rad gegangen war.

Ach ja, das Leben war so schön geworden. Die Christl ging ganz auf in ihren Haushaltspflichten.

Manchmal, wenn Magdalena gerade bei einer Geburt war, schlüpfte sie in den weißen Mantel und half ihrem Mann in der Praxis.

Thomas war viel unterwegs. Die Tage wurden kürzer, und jedes Mal, wenn er heimkehrte, war das Abendrot um Fingerbreite mehr nach Westen gerückt. Der Einflussbereich des jungen Doktors wurde immer größer, er kam tief in die Gebirgstäler hinein und sogar über sie hinaus. Nur nach Bruck hatte man ihn noch nie gerufen, obwohl die eine Schwester kürzlich recht krank gewesen sein sollte. Aber in Bruck war es eigentlich immer so gewesen, dass man nie einen Arzt gebraucht hatte. Und dieses eine Mal, da hatten sie Doktor Wimmer gerufen.

Thomas hatte sich damit abgefunden, dass es für ihn keinen Weg mehr dorthin gab.

An einem Abend im späten Herbst erschien plötzlich sein Bruder Sigmund aufgeregt im Sprechzimmer und sagte: »Komm, Thomas, er stirbt sonst.«

Thomas fragte nicht, wer gemeint sei. Er wusste, dass man ihn zu seinem Vater rief. Schnell hatte er sich angezogen, nahm die Instrumententasche und winkte Sigmund zu. »Komm!«

Auf der Fahrt erfuhr er, dass der Vater vor drei Tagen angefangen habe, über Schmerzen im Bauch zu klagen. Der Doktor Wimmer sei aber erst heute geholt worden, habe kalte Umschläge verordnet und sei auch jetzt wieder bei ihm. Die Schmerzen müssen unerträglich geworden sein, denn niemand am Hofe habe den Vater jemals so stöhnen hören.

Schon bald hielten sie vor der Haustür. Bei Thomas' Eintritt in die Krankenkammer blickte der Alte ihn wütend an. »Wer hat gesagt, dass ich dich brauche?«

»Rede jetzt keinen Unsinn, Vater.« Mit raschem Schritt ging Thomas ans Bett und zog die Decke weg. Er fühlte sofort die harte Geschwulst, und der Vater zuckte zusammen, als er behutsam mit der Hand darüberglitt.

Dann richtete Thomas sich auf. Sein Gesicht war ernst, als er seinen Kollegen Wimmer ansah. »Natürlich der Blinddarm. Es kann jeden Augenblick ein Durchbruch erfolgen. Herr Doktor Wimmer, Sie hätten meinen Vater ins Krankenhaus einweisen müssen.«

Doktor Wimmer zupfte an seinem Spitzbart. Das ging ihm gerade noch ab, von so einem jungen Grashupfer abgekanzelt zu werden.

Der Bauerngraf lag mit geschlossenen Augen und eng zusammengepressten Lippen da. Thomas blickte eine Weile in sein Gesicht. »Wir müssen sofort schneiden«, sagte er dann.

»Was? Hier wollen Sie –?«

»Am liebsten würde ich es gleich hier tun, aber mir fehlen die Mittel. Ich will ihn zu mir hinunterbringen. Nur – ich fürchte, dass auf dem Transport der Durchbruch erfolgen wird. Darf ich Sie bitten, Herr Kollege, mir behilflich zu sein?«

»Nein, ich lehne jede Verantwortung ab.« Doktor Wimmer nahm seine lederne Tasche und den Hut und ging.

Zehn Minuten später fuhr Thomas so behutsam, als es ihm nur möglich war, den Berg hinunter. Zuvor hatte er noch in der Praxis angerufen und Christl gebeten, mit Magdalena alles für eine Operation vorzubereiten.

Bei jeder Wasserrinne bremste er ab und ließ den Wagen langsam darüberrollen. Im Rücksitz saßen der Vater und Sigmund. Zuweilen ließ der Bauerngraf ein kurzes Stöhnen hören, das sich anhörte wie ein Knurren, und einmal schrie er laut auf. ›Jetzt‹, dachte Thomas, ›jetzt wird es geschehen sein.‹ Zu Hause angekommen, erwartete ihn die Christl bereits vor dem Gartentürchen. »Es ist alles gerichtet, Thomas.«

»Sehr gut. Es ist höchste Zeit.«

Sie arbeiteten schnell und lautlos. Anton von Lafret lag auf dem Operationstisch und sah wie durch einen Nebel drei weiß gekleidete Gespenster um sich herum.

»Du wirst gar keine Schmerzen dabei verspüren, Vater.«

»Tu, was du tun musst«, sagte der Bauerngraf.

»Nein, du sollst mir schon auch ein wenig helfen dabei, du sollst Vertrauen zu mir haben.«

»Das wäre ja noch schöner, wenn du mich sterben ließest. Wofür habe ich dich denn studieren lassen und dass du – wie war – das – war das – du – gib Obacht – gib –«

Die Christl schloss die Augen, als Thomas die Bauchwand durchtrennte. So stand sie unbeweglich, die Finger am Puls des schon Bewusstlosen und blickte auf die Hand, die das Messer führte.

Thomas erschrak selber zutiefst. Der Blinddarm war bereits durchgebrochen. Er konzentrierte sich auf alles, was es jetzt zu tun gab, nähte wieder zu und setzte eine Kanüle ein.

Stunden später erwachte Anton von Lafret in einem weißen Bett und fand sich langsam wieder zurecht. Er sah undeutlich einen großen Schatten an seinem Bett sitzen und erkannte, dass es sein Sohn Thomas war.

»Was ist?«, fragte er, und seine Stimme klang sehr leise.

Thomas legte ihm die Hand auf die Stirn. »Du sollst jetzt gar nichts sprechen. Bleib einfach ganz ruhig liegen.«

»Geht's zum Sterben?«

»Ich hoffe nicht, du hast eine robuste Natur. Aber du hättest viel früher operiert werden müssen, dann hätten wir jetzt nicht diese Komplikationen.«

»Also doch Komplikationen?«

»Leider, ja. Aber ich habe getan, was ich tun konnte. Jetzt sind deine Selbstheilungskräfte an der Reihe.«

Es stand einige Tage lang sehr schlimm um den Bauerngrafen. Es sah ein paar Mal so aus, als würde er seinen letzten Atemzug tun. Thomas hatte nicht versäumt, die Meinung eines Chirurgen aus dem Kreiskrankenhaus einzuholen, und atmete erstmals ein wenig auf, als ihm versichert wurde, dass er recht gehandelt habe und dass momentan keine weiterer Eingriff notwendig war.

Erst am sechsten Tag fiel das Fieber, und der Alte hörte auf, in Delirien davon zu reden, dass ihm im Leben eigentlich nur zwei Menschen getrotzt hätten: sein Sohn Thomas und »der blonde Fratz« aus der Posthalterei.

»Der blonde Fratz« aber saß an seinem Bett und wischte ihm mit einem Tuch den Schweiß von der Stirn. Als er sie erkannte, verzog sich sein Gesicht zunächst ärgerlich und abweisend. Aber dann hauchte er: »Durst –«

Die Christl gab ihm laut Anordnung nur einen Löffel Tee.

»Geizkragen«, sagte Anton von Lafret. »Der gleiche Geizkragen wie deine Mutter. Was ich jetzt möchte, ist eine Maß Bier.«

»Kommt alles wieder«, lächelte Christl. »Nur Geduld.«

»Ach was, Geduld! Wo bin ich denn überhaupt, möchte ich jetzt endlich wissen?«

»Bei uns. Wir konnten dich noch nicht heimbringen.«

»Wann soll ich heim?«

»Sobald es geht, sagt Thomas. Außer, es gefällt dir bei uns so gut, dass du gar nicht mehr fortwillst.«

Das erste Mal ging etwas wie ein Lächeln um seinen Mund. »Muss ich jetzt eigentlich sterben oder nicht?«

Die Christl schüttelte den Kopf. »Aber wenn Thomas nicht so schnell gehandelt hätte, Vater, dann lägst du jetzt bereits auf dem Friedhof.«

»Ja, das Schnelle, das hat er von mir. Und der Wimmer, der ist ein Trottel. Der hätte mich glatt draufgehn lassen, wie?«

Die Christl antwortete nicht darauf, sondern legte dem Kranken nur die Hand auf die Stirn. »Jetzt musst du wieder schön still sein, Vater. Das Reden strengt dich noch zu sehr an. Aber wenn du mich nicht verrätst, gebe ich dir noch einen Schluck Tee.«

Zufrieden legte der Bauerngraf dann seinen Kopf zur Seite und schlief wieder ein. Als er aufwachte, saß Magdalena an seinem Bett.

»Was bist du für eine?«, fragte er und versuchte dann, leise durch die Zähne zu pfeifen. »Aha, jetzt kenn ich mich aus. Du bist die junge Hebamme, gelt? Was ist's, krieg ich von dir auch einen Schluck Tee?«

»Ich weiß nicht – ich möchte doch lieber zuerst den Herrn Doktor fragen.«

»Nein, betteln tu ich nicht. Wo steckt er denn überhaupt, der Herr Doktor?«

»Er war gerade noch hier. Man hat ihn weggerufen zu einem Verunglückten.«

»So, so. Du, sag einmal – ich habe die andere nicht fragen wollen. Braucht er denn den Teufelskasten wirklich so notwendig, den ich ihm zur Hochzeit habe schicken lassen?«

»Und wie notwendig!«

»Dann ist's recht. Noch etwas! Bist du auch der Meinung, dass ich hätte sterben müssen, wenn er mir nicht geholfen hätte?«

»Die Überlebenschancen waren sehr gering. Herr Doktor von Lafret ist zwei Tage überhaupt nicht außer Haus gegangen und die gesamte Zeit über an Ihrem Bett gesessen.«

»Wirklich?«

»Ja. Und auch seine Frau. Aufopfernder hätte Sie niemand pflegen können.«

»So ist's recht. Und ich hab immer gemeint, sie wäre so ein richtiger kleiner Weibsteufel, der mich hasst bis aufs Blut.«

Erst nach dreieinhalb Wochen konnte Thomas seinen Vater wieder nach Hause bringen. Der Alte sprach nicht viel, nichts von Dank oder Anerkennung, er forderte vielmehr, dass der Sohn seine Rechnung stellen solle, wie bei jedem anderen Patienten auch. »Du musst sie ja nicht ganz so gepfeffert schreiben«, meinte er.

Thomas stellte niemals eine Rechnung. Ihm war es der schönste Lohn, dass er hatte helfen können und dass die Wurzel der Feindschaft abgestorben war. Er kam nun mit seiner jungen Frau oft nach Bruck, und Anton von Lafret kam oft ins Doktorhaus. Die Krankheit hatte ihn verwandelt. Eine Quelle, die lange in seinem Innern verschüttet gewesen, war nun endlich wieder aufgebrochen und hatte sein Wesen verändert.

16

Zehn Jahre waren vergangen, und es war manches geschehen. Sommer und Winter, Regen und Schnee waren über Erlbach hingegangen. Manche Giebel waren grauer geworden, andere Häuser wieder hatten ein neues Gesicht erhalten.

Auch Kinder wuchsen heran, gesund und verlässlich. Der junge Michael vom Adlerbauern, den Thomas vor fünf Jahren dem Tode abgejagt hatte, ging jetzt schon hinter dem Pflug und lachte wohl auch über die Liebe, die den dürren Gemeindeschreiber Hanfstingl verleitet hatte, ein Tagebuch zu führen. Dieses Tagebuch hatte er verloren, und leider war es von der inzwischen brüchig gewordenen Stefanie gefunden worden, die gehofft hatte, der stolzen Posthalterin damit eins auswischen zu können. Aber in dem Büchlein stand nichts von lodernder Leidenschaft, sondern nur Worte von einer stillen Liebe zu einer immer noch schönen Frau.

Charlotte Gruber ging wohl ein paar Tage ganz versonnen umher, denn sie hatte nie von dieser geheimen Liebe gewusst. Und weil der Mann es so geheim gehalten hatte, darum war sie ihm nicht böse, und er erhielt weiterhin ein billiges Menü im Abonnement, während es für die anderen längst erhöht worden war.

Alt geworden war in diesen zehn Jahren aber auch der Bauerngraf, der seinen Hof nun an den ältesten Sohn abgegeben hatte. Als grauhaariger

Wanderer ging er zuweilen über die Landschaft und sah von dem einst so heiß umstrittenen Kreuzacker hinüber zum Doktorhaus. Und wenn sich dann hinter dem Gartenzaun etwas rührte, nahm er den scharfen Feldstecher an die Augen und holte sich die Kinderschar heran. Den Thomas, den Anton und das Mariele.

Ja, drei gesunde Kinder waren im Doktorhaus das ganze Glück der beiden Eltern. Die Christl hatte alle Hände voll zu tun, um dieser lebhaften Kinder Herr zu werden, wo doch der Vater so wenig zu Hause war. Thomas, der Erstgeborene, der gerade neun Jahre zählte, hielt sich viel in der Posthalterei auf. Er würde vielleicht einmal derjenige sein, der die Posthalterei übernahm. Anton hatte mehr Lust an technischen Dingen. Das Mariele aber schlug in allem der Mutter nach und war des Vaters Liebling. Ganz still aber saßen sie alle drei, wenn die Mutter ihnen erzählte, wie geruhsam das Leben in Erlbach früher gewesen war, als die gelben Postkutschen des Großvaters, Gott hab ihn selig, noch durch die Landschaft gerollt waren.

Das Jahr neigte sich schon wieder dem Ende zu. Ein brennendes Abendrot stand über den Bergen und fiel in alle Laubbäume wie fließendes Gold, als Thomas von Lafret und die Christl Hand in Hand von den Innauen heraufkamen und sich dann beim Malteserhügel auf die Bank unter den leuchtenden Ahornbäumen setzten. Von hier aus sah man über ganz Erlbach hin und auch das, was dahinter noch leuchtete, die hohen Wiesen, die Wälder, und über allem der Wilde Kaiser im langsam dunkelnden Abendrot.

Über eine Hügelwiese zog Tobias mit dem Jungvieh und den Schafen nieder. Er trieb an diesem Abend seine Herde vom Hochtal wieder für einen langen Winter heimwärts. Hier fanden die Tiere noch üppige Weide vor und fingen an zu grasen. Tobias ließ sie gewähren und wartete einfach ab. Ganz aufrecht stand er, so als stünde er seit einer Ewigkeit hier, das Gesicht zu den dunkelnden Wäldern gerichtet.

Da nahm die Christl die Hand ihres Mannes. »Ich meine, Thomas, es sei erst gestern gewesen, dass wir uns zum ersten Mal an seinem Feuer begegneten.«

»Wo sind die Jahre hingekommen, Christl?«

»Ich weiß es nicht, Thomas. Ich weiß nur, dass ich noch recht lange so leben möchte. Ist nicht das Schönste an einer Liebe der Wunsch, miteinander recht alt zu werden?«

Thomas von Lafret legte den Arm um ihre Schulter und küsste sie auf den Mund. Dann wanderten sie heimwärts. Das Abendrot war längst erloschen, die ersten Sterne leuchteten am Himmel, und aus dem Wald kam ein leiser Wind.